BIMO RUN FANGHUA

笔墨润芳华

JI WENHAO ZUOPINJI

季文豪作品集

季文豪 / 著

中国海洋大学出版社
·青岛·

图书在版编目（CIP）数据

笔墨润芳华：季文豪作品集/季文豪著. — 青岛：
中国海洋大学出版社, 2022.1
  ISBN 978-7-5670-3087-9

  Ⅰ.①笔… Ⅱ.①季… Ⅲ.①文学—作品综合集—中
国—当代 Ⅳ.①I217.2

中国版本图书馆CIP数据核字（2022）第010682号

出版发行	中国海洋大学出版社
社　　址	青岛市香港东路23号　　　邮政编码　266071
出 版 人	杨立敏
网　　址	http://pub.ouc.edu.cn/
电子信箱	1774782741@qq.com
订购电话	0532-82032573（传真）
责任编辑	邹伟真　　　　　　　　电　　话　0532-85902533
印　　制	蓬莱利华印刷有限公司
版　　次	2022年1月第1版
印　　次	2022年1月第1次印刷
成品尺寸	170mm×240mm
印　　张	20.75
字　　数	270千
印　　数	1—1000
定　　价	57.00元

序一

有志者，时间相伴

文豪，姓季。若无姓冠之，易以为泛指文坛巨匠。彼非文豪，意谓非文坛巨匠。而此季姓文豪者，却有志以文为人生追求也，其言之，行之，不懈之，且果硕垒之，有《笔墨润芳华：季文豪作品集》为证。我以为，文豪者，亦不枉其名也，毕竟其始终以文为其自豪。

三十年前初识，知其本名文豪。然初识者众，百余人之多，皆戎装在身，辨识不易。彼时，我在军校任教，学员名录中发现姓季名文豪者，甚是惊奇，再见其人，目下一青年军官双眸炯炯有神，言辞中肯，求知甚切，果然记住。

文豪于解放军西安政治学院求学两载，转瞬即逝。细思，岂止文豪求学时日这般，回首过往，人生若白驹过隙。一日三餐，朝露晚霞，恩怨情仇，周而复始。殊不知历史过于琐碎，史家无百纳吞食之胃，只好以十年为年代择要记之。个人亦如此。谁人可与一地鸡毛为记忆伴侣？故，传留后世者，皆为大事要则。文豪深谙此理——几个十年过去，每每我去港城消暑，师生谋面的场合，彼依旧热衷探讨"文章"之事。"盖文章，经国之大业，不朽之盛事"——时光早已忘却彼时飒爽英姿之季文豪，而《笔墨润芳华：季文豪作品集》却将其所思所想的军旅青春岁月和转行高校的努力奋进铭刻下来。因之，我欣慰、感慨、赞叹。

　　军营自古铸就战将，亦熏陶文才。唐代高适领兵平定永王叛乱，解救睢阳之围，战功显赫，而其"汉家烟尘在东北，汉将辞家破残贼"之《燕歌行》则为文学史之"边塞诗"留下佳作名篇，至今传诵。军中文才多在政工领域耕耘，因获"笔杆子"称誉而受敬重，因刊发时文而受嘉奖，晋升之衔级，成才之标记，莫不与点灯熬油、苦思冥想之"写，写，写"紧密相连。文豪如是。

　　《笔墨润芳华：季文豪作品集》为作品集，囊括消息、通讯、随笔、论文等诸多体例，记载作者文思泉涌之睿智及技法水准之能力，而我宁可将其视为文豪之个人精神并心灵成长历程。文中彰显作者之喜怒哀乐、感悟体察等笔墨，栩栩如生，跃然纸上，吾等读其旧作，恍若自身肺腑之言。文豪之坚持，令我感慨：有志者，时间伴随始终。

　　是为序。

吴然

2021年3月于海南

序二

季文豪——闲不住的"笔杆子"

初次和他相识，是我出差归队后的第一天，一见面他就很坦诚地与我握手并自我介绍："我叫季文豪，从某团宣传股刚调来，以后和你一起工作，还请多关照！"

季文豪，一个自命不凡的名字，听起来好熟悉！当我问及他是否与我常在报刊上见到的季文豪是同一个人时，他憨憨一笑说："那不值得一提，习惯了，手中的笔闲不住。"

好一个"习惯了，闲不住"！当翻开他的剪报本时，首先映入眼帘的是扉页上的三句话："两眼多看，脑袋多想，腿脚多跑。"从这三句话及那厚厚的剪报本中，我领悟到了他"闲不住"的执着追求。

1982年，他来到胶东半岛服役。半路改行搞报道的他在写作实践中体会到：作为一个新闻工作者，如果没有一双洞察事态的敏锐眼睛，肯定写不出好新闻。为此，他无论走到哪里，都认真观察身边的一切。那是1992年，他在西安政治学院进修时的一个星期天，他和战友们走在大街上，突然，他像发现新大陆似的，快步走到街道拐角的一个织补摊上。当战友们跟上去时，发现他正对织补女进行采访。战友们不解地问他：织补女有啥好写的？他神秘一笑，未做回答。事后，他反问战友们："你们谁听到或见到在大城市的街市上有织补女出现？"众人摇头。他这时才告诉他们，这就是有新闻眼光的具体体现。没过多久，他的作品《案板街的"织补女"》《西安出现"织补女"》等分别刊登在《陕西日报》和《光明日报》。

翻阅他发表的稿件，发现多半是发生在连队的新闻，看得出，这都与他深入一线采访分不开的。他十分信崇老新闻工作者们总结出的"脚板子底下出新闻"这一至理名言。1995年10月份的一天，当他出差回团队后得知，某连一战士患肾病医治无效，主动提出把遗体捐献给国家作医学研究。他不顾出差劳累，连饭都没来得及吃，急忙奔向连队。在连队他先后采访了包括主人公在内的20余名干部战士，分别写出了《壮烈的回报》《一个患病战士与他的连队》等稿件，寄出去不久，便先后在《烟台日报》《前卫报》刊登，由此再度引起上级领导的重视与关怀，先后多次派人前往看望这位患病战士。

他由野战团队调入后勤医院担任组织干事后，虽说不再分管新闻工作，但他还是闲不住手中的笔。半年间，他采写的《私人诊断使孕妇险送命》《急救，在子夜》《做好事也上光荣榜》等20余篇稿件先后被报刊、电台刊用，受到了领导的赞扬。

季文豪不但眼尖、腿勤，头脑更是灵活，善于思考问题。他曾多次对我说，搞写作不要只写一些通讯、消息之类的，也可抓生活中的事例写一些理论或评论性的稿件，这样，更能锻炼自己思考问题、处理问题的能力。一年间，他除干好自己的本职工作外，忙里偷闲分别就军营现象写出了《"雷锋出门"现象引起的思考》《星期天别玩过头》《战士为何不愿当机关兵》等10余篇理论、评论性稿件刊登在数家报刊上，其中《星期天别玩过头》一稿先后被4家报刊摘用，一度引起战区所属部队各级领导的重视，对部队管理起到了很好的推动作用。

季文豪，一个闲不住的"笔杆子"，愿你在军营这片沃土的滋润下，早日成为文中豪杰。

（此文刊发于《新闻与成才》1997年第12期）

目录

四、通讯（特写）

五、评论（论文）

后记

一、图片新闻

1.《光明日报》2005年11月23日

高校为驻军服务

　　烟台师范学院在大力加强教学设施建设，充分满足大学生成长成才需要的同时，帮助驻军部队打造学习型军营，提升官兵的思想和科学文化水平。该院不仅定期组织专家、教授到部队开展学术讲座，而且开通了图书借阅通道，部队官兵可以免费到学校的图书馆借阅图书。此举受到了部队官兵的欢迎。

2.《光明日报》2006年3月2日

鲁东大学法律咨询走近市民

　　鲁东大学政法学院充分发挥专业和人才优势，经常深入城市社区和附近农村，宣讲有关法律知识，特别是针对广大市民和群众生活中经常遇到的商品房交易、房屋拆迁、物业管理服务、商品售后服务和索赔等问题，组织有关法律专家进行释疑解惑，得到了社会各界的广泛赞誉。图为该校师生在烟台文化广场为市民提供法律咨询服务。

3.《齐鲁晚报》2008年7月14日

鲁东大学八师生赴四川支教

7月12日，鲁东大学赴四川灾区社会实践服务团出征仪式在该校举行，7名大学生将在该校团委副书记李青的带领下，由烟台出发前往四川安县沸水镇中小学进行为期1个月的支教服务。与此同时，鲁东大学还将为那里的中小学校提供8万元的对口援助。

4.《齐鲁晚报》2008年7月4日

韩国太太烟台拿硕士证

　　7月3日，鲁东大学举行2008届外国留学生毕业典礼及学位授予仪式。在12名获得学位的外国留学生中，今年53岁的金南玉格外引人注目，她是近20年来在烟台留学的180多名韩国太太中，唯一获得中国汉语言文字学硕士学位且年龄最大的学生。金南玉是2001年跟随丈夫来烟台的，先前已在鲁东大学取得了中国汉语言文字学学士学位。目前，她已被烟台一所高校聘为韩国语教师。

5.《齐鲁晚报》2010年4月1日

鲁东大学迎来剑桥博导

　　3月31日下午，剑桥大学东方研究院博士生导师、剑桥大学丘吉尔学院院士、鲁东大学1978级校友袁博平博士，专程回到母校同在校学子交流自己的成才经验，并被鲁东大学授予该校文学院名誉院长称号。

6.《齐鲁晚报》2010年4月7日

6000名师范生鲁东大学求职

　　4月6日，2010年山东省师范类高校毕业生供需见面会在鲁东大学举行，这是由山东省教育厅主办各高校承办的第四场专场招聘会。驻烟高校及省内其他高校近6000名应届大学毕业生到会应聘。

7.《齐鲁晚报》2010年5月26日

全省大学生PK韩语歌

　　5月22日，由韩国驻青岛总领事馆和山东省高校联合会发起，鲁东大学外国语学院承办的第五届山东省大学生韩语歌曲大赛在鲁东大学举行，来自全省42所高校的63名韩国语大学生在烟台参加了比赛。最终，鲁东大学外国语学院的解雅琴获得韩语歌曲大赛一等奖。

8.《光明网》2017年10月14日

鲁东大学举办摄影作品展喜迎党的十九大

　　10月14日上午，鲁东大学党委宣传部、学校团委联合在学校文化广场举办了喜迎党的十九大师生及毕业校友摄影作品展。

　　作品集中展出了广大师生及毕业校友摄影爱好者拍摄的150幅图片。这些作品既有对祖国大好河山的歌颂，又有对美好生活的赞美；既有定格农民丰收喜悦的镜头，又有民众发自内心的微笑画面；既有传统文化的展示，又有对现代生活的体验……作品从不同角度和侧面，展现了党的十八大以来，中国经济社会发展的新变化、新面貌。

二、漫画

《中国青年报》1993年7月27日

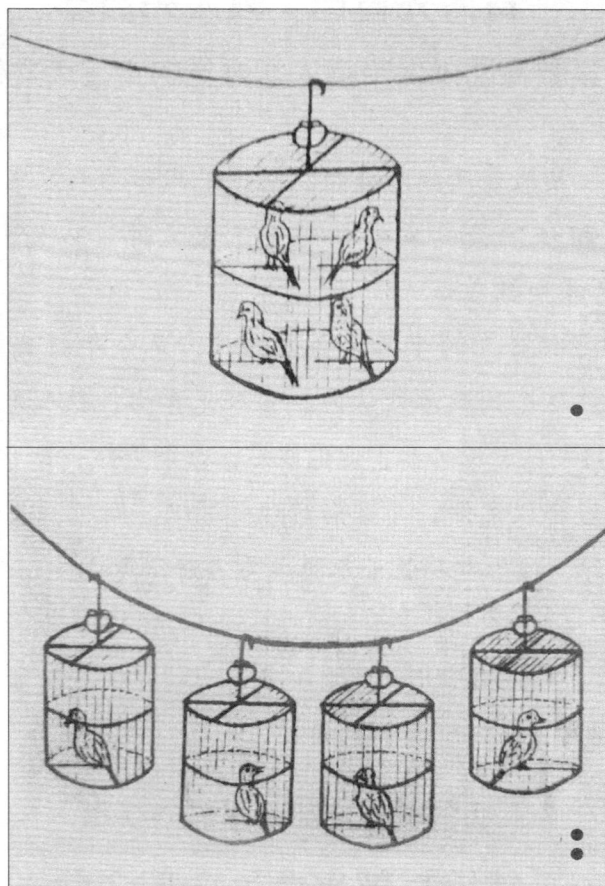

▲精简　　　　　　　　　　　季文豪

来稿选登

三、消息

1.《前卫报》1987年11月8日

育人先育己 教人先自学
某教育团确保带兵人学好党的十三大文件

本报讯 某教育团政治处组织全体干部和骨干，原原本本、扎扎实实地学习报纸陆续刊发的党的十三大文件，以便对即将到来的新兵进行宣讲和辅导。

认真学习领会党的十三大会议精神，是今年新兵教育训练的一项重要内容。这个团政治处认为，育人先育己，教人先自学。为了使带兵人学得好一些、深一些，他们规定，每个干部和骨干，每天都要按规定时间学习会议文件，并提倡写心得笔记。同时，政治处每周进行一次理论辅导，使干部和骨干都能成为名副其实的教员。

2.《解放军报》1988年9月1日

烟台市支持部队建设办实事
扶持某部兴办外向型企业

本报讯 7月中旬，济南军区某部又与驻地外贸部门签订了1项出口貂皮加工合同。至此，该部在烟台市的扶持下，已兴办起6个外向型企业。

这个部队的驻地依山傍海，有着发展多种经营的良好条件。近年来，当驻地烟台市得知部队渴望找到有市场竞争能力的新项目时，便组织工商、水产、外贸等有关部门的专家，前来进行综合考察论证。他们根据市场的行情和发展趋势，帮助部队确定了一批开发项目，并把它们列入该市外向型企业发展规划，重点加以扶植和支持。这个部队农场的几千亩海滩，有着得天独厚的对虾养殖条件。烟台市组织有关部门帮助农场制定了开发规划，并主动承担起虾场的设计和人员的培训工作。烟台市还给予该部农场40万元的低息贷款、免收所得税和营业税等4项优惠政策。

烟台市在帮助部队创办外向型企业过程中，还注意扶上马送一程，及时提供市场信息，在技术上负责到底，充分保证各项经济技术指标，使其在经济上受益。该部某团养鸡场成立之初，由于没有完全掌握饲料配方和病疫预防技术，雏鸡成活率还不到一半，成鸡出口率低，经济效益很差。帮助这个团创办鸡场的外贸局主动抽选技术人员，义务协助他们进行经营管理，手把手地带徒弟，很快使该团养鸡场的成鸡出口率跃居烟台市养鸡行业之首。

3.中央人民广播电台1990年6月19日

圣经山重新修建

本台消息 被山东省威海市列为国家重点文物保护单位的圣经山，冷清数年后，今年4月，已由威海市人民政府拨出专款重新修建。

圣经山，坐落在胶东半岛昆嵛山的南麓，山中林深、谷幽、水碧,秀峰如黛,怪石奇洞相连,自古便有"仙山之祖"之美誉。在圣经山的顶端,一尊形如月牙的大石矗立在青天碧空之中,石上摩崖石刻着老子《道德经》,字迹依然清晰如初。据考证,摩崖石刻《道德经》已有八百多年的历史,被奉为"天地之府三宫殿"。遗憾的是,圣经山上的建筑在"文化大革命"中遭到了毁坏。修复后的圣经山将以原始的面目展现在中外游人的面前。

4.《中国文物报》1991年2月24日

《地雷战》雕塑在海阳落成

本报讯 去年年底,一座表现山东海阳人民当年英勇抗击日本帝国主义侵略的大型雕塑《地雷战》在山东海阳落成。雕像高3.76米,重9.25吨。

抗日战争时期,海阳人民不屈不挠,用"铁西瓜"同日本侵略者进行了英勇顽强的斗争,1964年,被胶东特委授予战斗模范县的荣誉称号,并涌现出赵守福、于化虎、孙玉敏三位全国民兵英雄和一大批先进模范人物,雕塑就是以他们三人为原型创作的。

5.《中国农金报》1991年6月21日

昔日征地办企业　今日征地搞农业
西关明珠总行创办现代化《庄园》

本报讯　4月27日，当3台大马力推土机爬行在尚未开垦完的20亩山地时，隆隆的马达声向人们昭示：全国首家由山东省牟平县西关明珠总行创办，一座租征期为10年，占地400亩，年向国家交售粮食20万千克的现代化庄园已成雏形。

西关明珠总行是原牟平县西关村的企业组织机构。党的十一届三中全会后，西关人锐意改革进取，10年间先后征地200多亩创办了大、中、小各类企业52家。1984年，全村家家普及了彩电、电话。村里建起了医院、文化宫，创办了全国首家村办成人中专学校和民兵教导队。仅去年，西关村利润就达到了3000万元，人均收入1600多元。西关村成为镶嵌在胶东大地上的一颗璀璨夺目的明珠。

发展社会主义企业给西关村插上了腾飞的翅膀。然而，西关人也懂得"民不贱农，则国安不殆"的哲理。当许多人都在拼命开发新项目、发展新企业时，1990年10月，西关明珠总行却花400万元租征了400亩山地，创办以种植农作物为主的现代化庄园。当时很多人为此叹息和摇头，有人认为把这么多的钱投在山地上不值得，不如投资办企业。面对各种议论，村党支部书记、山东省乡镇企业劳动模范李德海却说："民以食为天。企业宁可不办，农业不能不搞。它是百年大计，千年大计！"

西关明珠总行的现代化庄园有别于封建社会和各个时期其他国家的"庄园"。它打破了自给自足的自然经济和土地私有制。这里每年生产的粮食全部卖给国家；拥有机械化工具的生产者实行8小时工作制，其他一切都享受企业职工的同等待遇。因而，西关人说，创办庄园，改变了农村传统小生产的模式，是社会化大生产的一种尝试，是利国利民的大事。

6.《解放军报》1997年12月25日

战士遵规守纪——拒接"绣球"
领导牵线搭桥——甘当"红娘"

本报讯　一篇题为《崔老汉和他的"兵儿子"》的通讯在《文登日报》刊出后，在驻地引起了强烈反响。当多名驻地女青年向"兵儿子"吴凡标抛来"绣球"之际，11月25日，5封倾注着济南军区107医院领导一片爱心的"征婚信"也发往他的家乡。

小吴入伍后被分配在该医院文登门诊部工作。入伍6年6次变动工作岗位，他总是干一行、爱一行、专一行。入伍第2年就入了党，连续3年被评为优秀士兵，两次荣立三等功。去年底，他不但由义务兵转为志愿兵，而且被分部表彰为"学雷锋标兵"，并荣立二等功。这时，许多热心人就张罗着给他介绍对象，他总是说："战士不能在驻地找对象，这是部队的纪律。"10月初，院领导考虑到小吴27岁了还没有对象，就批假催他回安徽长丰农村老家解决个人问题。然而，假期未到，他就匆匆赶了回来。院里领导问他在家找到对象没有，他摇了摇头，说冬天快到了检测暖气设备要紧，个人问题等到下次再说。前不久，文登市北郊镇黄岗村84岁高龄的崔宗政和74岁的丛秀珠老两口专程去《文登日报》反映了小吴一年多来关心照顾他们生活的事，10月30日，该报以《崔老汉和他的"兵儿子"》为题报道了小吴的事迹。一些驻地女青年看了报后，便主动向小吴抛来"绣球"，小吴仍然不为所动，一一婉言谢绝了。医院领导了解到这一情况后，深深地为小吴这种助人为乐和遵规守纪的精神所感动，在号召全院向他学习的同时，也开始为小吴的个人问题出谋划策。院长龚志兴亲自给在合肥市工作的老战友去信帮助物色合适人选；政委苏健让其爱人与她在淮南市某工会工作的同学取得联系；政治处黄开强主任以政治机关的名义分别向小吴家乡的妇联、人武和民政部门去信，为小吴婚姻问题牵线搭桥。

7.《大众日报》1999年8月5日

英雄"王成"因病住院
社会各方热切关注

本报讯 电影《英雄儿女》中王成的原型、原某部参谋长、一级人民英雄秦建彬，近日因肺癌住进了烟台解放军第一〇七医院后，受到了社会各界的热切关注。

秦建彬今年71岁，祖籍河北南宫。1951年3月25日，在朝鲜上牌里212高地阻击战中，在全班伤亡殆尽子弹打光的情况下，他手握爆破筒投向了敌人。为此，他被授予"一级人民英雄"称号和胜利勋章。电影《英雄儿女》中王成的形象就是根据秦建彬的事迹塑造的。回国后，秦建彬不居功自傲，打起背包来到了长山列岛，成为我军第一代守岛建岛人。1982年离休后，他又多次主动到部队、学校、厂矿做传统报告420余场，听众多达5万人次。

秦建彬入院后，医院领导为他安排了最好的病房，成立了专门的治疗小组和护理小组。住院期间，原济南军区政委宋清渭、原济南军区副政委尹风歧先后派人到医院看望；与他分别47年的"二级人民英雄"林范洪、宋兰君两位年已古稀的老战友得知他住院的消息后，不顾体弱多病，带着鲜花到医院探望；当地的学校、企业等单位也纷纷派人到医院慰问。海墨特公司总经理薛洪敏得知秦建彬患有严重的颈椎疼痛并发症后，马上让在北京的科研人员带着公司最新的产品赶到医院，薛洪敏亲自给老人敷药，没几个小时就解除了他的痛苦，老人被感动得热泪盈眶。

8.《大众日报》2001年12月7日

烟台师范学院扶贫助学工程惠及桃李

百余名贫困生戴上硕士帽

本报讯 烟台师范学院全面实施扶贫助学工程，消除了贫困生的后顾之忧，使他们心无旁骛地投入学习当中。两年来，全院1965名贫困学生没有一人因经济困难而辍学、因心理压力而失学；相反，有近200名贫困生被评为"三好学生"和"优秀学生干部"，127名贫困生考取了硕士研究生。

烟台师范学院有在校生16000多名，其中约有26%的学生家庭经济困难。为帮助贫困生完成学业，该院实施了"建、贷、补、缓、助、疏、奖"的扶贫助学工程。建，就是为贫困生建立档案；贷，就是提供助学贷款，两年共为781名贫困生申请国家助学贷款350多万元；缓，就是让贫困生缓缴学费，先后为208名学生办理了缓缴手续；补，就是学校对贫困生给予经济补助，仅今年就为140名学生补助经费数万元；助，就是提供和介绍助学工作岗位，今年暑假期间，参加勤工助学的316名学生共获得酬劳11.5万元。

在积极帮助贫困生解决经济困难、顺利完成学业的同时，烟台师范学院还注重采取疏、奖等措施，认真做好贫困生的心理疏导和学习激励工作。他们开设了心理咨询站，创办了心理咨询热线，为贫困生提供心理咨询服务。他们还利用院报和校园广播，广泛宣传自立自强、品学兼优的贫困生的事迹。同时，他们设立了多种奖学金，激励贫困生自强不息，奋发向上。仅今年上学期，全院就有215名学生获得了"贫困生奖学金"。

（此文获2001年山东新闻奖）

9.《生活时报》2002年5月24日

学校创造环境　学生勤学苦读
八寝室考研全过线

本报讯　近日，从烟台师范学院传出喜讯：该院参加2002年硕士研究生入学考试中，不但全院的考研过线率达到了50.4%，而且生物科学与技术系、地理旅游系和物理系8个寝室集体参加考研的64名同学全部过线，创造了国内高校考研的一项奇迹。院长刘大文教授认为："我们之所以有如此高的考研过线率，主要在于学校创造了良好的教学环境，在于广大同学勤学苦读的精神。"

近几年来，该院始终把培养"厚基础、宽口径、高素质、重创新"的人才作为办学宗旨，先后实施了一系列的教学配套工程建设，实施了以"优化教育理念，实施素质教育"为主题的教学改革；在知识传输上，优化调整了课程体系、教学内容等；着力加强基础设施、教学仪器设备和师资队伍建设，为教学提供强有力的支持；注重浓化校园学术、文化环境，创造健康向上的学习氛围。

在良好校园环境的熏陶下，整个校园内出现了你追我赶、互帮互学的新气象。仅2001年，该院就有417名学生考上研究生，考研录取率达到了42%，有的系录取率达到了75%。特别是在今年全国考研人数比去年增长35.6%的情况下，该院不断深化各项教学改革，促使教学质量得以稳步提高，也有效地确保了考研录取率的逐年上升。

10.《烟台晚报》2005年1月24日

烟台师范学院备好"年夜饭"
外省学生电话拜年免费

本报讯 离春节虽然还有半个月，但烟台师范学院为不回家过年的40名外省籍学生准备的"吃团圆饺子""举办联欢会""免费电话拜年"3份特殊"年夜饭"已经就绪。

目前，在烟台师范学院就读的外省籍学生已达1000多人。40名留校过年的学生中，有的因路途遥远怕给家庭增添经济负担，有的利用寒假打工补贴生活费用，有的准备资料参加各种人才招聘会，而放弃了春节与家人团聚的机会。

为让外省籍学生过个温馨祥和的春节，学校安排了大年除夕夜生活：老师陪同吃团圆饺子；召开茶话会，观看中央电视台春节联欢晚会；午夜时分，免费打电话，给家人和亲友拜年报平安，让他们在学校也能感受到家的温暖。

11.《烟台晚报》2005年2月28日

只愿进城不愿下乡

谁去教农村中小学生？

本报讯　昨天，在烟台师范学院举办的烟台市师范类毕业生就业大集盛况空前，省内各地教育行政部门及学校300家用人单位齐聚一堂招贤纳士。耐人寻味的是，求职心切的毕业生眼里只有"城市"，而手握大量需求"指标"的外地及农村学校却成为"后娘孩子"。

昨天上午8时许，用于招聘的两幢教学楼被数千名各地师范生占据，从一楼到四楼，作为洽谈室的上百间教室都拥挤着求职者。不得已，烟台二中、三中等学校只得暂停面试。一旁的龙口、莱州、招远等招聘处，虽然也有几十人咨询，但人气明显逊于市区。中西部地区的淄博、枣庄、日照、东营、滨州、德州等市的学校招聘处显得冷清。记者注意到，来自阳谷、沂水的招聘人员早早离场。半天时间求职者超过1万人，但很多人没有找到合适的"家"。

"学生想进城市就业是好事，但欠缺冷静的形势分析，很可能错过就业机会。"烟台师范学院学生处邢老师介绍。虽然求职者人数众多，但从招聘方提供的需求计划看，300家单位提供了4500个就业岗位，是一次难得的就业良机。但从现场看，学生们纷纷放弃就业容易的外地及县市区，一齐选择竞争激烈的市区，就业难度可想而知。

记者从烟台市教育行政部门获悉，今年全市拟补充教师800余名，主要集中在语文、数学、外语及地理、生物、物理等专业。农村中小学需求很大。鉴于此，师范生不能无视就业形势，仅凭个人意愿挑选，应该先就业再择业。烟台市教育局有关负责人介绍，今年仅烟台师范学院就有师范类毕业生4800人，而到真正有需求的县市区和农村学校就业才是理性的选择。

没有找到工作的毕业生也不要灰心，3月1日临沂师范学院、3日曲阜师范大学、5日山东师范大学、7日聊城大学还有四场师范类毕业生就业大集。

12.《烟台日报》2005年3月7日

烟台师范学院获教育硕士学位授予权
为胶东首家获此殊荣高校

本报讯　经全国教育硕士专业学位教育指导委员会专家评审、国务院学位委员会办公室审批，日前，烟台师范学院被批准为教育硕士专业研究生培养单位，并从今年起拟在教育管理、学科教学等方向开始招生。

教育硕士是我国于1997年开始设置的具有特定教育职业背景的专

业学位，主要培养面向基础教育教学和管理工作的高层次人才，采取全日制和非全日制（包括在职攻读教育硕士专业学位）两种不同的方式。目前，全国共有49个教育硕士培养单位。山东省有4个，烟台师范学院为胶东地区首家拥有教育硕士学位授予权的高校。这不但有利于提高该校的办校层次，而且有利于为山东特别是半岛区域经济和基础教育发展提供高层次人才支持。

13.《烟台日报》2005年4月12日

为特困学生解开心结

烟台师范学院139名处级干部结对帮扶

本报讯 为加强和改进大学生思想政治教育工作，近日，烟台师范学院139名处级以上干部与特困生结成了帮扶对子，帮助他们解决学习生活中的实际困难，及时做好思想和心理疏导工作。

据了解，烟台师范学院现有在校生2万多人，其中特困生200余人。为保证这些特困生顺利完成学业，学校先后实施了"贷、补、缓、助、奖"扶贫助学工程。此次"结对子"活动，在积极为他们解决经济困难的同时，针对他们容易自卑、抑郁等心理特征，及时做好思想政治教育工作。学院建立了专职辅导员队伍，定期组织院系领导和班主任参加研讨会和经验交流会，建立了与贫困大学生家庭联系制度，设立专门的心理咨询室，让特困生走出自卑、抑郁的心理误区。

14.《今晨6点》2005年7月1日

韩国太太获中国学士学位

本报讯 昨天，烟台师范学院为13名韩国留学生举行本科毕业典礼，并授予学士学位。其中，权南姬、金南玉这两位随夫来烟的韩国太太格外引人注目。她们特意换上韩服，以纪念这个特殊的日子。

44岁的权南姬难掩兴奋之情。她用流利的中文对记者说，4年前，她随丈夫来烟台时，一句中国话都听不懂，而现在，她拿到了汉语言文学的本科证书，完全攻克了语言障碍，而且交了很多中国朋友，从心里爱上了烟台的生活。权南姬的丈夫在莱山区开办了一家电子公司。公公婆婆从韩国来烟探望时，权南姬熟门熟路地担当导游，赢得公婆的夸赞，为此她十分得意。权南姬说，不管走到哪儿，烟台都是她的故乡。

烟台师范学院对外汉语言教研室主任胡晓清教授介绍说，近年来，中韩经贸关系日益密切，中国出现了"韩流"，韩国则涌动"汉流"，韩国留学生纷纷来华学习汉语。韩国太太只是其中一个比较特殊的群体。该校累计已有50余名韩国留学生本科毕业，其中，韩国太太占了1/5。

15.《光明日报》2006年1月25日

烟台师范学院力保"阳光收费"

本报讯 为确保教育收费公正、公平和公开，烟台师范学院建立健全了五项教育收费制度，形成了科学合理的收费管理体制和工作机制，确保了收费项目、收费标准等合法合规，多年来没有发生一起乱收费现象。赢得了学生、学生家长和社会的广泛赞誉。

烟台师范学院现有在校生22000多人。该校在大力提升教育教学质量的同时，把社会关注、学生及其家长关心的教育收费这个敏感问题作为一项突出问题来抓。为此，该校建立健全了五项制度确保教育收费不走样。

一是层层建立了收费工作责任制。在"统一领导、集中管理"的财务管理体制下，该校按照"谁主管、谁负责"的原则，建立健全了收费工作责任制，明确规定了院长、各院系行政负责人、各处室办负责人等各级领导在教育收费工作中的责任，并实行责任追究制。

二是严格执行"收支两条线"和"票款分离"制。学校按照上级有关政策，严格执行上级规定的收费项目和标准，做到不擅立收费项目、不私自提高收费标准、不扩大收费范围、不跨学年收费，并对收费实行"收支两条线"和"票款分离"制度。

三是全面落实收费公示制。凡是学校面向学生的收费，该校都按国家规定的程序进行审批，获得批准后，通过公示栏和招生简章等形式，向校内外详细公布收费项目、收费标准、收费依据、收费范围以及贫困生资助政策等内容，主动接受学生、家长和社会的监督。每年新生入学前，学校都要向所有新生家长寄发"收费明白信"，详细介绍收费项目、收费标准和交费流程，做到学校清清楚楚收费，学生、家长明明白白交费。

四是推行银行代扣代缴制。为方便学生及家长缴费，提高收费工作效率，从2002年起，该校就结合银行代收业务的发展，对传统的收费管理工作进行了改革，采用委托合作银行代扣代缴收取方式进行缴费，新生只需在当地把钱款存入银行卡或存折，报到时学校将收据发给学生核实，避免了新生入学时排队缴费费时、失窃等现象，深受学生、家长的欢迎。

五是实行监督检查制。为有效杜绝违规收费现象和行为，该校不仅成立了由监察审计、学生管理、财务等部门组成的监督检查领导小组，而且还聘请了32名师生作为义务监督员，对全校的收费工作进行监督。对违反规定的乱收费、未按规定公示的收费或者公示内容与政策不符的收费，该校规定，凡有举报，一经核实，立即查处。

16.《今晨六点》2006年2月12日

美术专业受考生青睐

3000余名考生齐聚烟台师范学院

本报讯 昨日，来自全省3000余名考生齐聚烟台师范学院，参加该校组织的2006年美术专业考试。当天烟台师范学院设置了93个考场。此次美术专业仅招收200名学生，其中本科175名，专科25名。

由于参考人员太多，该校体育馆成为此次招生考试的特设考场。当天上午，记者来到考试现场看到，考生们都坐在马扎上紧张地进行素描考试，证明考生身份的各种证件则放在考生旁边，随时供监考人员检查核对。为防止替考等作弊行为，考生如厕等所有活动固定在警戒线内，考试当天仅参加监考、保安等方面的工作人员200余人。

今年的考试加强了条形码防伪，比往年也更加透明、公开、公正。该校教务处负责人介绍，烟台师范学院美术专业一直很受山东考生青睐。此次报名考试受天气影响较大。另外，由于烟台处于山东边缘，考生赶考不便，报名考试也受到一定影响，报名3000人对整个山东的艺考来讲尚算不上火爆。

17.《烟台日报》2006年3月6日

去年数百用人单位到场，而今年却不足百家——
师范生就业遇冷

本报讯　3月5日，鲁东大学举办了2006年首场师范类招聘会。同往年200多家用人单位到场的热闹场面相比，此次招聘会仅不足100家单位参加，冷清的背后，预示着今年师范类毕业生就业形势不容乐观。

户籍限制——师范生路遇"拦路虎"。求职时，师范类毕业生遇到的最大难题就是户籍限制现象普遍存在。招聘会上，有不少用人单位都表示"只招本地毕业生"。菏泽某中学招聘老师，他们对招聘人员说，同等条件下，优先考虑来自菏泽地区的学生。

鲁东大学计算机专业的李晓聪告诉记者，由于自己是湖北省生源，参加了好几次招聘会都毫无收获。没办法李晓聪只能选择考研。据了解，像李晓聪这样受户籍限制的外地学生不在少数，在没有考上研究生的情况下，他们都选择回家乡找工作。

由于户籍限制，本次招聘会吸引了八九百名在外地上学的烟台本地学生，这些学生都是因为户籍限制而不得不回烟"淘金"的。那些没有户籍限制的用人单位，受到学子的追捧是可想而知的。在此次招聘会上，一家去年5月才成立的民办学校，因为没有户籍限制，吸引了上百名毕业生前来应聘，成为招聘会的一大亮点。但这样的单位，毕竟屈指可数。

求职难——呼唤学子转变心态。据了解，鲁东大学的这场师范类招聘会是山东省2006年的最后一场师范类招聘会。因此，在很多用人单位已经招满的情况下，只有不足100家单位设摊，不及往年一半，给本来不乐观的师范类高校毕业生就业难再添冰霜。除了韩语、日语、俄语等外语类比较紧俏外，其他师范专业的就业情况均不理想，招聘会上共有2000多名学生进场应聘，仅有一少部分学生和用人单位达成初步意向。

虽然形势不利，但眼下，毕业生们求职时依然挑挑拣拣，致使目前师范类高校毕业生在大喊"求职难"的同时，有些偏远中小学校却面临"求不到人"的尴尬局面。目前，多数的学生依然宁可在"满意"的单位门前挤破头，也不愿瞧一眼乡镇中学，这种求职心态急需转变。

18.《光明日报》2006年5月17日

烟台师范学院正式更名鲁东大学

本报讯 近日，经教育部和山东省人民政府批准同意，烟台师范学院正式更名为鲁东大学。

烟台师范学院是山东省建校历史最早的师范类高校。经过48年的建设发展，目前在校生近20000人，本科专业达到了54个，硕士点总数达到了34个。今年2月14日，教育部正式致函山东省人民政府，同意烟台师范学院正式更名为鲁东大学。4月27日，山东省人民政府专门向全省下发了《关于将烟台师范学院更名为鲁东大学的通知》。教育部和山东省人民政府规定和要求，更名后的鲁东大学，由省政府领导，省教育厅主管；学校系多科性普通本科高等学校，以本科教育为主，积极发展研究生教育；学校全日制在校生近期规模为21000人。

19.《烟台日报》2006年5月23日

鲁东大学招生方式实行重大变革

考生填报志愿不再举棋不定

今年起按学科大类招生

本报讯 记者今日从招生部门获悉，鲁东大学今年将在招生方式上实行重大变革，决定在去年数学与信息学院、汉语言文学院、心理与教育学院实行按学科大类招生的基础上，再增加9个院系实行按学科大类招生的模式。这意味着考生不必再为填报志愿时选择哪个专业而举棋不定了，也意味着他们进入大学后会有更广阔的专业选择空间。

新增的9个院系是政法学院、经贸学院、生命科学学院、地理资源管理学院、交通学院、土木工程学院、计算机科学与技术学院、物理与电子工程学院、音乐学院。今后，凡是报考中国语言文学类、法学类、经济学类、数学类、电气信息类、电子信息科学类、生物科学类、地理科学类、公共管理类、心理学类、交通运输类、土建类、音乐类等专业学科大类的，前期将按学科大类招生培养，进行宽口径专业教育，后期由学生根据市场需求和个人兴趣自主选择专业。

鲁东大学招生办公室负责人介绍，目前，国内不少高校都实行按学科大类招生的模式。按学科大类招生，学生入学时不用选择专业，到了高年级时，可以根据院系提供的专业选修课程要求，按照自己的兴趣特长、毕业后的发展和社会需求，合理确定专业或专业方向。这样做更符合学生的利益，也有利于学生把基础知识打牢。

据了解，鲁东大学2006年普通本专科将面向全国22个省份计划招生5500人，其中本科计划4900人，专科600人。招生数比去年略有增加，其中本科计划增幅较大，专科则大幅减少。

20.《烟台日报》2006年6月1日

鲁东大学校徽申请知识产权保护

本报讯 5月31日，鲁东大学校徽正式启用。值得一提的是，为了加强对知识产权的保护，鲁东大学已将校徽向国家有关部门申请注册。

校徽图形以汉语拼音字母"L/D"为主要元素进行设计，取自"鲁东大学"中"鲁东"二字汉语拼音的开头字母，同时表达出"鲁东""鲁大"的含义。校徽图形外部设计元素"U"取自"University"的开头字母；校徽图形设计像一只展翅欲飞的白鸽，又像一只含苞待放的花朵。校徽是由山东省第21届运动会会徽设计创作者、鲁东大学美术系副主任郭磊设计创作的。

21.《光明日报》2006年11月22日

鲁东大学智力帮教农村学校

本报讯 近3年来，鲁东大学充分发挥教师教育办学优势，全面拓宽支教渠道，实施了智力帮教系列工程计划，有效地解决了制约农村基础教育发展的师资"瓶颈"问题，促进了驻地基础教育的健康发展，有效地推进了社会主义新农村建设。

鲁东大学地处山东省烟台市。近几年来，该校针对驻地农村部分学校教师学科结构不够合理、自身素质偏低、知识更新滞后等突出问题，注重发挥在过去近50年办学过程中沉淀的教师教育优势，实施了以提高农村学校教师队伍素质的智力帮教工程。一是组织实施了"千名外语教师暑期培训计划"。该校利用暑期，采取小班化教学、讨论式授课等形式，对近千名农村学校英语教师进行了免费业务培训。二是组织实施了"农村骨干教师脱产学习计划"。该校利用每年9、10两个月的大学生教育实习时间，选择两名优秀实习生替换下一名长期在农村教学一线的骨干教师到大学进行"充电"。三是组织实施了"中师教师轮训提高计划"。针对中师学校师资队伍力量薄弱等现实问题，今年暑假，该校将156名中师教师请进了鲁东大学的课堂，进行了为期一个月的暑期课程培训。该校计划再用两年时间，对胶东地区莱阳师范学校、蓬莱师范学校、文登师范学校3所中等师范学校的所有专任教师进行一次全员轮训。四是组织实施了"教授送教下乡计划"。近3年来，鲁东大学在全面加强教育教学的同时，先后多批次组织具有高深学术造诣、精尖专业理论和扎实教学专长的业务精英型专家、学者，到农村学校开展新教育理念、新课程改革、双轨教学等专题讲座和学术报告会30多场次。五是组织实施了"大学毕业生服务农村学校计划"。每年应届毕业生实习期间，鲁东大学都要组织学生到100多所该校建立的农村学校教育实习基地进行实习，这样既满足了学校教育实习的需要，又缓解了当前农村学校师资力量薄弱的突出矛盾。同时，该校还相继制定了毕业生到农村学校就业服务的优惠政策，鼓励师范类毕业生扎根农村、服务农村的基础教育。仅今年该校就有近10%的应届毕业生到农村学校从事教育教学工作。

22.《烟台日报》2006年12月27日

大学生求职趋于诚信理性

本报讯　24日上午，青岛、烟台、威海等地市的200余家企业来到鲁东大学2007届非师范类毕业生供需见面会现场，为近万名毕业生提供了2500多个工作岗位。据初步统计，用人单位与毕业生达成意向的有1000份左右，理性和诚信的大学生占了达成意向者的65%。

学生求职诚信为本。今年许多毕业生开始加强对自己实际内涵的重视，以往那些过于包装自己的现象已经大大减少。某税务事务所负责招聘的林女士给记者举了一个例子：上午9点半，一位来自山东大学的赵同学递上了一份与众不同的简历——别人的简历都是把自己在学校的经历写得很优秀，而赵同学则在简历上明明白白地写上了自己在学习和生活中的缺点，如做事不认真，考虑问题不周全，等等。林女士告诉记者，她非常欣赏赵同学这种坦率、诚实的精神，如果每位毕业生都能如此的话，将使企业招聘更为顺利。

学生应聘更为理性。不仅仅是诚信，这次前来应聘的学生要理性许多。学中文的大四学生小张从上午8点45分进场到11点半，仅仅投出了4份简历。是没有好单位吗？小张告诉记者，许多单位名头虽大，招聘的职位却和自己专业相去甚远，与其每个单位都投一份，不如仔细思考过后再做决定。某超市负责招聘的陈先生说，这次来招的职位包括经理、部门主任这样吸引力较大的职位，但前来应聘的学生并没有盲目地递上自己的简历，大部分学生都从自己的实际出发，详细地咨询了诸如企业文化、经营理念这样的往往不被学生重视的问题。"这是一个好现象，既是对自己负责，也是对用人单位的尊重。"鲁东大学学生处张主任欣喜地说。

理科专业依然是热门。这次参加招聘的企业包括国企、民企和部分事业单位,从招聘现场来看,市场营销、电子、汽车、计算机等行业岗位需求较多,而中文、法学、社会工作等文科专业的毕业生需求依然较少。据鲁东大学就业指导中心的李伯枫主任介绍,为了给毕业生提供更多的就业机会,学校将积极与各人才服务中心、企业建立就业基地和实习基地,进一步拓宽就业渠道,并将于2007年3月6日举办一场山东省师范类毕业生招聘会。

23.《齐鲁晚报》2007年1月6日

一大学爱心超市设"坎"揽顾客

本报讯 鲁东大学有4000多名贫困生,学校曾组织了几次无偿的爱心捐助活动,一些贫困生因为不愿接受"嗟来之食",爱心活动反而屡遭"冷场"。1月5日,该大学政法学院首次开办了一所爱心超市,将社会捐助来的衣服,以每件1~3元的价格出售给贫困学生,反倒迎来许多顾客。

1月5日,记者来到鲁东大学政法学院开办的这个爱心超市,里面挂着的1000多件旧衣服,都标注了最多不超过3元的价格,现场大约有30名顾客在选购。政法学院一名姓谢的四川籍女生一下子购买了3件衣服,她说,以前学校有过无偿捐助的衣物,她都没有去领,自己虽然家庭困难,但是也和其他的同学一样有自尊心,总是不太愿意接受这种"施舍",这个爱心超市的衣服虽然也都是捐来的,但付点象征性的费用，心里感觉踏实。

鲁东大学团委书记王业兵告诉记者，目前，该校有4000多名月消费在100元以下的家庭困难学生，其中大部分还是有些经济能力的，学校曾做过几次调查，发现这些贫困生在接受他人捐助方面的自尊心都比非贫困生要强，一些无偿捐助的活动开展得并不理想，而公开的爱心捐助活动，也有不少人选择沉默和逃避。学校经过调查后，决定搞这个象征性的收费超市，给这些贫困生心理上下一道"坎"。据介绍，出售这些衣物所得的款项，学校将用于建立一个专项基金，救助更贫困的学生。

政法学院2005级贫困生武云龙告诉记者，他希望这种形式的爱心超市能办成连锁超市，贫困学生可以选择更多的象征性收费的物品。

24.《今晨六点》2007年3月9日

大学生找工作很难

这位女大学生却有五家企业争抢

本报讯 她在班里的学习成绩只算得上中游，英语也刚过四级。对于一个大学生来说，她是很普通的一个，然而就是这样一个普通的女生，在大部分人都喊着"工作难找"的时候，5家企业争相要她去签约，最终她选择了北京一家教育科技公司，还未实习便已签约。12日，她将赶赴北京，正式开始她的工作生涯。她的经历将告诉众多的大学生，什么才是就业的筹码。

这个"能耐"的小姑娘叫孙甜，是鲁东大学物理与电子工程学院2003级的学生。1月26日，刚参加完研究生考试的她突然接到一个来自北京的电话，一位名叫高燕定的美籍华人盛情邀请她加盟他的公司。孙甜纳闷了，她还没开始找工作，也没有投简历，这是怎么回事呢？一问才知道，原来是孙甜的学长、新浪网教育频道编辑娄雷向高燕定提起了孙甜，引起了高燕定的兴趣。他立即给孙甜打来电话，亲自了解孙甜的"能力"。

"我现在是鲁东大学大学生电视台台长，在校期间先后获得'中华美文'普通话朗诵比赛优秀奖，'小荷才露'准教师大赛一等奖，'明日之星'主持人大赛优秀奖。另外，我还是网易教育频道《校园点歌台》节目主持人，主持着每周一期的校园互动点歌节目，我制作的视频作品也经常在新浪网站DV频道和三杯水DV文化网站等国内知名DV网站上亮相。"说起自己的情况，孙甜如数家珍。"太好了，我们公司正需要会制作DV的中文助理，不过我要求员工英语过八级，不知道你的英语水平怎么样？"听了这话，孙甜有点"蔫了"，声音立马低了几度："我的英语刚过四级。"高先生又跟她聊了点别的，就挂了电话。孙甜既惊喜又懊恼，她打听了一下这个公司，虽然刚刚上市，却集中了许多业内精英人士，发展前景非常好。结果高先生再次打来电话，询问了她一些问题。1月29日不到凌晨1点，睡梦中的孙甜被电话吵醒，电话那头的人简洁明了地告诉她："你明天来北京面试吧，来回机票我给你报销。"放下电话，孙甜才意识到这是高先生。

面试十分顺利，高先生看了她的简历，听她做了简单的自我介绍，便决定录用她了。"真是跟做梦一样。"回想起当时的情景，孙甜依然觉得这经历太神奇了，"前后只有三四天的时间，那时期末考试还没结束，我还没有好好考虑怎样找工作，工作就这样敲定了。"

这次找工作太顺利了，可孙甜想尝试一下招聘会，看看自己到底有多大的实力。正月初九，她来到招聘会现场，投了5份简历，2家公司当场通知她去面试，另外2家公司一天后电话通知她面试。面试后，3家公司当即询问她何时可以上班，还有一家请她去复试。

"其实你的学习成绩很一般，你觉得这些公司最看重你什么呢？"对于记者的问题，孙甜回答说："我想是我的动手能力吧，制作DV对我来说轻车熟路，熟悉了公司的业务后就可以单独工作了。"

的确，自从加入鲁东大学大学生电视台后，孙甜和她的朋友们摄制了《春天三部曲》《校园文化系列》《大学生安全》《我在你身边》《山之声》《青春议事厅》等十余部DV作品。她见证了大学生电视台的成长，也实现了自己的人生蜕变。

2006年春节，三杯水DV年度首届十佳评选中，由孙甜制作的影片榜上有名，《我在你身边》获得十佳剧情片奖，《非常娱乐实录——我们的DV生活》和《欢乐主播主持欢乐蹦蹦跳》荣获十佳纪录片奖。她还在中华32DV导演中找到了自己的名字。最近三杯水网站又将孙甜之前做过的17部作品做了整合。正是这些成绩，让孙甜在人生的重大转折点上赢得了胜利。

25.《齐鲁晚报》2007年7月27日

赴贵州支教学生28日启程

鲁东大学志愿者与贫困孩子结帮扶对子

本报讯 "我们去贵州最主要的目的就是寻找贫困学生，回来后，帮他们联系更多的好心人，对他们进行长期帮扶。"26日上午，鲁东大学外国语学院学生会主席张念传说，如果天气允许的话，28日，他们将远赴贵州省大方县星宿乡进行义务支教和社会调查，并将贫困孩子的家庭和学习情况带回来，帮助那些贫困孩子寻找好心人，建立帮扶对子。

支教更注重长期效益。"我想帮助一名贫困的小学生。"近日，当鲁东大学6名大学生在烟台市大展文化广场对贫困小学生进行募捐时，烟台市芝罘区62岁的张大爷希望大学生们在贵州活动期间能帮他寻找一名家庭贫困的小学生，并表示愿意负责这个孩子从小学到大学的所有费用。"我的两个孩子都已经成家立业，孙子们也都生活得很好。"张大爷说，儿女对他和老伴都非常孝顺，退休后，他一直都过着非常舒适的生活，但他的心里总感觉这样活下去很没意思。"小时候，我的家庭情况也非常差，要不是村里人帮助我的话，也许我根本无法活下来，更别说能过上今天的幸福生活了。"张大爷激动地说。他认为，家庭贫困的孩子一般都具有大志气，只要给他们机会，就能干成一番大事业。张大爷说，当他看到本报《今日烟威》多次报道大学生去贵州山区进行支教和调查活动后，他便决定长期帮助一名贫困小学生，他的老伴和儿女对他的决定也都非常支持。

"老人家的一席话提醒了我们。"张念传说，当初他们决定去贵州山区时，只是想给那里的孩子送一些衣物、书本等礼物，并进行短期的支教活动和社会调查，后来，他们决定不仅要为贫困的孩子送去这些东西，还要想办法对那些贫困孩子进行长期帮扶。现在，他们学校的5名老师已向他表示，希望能与那些贫困孩子结成长期帮扶对子。

众多好心人愿自费去支教。"有很多好心人都在关注贫困山区里的孩子们。"张念传说，本报《今日烟威》对大学生去贵州支教的活动进行多次报道后，到目前已有近百名老师和大学生给他打来电话，希望能加入他们的队伍，但由于经费有限，他们不可能组织这么多人去贵州。"给我们带队的吴老师是自费去贵州的，另外还有几名老教授也愿意自费去贵州。"张念传说，南方雨水较多，考虑到安全因素，他们不打算让这些老师一起前往山区。"有些同学本身就是贫困生，但他们一再表示要去帮助那里贫困的孩子。"张念传说，去贵州支教的6名大学生，其中5人来自农村，家庭条件都不是太好，但大家都希望为山区里的孩子尽份力。

捐赠物品达5000余件。26日上午，记者在鲁东大学外国语学院一间教室内看到，教桌上已经摆满了衣物、书包、书本，地上到处都是鞋子，其中多数衣物和鞋子都是非常新的，在一个盒子内还放着6个复读机，另外还有两个篮球和10个足球。"这些都是好心人送给孩子们的礼物。"鲁东大学外国语学院团总支书记吴远庆说。截至目前，社会各界好心人已为贫困孩子捐赠了5000余件礼物，其中有很多礼物都是好心人专门去购买的。

"我们最大的遗憾就是无法将这些礼物全部带到贵州。"吴远庆说，由于运费太高，经研究，他们决定选出最好的、最合适小学生用的礼物，另外再选一些适合成年人穿的衣物，打成包后，由他和其他同学带着去贵州，转交给那里的贫困孩子和家庭，剩余的衣物全部再捐赠给该校的"爱心超市"，让其他贫困大学生受益。

"我们将把捐赠的钱都送给那些贫困孩子。"吴远庆表示，为了尽快赶到贵州，他们原来打算乘汽车去武汉，再由武汉去贵州，但每个人的车费就要300多元，为了减少旅途费用，他们决定先乘火车到西安，再由西安去贵州，这样的话，每个人的车费就能减少100多元，却要多坐20个小时的火车。

26.《科学时报》2007年10月15日

鲁东大学创立农村中学英语教师培训新模式

大学生顶岗教学　教师回高校学习

本报讯 近日，来自山东烟台市9个县市区58所农村中学的64名英语教师，结束了在鲁东大学外国语学院为期21天的顶岗培训，又重新返回各自的工作岗位。与此同时，鲁东大学到各中学顶岗实习的154名英语专业的学生也告别了"三尺讲台"，回到学校。这是鲁东大学为提高农村初中英语教师的水平和专业素质，加快基础英语教育改革而采取的又一项有效举措。

这次鲁东大学组织的"农村骨干教师脱产学习计划"，是在每年9月、10月两个月的大学生教育实习时间，选择两名优秀实习生替换下一名长期在农村教学一线的骨干教师到大学进行"充电"。为做好这项工作，鲁东大学在学生顶岗实习前，对选拔的优秀实习生进行了专门的教学培训，组织他们进行教学试讲和到烟台市有关中学进行教育见习，提高他们的教学水平和能力。

据介绍，这次农村教师在校期间的培训，主要采取小班单独授课和专题讲座相结合等形式进行，培训的内容分为初中英语教材教法模块、语言技能提高模块、教学理论与新课标模块、西方文化模块和计算机辅助教学模块、英语教学法的系统学习5个模块，重点提高农村初中英语教师的教学水平和专业素质。培训期间，每位教师上交两篇与教学有关的论文和培训感想，经过严格的考核，合格教师获得由烟台市教育局颁发的培训合格证书。

农村中学英语教师顶岗培训为乡镇中学教师提供了一个"回炉"深造、更新知识结构的机会。同时，也使鲁东大学154名实习大学生经历了就业前的一次实战演练。"这次实习让我真切地感受到了作为一名人民教师的责任，既提升了我的教学水平，也树立了我毕业后当好教师的信心。"这是大多实习同学的一个心声。

据悉，近几年来鲁东大学针对农村基础教育中部分学校教师学科结构不够合理、自身素质偏低、知识更新滞后等突出问题，采取多项有效措施提高农村学校教师队伍的素质，加强农村基础教育。从2005年开始，先后组织实施了"千名外语教师暑期培训计划""教授送教下乡计划"等计划，帮助农村培训教师。

27.《齐鲁晚报》2008年1月25日

烟台20名大学生列车打工赚学费饱尝苦与乐

本报讯　　每天早上4点半起床，一天来回整理50多节车厢的被褥，24日，记者在烟台火车站见到了一群寒假在列车上打工的大学生。为挣下学期的学费，来自烟台高校的20多名大学生饱尝了自食其力的苦与乐。

24日早晨，记者在烟台火车站一趟列车上见到了正在卧铺车厢整理被褥的鲁东大学大四学生小鸣。小鸣告诉记者，他和其他同学每天早晨4点半起床，简单吃完早饭后就赶往1.5千米外的火车站，然后上车整理被褥和打扫卫生，上午整理、打扫3趟列车；下午要整理和打扫一趟列车，工作由保洁公司统一安排，往往是一人一个车厢，整理完第一辆列车后，第二辆列车也就到了，一般要干到下午1点左右，回去吃完中午饭稍事休息后还要整理一辆列车，下午6点多才能回宿舍。

"工作看似很轻松，其实干起来很累。"小鸣说，他家是济宁农村的，家中还有一个在外打工的弟弟。"吃完晚饭，两条腿累得确实不行了，不到9点我们都睡了。"小鸣说这话时，有些疲惫，但他对一个月800元的工资还是满足的，因为一日三餐和住宿都是免费的。小鸣说，"想到能攒够下学期的学费，不用再让父母借钱，我们心里就非常欣慰了。"

28.《烟台日报》2008年1月28日

鲁东大学关爱留校大学生
老师邀学生共进"年夜饭"

本报讯 "想不到学校领导对我们这些留校学生这么关爱。尽管我们没能回家与家人团聚，但在学校我们一样能够感受节日的温馨。"家住临沂农村的鲁东大学物理与电子工程学院的大三学生邵明师第一次在外过年，但他并没有感到孤独。除夕这一天，他已经被鲁东大学的纪老师提前"预订"到家过年了。

随着春节的日益临近，鲁东大学为那些留校的大学生准备好了春节的礼物：学校领导和老师将陪伴着60名没有回家的大学生共进"年夜饭"，把温暖送到学生心里。

今年春节，鲁东大学有60名大学生因经济贫困和其他原因不能回家与亲人团圆。考虑到留校大学生在校期间的具体情况，让这些远离家人的学子能够度过欢乐、喜庆、祥和的春节，鲁东大学从物质和精神上给留校大学生以双重关爱，将开展实施以"送岗位、送关爱、送欢乐、送温暖、送亲情"为主要内容的爱心活动。他们不但为留校学生安排勤工助学工作岗位，组织有关校领导和老师定期到留校学生中进行走访察看，而且对除夕大年夜的生活做了具体安排和部署：这一天，学校将举办留校学生春节联欢会，届时，校领导和老师将与留校学生同吃年夜饭，给每位大学生派送一份新年大礼包，提供免费与家人拜年的电话。

部分留校学生的班主任等，还将邀请学生到家中与自己欢度除夕。

29.《烟台晚报》2008年3月23日

省师范类毕业生供需见面会举行

万名大学生冒雨找工作

本报讯 昨天，烟台市第三届驻烟高校毕业生招聘会暨山东省师范类2008届毕业生供需见面会在鲁东大学举行。招聘会吸引了驻烟高校1万多名毕业生前来应聘，来自烟台、威海、潍坊、济南、青岛等城市及部分省外城市的400多家企事业单位进场招聘，并提供岗位10000余个，经供需双方选择初步达成就业意向或协议3000余份。

一个岗位上百人"抢"。上午8时许，清晨的细雨不能阻挡毕业生求职的脚步，来自鲁大、烟大、山商等各驻烟高校以及外地高校毕业生在体育馆门口排起了长队。记者在现场看到，用人单位专业需求量不一，需求比较大的专业是市场营销、机械制造、管理、自动化、化工、计算机、外语等，占毕业生总需求的80%。而文法经体等学科专业的需求相对较少。教育学校类的单位摊位前异常火爆，出现了百余名师范类毕业生争抢一个岗位的局面。对于这种"僧多粥少"的局面，长岛县教育局工作人员告诉记者，现在中小学生源开始减少，再加上中小学合并，多数学校教师已经满员，不需要招人。

一家招聘双语教师的私立学校给出了优厚的待遇条件，吸引了不少学生上前询问，但是，招聘方要求物理、化学等课程都要用英语授课，这样的高要求使得毕业生望而却步。烟台大学英语专业毕业生小李感叹道："我的专业英语已经过了六级，但是要让我用英语讲化学，我还是觉得不行。"该单位工作人员告诉记者，招聘要求是很高，但是也有毕业生前来应聘。

没毕业就赶来"热身"。"找工作真不容易啊，我要趁现在赶紧给自己储备竞争砝码。"鲁东大学计算机专业大三男生小王也来参加招聘会，为的就是探探就业的风向，了解用人单位对大学生的要求。记者在招聘会现场注意到，除了串场赶招聘的应届毕业生外，不少大三甚至大二的在校生也来"热身"，到招聘现场找感觉、寻差距。"我想当一名中学老师，但我看到一些中学居然只招硕士毕业生。"高要求的招聘条件让生物专业大二学生小朱有些焦虑，但是小朱也表示，在招聘会上他看到了就业前景，自己以后的学习就更有方向感了。

除了亲身感受招聘会的气氛外，烟台大学大三女生小何还有一个重要的目的，那就是来学习应聘简历和求职信的写法。"用人单位在收简历的时候还会简单地问几个问题，而这个时候给用人单位留下的第一印象也非常重要。"小何告诉记者，赶完招聘会自己心里有了谱，相信明年上阵的时候就不会慌了。

30.《烟台日报》2008年3月23日

万余学子港城找"饭碗"

初步达成就业意向3000份

本报讯 今天上午，驻烟高校第三届毕业生招聘会暨山东省师范类2008届毕业生供需见面会在鲁东大学举行。来自烟台、威海、济南、青岛等城市及部分省外城市的400多家企事业单位参加了招聘会。

本届招聘会由省教育厅和市人事局主办，鲁东大学承办。来自山东大学、山东师范大学、曲阜师范大学、聊城大学、济南大学、德州学院、临沂师范学院、驻烟高校及省外的云南大学、辽宁大学等1万多名毕业生参加了供需见面会。

在采访中记者了解到，参加本次供需见面会的毕业生就业心态趋于务实，求职期望值、求职目标比较实际，80%以上的毕业生把求职目标的重点放在中等企事业、县（区）级企事业用人单位上。用人单位的需求方面，市场营销、机械制造、管理、自动化、化工、计算机、外语等专业占毕业生总需求的80%。另据了解，在本次供需见面会上，用人单位与毕业生初步达成就业意向或协议3000余份。

31.《烟台晚报》2008年4月5日

鲁东大学高薪"海选"泰山学者特聘教授

本报讯　记者昨天（4日）从鲁东大学获悉，该校日前以高薪向海内外杰出人才发出"招贤榜"——高薪"海选"泰山学者特聘教授。

据了解，鲁东大学此次选聘泰山学者特聘教授，是经山东省委、省政府批准设立泰山学者岗位而发出的。选聘的岗位是食用菌技术。受聘人员的年龄要求一般不超过50周岁，并且要具有博士学位。

为吸引"特聘教授"，该校提出的待遇相当优厚。特聘教授在聘任期内除享受山东省提供的特聘教授岗位津贴每人每年10万元、学校按国家规定提供的工资和福利待遇外，同时还享受每年5万元的学校特聘教授岗位津贴；为特聘教授及所在学科5年内提供200万元的学科建设经费，每年还提供给特聘教授个人20万元的科研补助经费；特聘教授所带学术团队成员享受与学校所聘岗位相适应的岗位津贴，学校从科研条件、科研项目申报、科研人员聘用、工作条件等方面给予重点支持。另外，聘期内，学校还将提供160平方米以上的住房一套。

32.《科学时报》2008年5月19日

推动新农村建设　提升企业竞争力　培养地方紧缺人才

鲁东大学全方位服务地方经济社会发展

本报讯　近日，《烟台市经济发展战略研究》出版座谈会在山东省烟台市召开。该书是鲁东大学环渤海发展研究中心20余位专家学者推出的国内第一部系统研究未来5~15年烟台市区域经济发展、中心城市发展的研究成果，也是该校全方位服务烟台地方经济社会发展的一个缩影。

培养社会急需和紧缺人才，为当地经济发展提供智力支持。针对驻地农村部分中小学教师学科结构不够合理、自身素质偏低、知识更新滞后等突出问题，鲁东大学组织实施了"中师教师轮训提高计划"，来自莱阳师范学校等教师到校接受了暑期课程培训。另外，为满足经济社会发展对企事业单位员工提出的新要求，去年该校组织对烟台市教育局、太平洋寿险烟台支公司等单位培训员工达12000多人次。

发挥科研优势，与驻地企业共建研究平台，提升企业创新能力。2007年上半年，该校生命科学学院部分教师协助烟台东方海洋科技股份有限公司成功申报了国家海藻工程技术研究中心，留洋博士邹宁教授与该企业合作，联合进行了"东方三号"海带品种的胚子体繁育研究工作。2008年3月，该校化学与材料科学学院与烟台氨纶集团联合，成功申报了国家"863"科技项目"对位芳纶（PPAT）纤维的产业化关键技术"。

发挥科技人才作用，以科技服务助推地方经济社会发展。生物技术是鲁东大学的一个强势学科。在学校有关技术人员的指导下，长岛县建成了全国第一家用生物反应器工业化生产微藻的车间；学校常年为驻地水产养殖户在扇贝、对虾、蟹、海参、海胆等不同海产育种、养殖、病害防治等方面提供技术服务，年产生经济效益2亿元以上。管理学院副教授魏二友研究设计的PC机替代产品嵌入式芯片为栖霞大易工贸有限公司降低生产成本达到了50%。

依托扎实的基础理论，积极主动为地方经济社会发展提供决策咨询服务。该校副校长柳新华的"863"课题"渤海海峡跨海通道前瞻性研究"，为2006年底烟大铁路轮渡的试运营成功提供了理论指导。该校教师还先后参与了烟台市临港产业规划、烟台市"十一五"规划总体纲要、烟台城市经济发展规划、牟平区旅游总体规划等政府规划的设计和制定工作。

加快科技成果产业化步伐，是鲁东大学服务地方经济发展的又一思路。推进服务外包业和动漫产业是烟台市经济发展的一个新动向。去年10月，该校与芝罘区政府决定共同建设带有大学科技园性质的鲁东大学——芝罘科技创业大道。未来几年，以鲁东大学为龙头，青年南路为轴线的科技创业大道，将成为烟台市又一高新技术产业的集聚区。

建立全面合作关系，实现校地双赢战略。该校与烟台交运集团共同签订了《订单式人才培养协议书》，与烟台格润旭明食品有限公司签订了《核桃系列产品研发合同》。

33.《烟台晚报》2008年6月25日

7人特殊家庭歌声祝福奥运

本报讯 昨天上午，在鲁东大学国际交流学院举办的第三届汉韩双语迎奥运演讲比赛中上演了感人的一幕：当12名韩国在烟留学生和12名鲁东大学韩国语专业学生演讲结束后，由中韩两国7名成员组成的一个"特殊家庭"走上主席台，以歌声表达对2008北京奥运会的祝福。

这个家庭的男主人名叫郑美基，目前在鲁东大学留学。他来烟台留学前是韩国首尔女子大学职员，在韩国他与夫人已生养了一个男孩，2003年、2005年和2006年他们又分别在韩领养了一男两女共3个孤儿。去年3月，他们全家来到鲁东大学学习汉语。去年8月，当他们得知在烟台开发区上学的吉林籍17岁孤儿郭同学习和生活拮据时，又主动把她请回自己的家，负担起她的学习和生活费用。据悉，郑美基夫妇明年3月份结束汉语学习后，将携5名子女前往中国少数民族地区，为那里的儿童提供心理服务及必要的生活资助。

34.《今晨6点》2008年6月27日

鲁东大学毕业生被8家单位争抢

秘诀：多读书和参加活动

本报讯　在眼下"大学生就业难"的一片抱怨声中，鲁东大学地理与规划学院地理科学专业应届大学毕业生孟建国，却被《大众日报》、兰考县委办公室、文登市国土资源局和核工业部等8家单位竞相聘用。他的秘诀是什么呢？

2004年9月，孟建国以604分的高分考入鲁东大学地理与规划学院。大学相对高中阶段的宽松自由环境，令刚满18岁的他陶醉不已。平时除上课外，很少去晚自习和图书馆，而更多的是上网、打球，甚至逃课。到了第二年暑假前夕，当看到很多师哥师姐们毕业找工作面临的压力时，他感觉到前所未有的危机。于是，在班主任及其他老师的帮助指点下，他开始了以提高动手能力为目的的学习冲刺，应对将来更为严峻的就业形势和挑战。

孟建国除了参加学校和学院组织的文体活动外，认真地学好学懂每一门专业课程。与此同时，他积极参加学校大学生科技创新活动。3年时间内先后在国内外期刊发表科研论文14篇，其中被《美国化学文摘》（CA）收录一篇，被《剑桥科学文摘：自然科学》（CSA：Nat.Sci.）收录一篇，入选《中国循环经济学术文选》一篇，入选《2007中国可持续发展论坛暨中国可持续发展学术论文集（4）》一篇，入选《国际华人核心论文集》一篇，并获全国循环经济研究优秀论文一等奖，在香港新闻出版署组织的学术论文研讨中获二等奖。去年11月，他应邀以学者身份参加了在北京举行的"第六届中国软科学学术年会"，并受到全国人大常委会副委员长成思危等领导的亲切接见；今年应邀以嘉宾身份参加了"2008年节能减排与发展循环经济研讨会"，并在大会做学术交流。期间，他还被国家核心期刊《数学爱好者》聘为特约编辑，被国家级经济期刊《中小企业管理与科技》聘为特约统稿员。

在校参加大学生科技创新活动，给他带来了一些额外的"收获"，他用稿费、奖金、学术经费、大会补贴等购置了电脑、数码相机等，为自己的学习和科技创新提供了更为便利的条件。同时更让他兴奋的是，丰硕的科研成果和丰富的知识及较强的动手能力，给他创造了接踵而来的就业机遇。

大四下学年，孟建国先后参加并顺利通过了《大众日报》、兰考县委办公室、规划局、文登市国土资源局、核工业二四八大队等8家单位的招录考试与面试。最终，他选择了离自己家较近的山东地震局基准地震台网负责地震预测工作，并将在两年后公派海外硕博连读。

35.《科学时报》2008年7月6日

鲁东大学2008张笑脸盼奥运圣火

本报讯 7月2日下午，在距2008年北京奥运会火炬传递到山东省首站烟台市还有17天之际，鲁东大学校园里一枚2008张笑脸奥运会徽镶嵌在了每个师生的心中，他们用最真诚的微笑期盼奥运圣火的到来。

为迎接2008年北京奥运会，在距北京奥运会100天之际，鲁东大学在学校设置启动了两块奥运会倒计时牌。为充分展示中国民族文化，该校主动承担了烟台火炬传递现场太极功夫扇表演任务。为展现当代大学生的精神风貌，学校举办了"情系奥运，激情2008"健美操大赛。为增强大学生的安全意识，学校举办了"奥运消防与交通安全知识讲座"等活动。

36.《烟台日报》2008年9月12日

学生支教　教师深造

1721名学生赴276所学校顶岗实习

本报讯　11日上午，鲁东大学1721名2009届师范类毕业生，在38名老师的带领下，分赴全市12个县市区276所中小学进行为期两个月的顶岗实习。与以往实习不同的是，这些学生直接顶替教师上课，腾出的教师则来鲁东大学参加培训学习。这是我省首次大规模开展大学生和基层教师的"互换"支教学习活动。

一大早，38辆大型双层客车齐汇鲁东大学，千余名学子带着被褥、行李及大量书籍陆续上车。"顶岗实习"的学生涉及全校9个学院、11个专业，他们当天抵达实习学校。腾出的老师们将全部到鲁东大学深造1个月。离岗前，他们先带领学生在支教岗位上熟悉半个月。

"这种模式，既给我们毕业生一个实践锻炼的舞台，又给在岗教师一个重新学习的机会。我们感觉这是一种具有创新意义的切实可行的'双赢'培训模式。"即将奔赴莱阳市羊郡中学的鲁东大学外国语学院学生柳叶对此次"顶岗实习"充满了信心。羊郡中学对此也表示非常欢迎，他们说，"顶岗实习"后，学校有了新鲜血液，有利于提高学生学习的积极性。老师有机会再回高校充电，进一步提高了教学本领。

这项名叫"顶岗实习——置换培训"的活动，是鲁东大学与烟台市教育局合作实施的一种全新的教师教育模式：每两名大学生顶替一名中小学校的教师进行执教，被顶岗的教师到鲁东大学参加在职培训学习。鲁东大学校长助理、教务处处长刘焕阳认为，这个模式，不但给鲁东大学解决了实习难题，又为学校深入了解农村教育现状、培养合格教师积累了第一手资料；对于基层学校而言，则可直接与高校对话，获得新的教育理念。

37.《科学时报》2008年9月23日

顶岗实习促大学生就业适应能力提高

本报讯 日前，鲁东大学1721名2009届师范类毕业生在38名老师的带领下，分赴烟台市12个县市区的276所中小学进行为期两个月的顶岗实习。这是鲁东大学一次性参加实习人数最多、实习时间最长的大学生社会实践活动。

在这次顶岗实习中，每两名大学生将顶替一名中小学校的教师进行执教，被顶岗的教师也将回鲁东大学参加系统的在职培训。为配合学生的顶岗实习，鲁东大学在烟台市教育局的支持下，在各县市区已建立教育实习基地135个。自2005年该校正式启动顶岗实习工程以来，顶岗实习的学生从最初只有外国语学院英语专业的60名学生，发展到今天的全校9个学院11个专业的1721名学生。

鲁东大学校长助理、教务处长刘焕阳教授认为，一方面，实施顶岗实习可以推动教师教育改革、强化师范生实践教学、提高教师培养质量；另一方面，可以进一步密切与中小学校的联系，促进理论与实践紧密结合，提高大学生的就业适应能力，更好地服务基础教育。

38.《烟台日报》2008年9月30日

全国专家学者汇聚烟台
纵论渤海海峡跨海通道建设

本报讯 "渤海海峡跨海通道对环渤海发展战略及振兴东北老工业基地的影响"高层论坛近日在烟台召开。来自国家有关部委、中国科学院、中国工程院、山东省及烟台市有关部门及全国部分科研院所和高校的40多名专家学者出席论坛。

此次高层论坛，由鲁东大学环渤海发展研究中心根据国家哲学与社会科学特别委托重大项目研究任务的要求组织召开，与会专家和领导围绕"渤海海峡跨海通道对环渤海发展战略及振兴东北老工业基地的影响"的中心议题，从不同的视角、不同的层面、全方位、多领域进行了探讨研究，取得一系列高水平研究成果。

39.《中国交通报》2008年10月10日

两院院士建议加快渤海海峡跨海通道研究

本报讯　在日前召开的"渤海海峡跨海通道对环渤海发展战略及振兴东北老工业基地的影响"高层论坛上，来自国家有关部委、中国科学院、中国工程院、山东省和烟台市有关部门以及全国部分科研院所和高校的40多名专家学者，就推进渤海海峡跨海通道的研究与建设进行了探讨。

渤海海峡跨海通道课题的基本设想是利用渤海海峡的有利地形，兴建公路与铁路结合的跨越天堑的直达快捷通道，全面沟通环渤海高速公路网、铁路网和纵贯我国南北十省一市的沿海铁路、公路交通大动脉，进而形成北上与横贯俄罗斯的欧亚大陆桥相接，南下与横贯中国的欧亚大陆桥陇海线相交，并形成直达长三角、珠三角和港澳台地区的现代化综合交通运输体系，为中国沿海、东北亚及环太平洋地区的经济发展和大市场的形成创造重要条件。

专家、学者在渤海海峡跨海通道建设对环渤海区域经济与社会的巨大影响、对振兴东北老工业基地的重大战略意义上达成了共识。包括两院院士在内的与会人员一致认为，杭州湾跨海大桥及国内外一系列跨江跨海通道的成功建设和运营，为渤海海峡跨海通道建设提供了有益的借鉴，建议加快推进渤海海峡跨海通道研究，争取尽快纳入国家和地方决策，其中蓬长（蓬莱至长岛）跨海通道建设应先行一步。

40.《烟台日报》2008年10月23日

189名教师重回大学"充电"

本报讯 今天上午，鲁东大学为来自烟台各县市120多所中小学9个学科的189名教师举行开班仪式，欢迎他们走进大学课堂进行"充电淬火"。这些来自农村中小学一线的教师将全身心地在这里进行10天的学习和培训，而他们来校前腾出的教学岗位则全由鲁东大学实习学生顶岗上课。

这次被"置换"出来的农村中小学教师，在鲁东大学要接受有效教学、课堂教学管理与设计等11个模块的学习培训。在蓬莱市大辛店三中当了6年英语老师的李敬娜颇有感触地说："新课改以后，农村学校教师亟须更新教育教学方法和理念，可每周忙于给学生上课，根本没有时间和机会学习，这次鲁东大学实习生把英语课接过去，自己能够安心当回学生，机会太难得了。"

41.《科学时报》2008年11月4日

鲁东大学开展教授下乡支教活动

本报讯 近日，鲁东大学6名教授在校长助理、教务处处长刘焕阳的带领下，来到山东省莱阳市古柳中心学校开展教授下乡支教活动。这标志着鲁东大学与驻地烟台市教育局合作开展的以"倾听、对话、引领"为主题的教授下乡支教活动全面启动。

鲁东大学6名教授来到古柳中心学校后，先是分别听取了该校6名教师的课，并与这些教师进行面对面的交流，然后又召开了多个不同形式的案例式教学报告会。在由9名语文老师参加的教师座谈会上，鲁东大学教授苏春景、武玉鹏的主题报告赢得了老师们的阵阵掌声。

教授下乡支教活动在该校引起强烈反响。古柳中心学校校长任言正深有体会地对记者说："教师不出校门就能接受大学教授的指点，这在古柳中心学校历史上还是第一次。教授带来的教学新理念、学科新知识、授课新方法，为久未离开农村学校的教师注入了新鲜血液。"

42.《大众日报》2008年11月5日

大学生到农村"顶岗"
乡村教师进大学"充电"

本报讯　来自烟台各县市120多所中小学的189名乡村教师，在鲁东大学结束了为期10天的免费学习和培训后，日前重返工作岗位。而他们此间空出的教学岗位全部由鲁东大学实习学生顶岗。

在蓬莱市大辛店三中教了6年英语的李敬娜颇有感触地说："新课改以后，农村学校教师亟须更新教育教学方法和理念，可教学任务很重，没有时间'充电'。这次鲁东大学实习生把英语课接过去，自己重新回到大学课堂，收获很大。"

今年，鲁东大学共有9个学院11个专业的1721名学生到276所农村中小学顶岗实习，这189名中小学教师是首批被"置换"出来接受免费培训的。10天里，他们参加了有效教学、课堂教学管理与设计等

11个模块的学习培训。此前，鲁东大学根据农村基础教育的总体要求，认真研究制订了教学计划，精心挑选了专业水平高、教学经验丰富的高校教师和中小学特级教师授课，同时对教学过程进行了精心设计和科学安排。

"既让大四学生有个固定的实习学校，放手'当一回老师'，又让农村学校教师安心地'当一回学生'，走进高校接受专业培训，这种'顶岗实习＋免费培训'教育模式，实现了多赢效应。"鲁东大学校长助理刘焕阳说，"不仅可以解决师范生实习难的问题，同时也为地方基础教育教师有计划、有组织地参加培训和进修提供了畅通、可靠的途径。"受训教师普遍反映，不仅学到了新的教学理念，了解了教学改革动向，也进一步提高了应用教学新技术的技能，同时借助这个平台，实现了农村中小学教师的多向交流，有效提高了自己的教育教学水平。

43.《烟台日报》2008年12月8日

1.5万余大学毕业生争抢4000余个"饭碗"

本报讯 前几天的大雪丝毫未能阻挡大学生们的求职热情。今天上午，在"鲁东大学2009届毕业生与用人单位供需见面会"上，270多家企事业单位为求职者提供了4000余个就业岗位，来自鲁东大学及周边高校的1.5万余名大学生将招聘现场挤得水泄不通。

外贸专业遇"冷"。上午8点30分，记者在鲁东大学体育馆看到，举行招聘会的大厅人山人海，挤满了手持求职简历的毕业生。由于应聘者众多，应聘人员大多只进不出，若想在会场里走动，必须花费很大的力气。为了这次招聘会，山东师范大学的王建国下了不少功夫。他不但专程从济南赶到烟台，还特意去理发店修剪了头发。小王告诉记者，自己就是烟台本地人，学国际经济与贸易专业，往年他们这个专业找工作非常容易，但是今年金融风暴造成了很明显的影响，就业形势不太乐观。往年在济南，许多大型的会计师事务所早就过来招人了，可今年招聘人数较少，他只好回老家这边继续寻找合适的岗位。"先找个工作干着再说吧。"王建国说，他们班有47个人，目前只有两三个同学有了就业意向，并且多是通过熟人推荐的。"其实，回老家工作也好呀，人脉广，将来想自己创业也容易些。"小王乐观地说。

教师岗位成"避风港"。记者在招聘会现场采访发现，受国际金融危机影响，前来应聘的单位中，近三成为私立、民办学校或培训机构招聘教师。而许多大学毕业生也将教师岗位视作"避风港"，不求工资多少，但求职位稳定。正在山东外事翻译学院排队投放简历的小宋表示，自己是鲁东大学外语专业的应届毕业生，虽然从小就想从事翻译工作，但由于目前的经济局势，她还是感觉选择教师岗位最保险。韩亚计算机外语培训学校的负责人表示，在该校收到的简历中，英语专业的毕业生占一半，还有一些研究生。"甚至还有许多金融、管理类专业的毕业生想来应聘。"该负责人提醒求职者，教师岗位专业性强，还应多考虑个人兴趣和发展规划。

大学生兼职受青睐。"专职、兼职外语服务人员……"记者在今天的高校毕业生招聘现场看到，位于滨海景区的一家音乐餐吧竟然也进场招聘起服务员。"大学生到餐厅干服务员，哪有干长久的？还是招兼职比较符合实际。"负责招聘的隋先生表示，不到一上午，他们就收到了六七十份简历，一半以上都是报名做兼职。芝罘区一家餐饮企业负责人表示，在以往参与的类似招聘会上，大学生们对饭店服务员的工作根本不屑一顾。这次他们也是抱着"试试看"的态度，没想到会有这么多大学生应聘。烟台大学的应届毕业生陈娜告诉记者，自己尚未找到理想工作，想利用这段时间做兼职外语服务员。"我觉得这样挺好的，不但能锻炼我的口语能力，积累实践经验，还能挣点生活费！"陈娜说，兼职工作在国外比较盛行，在烟台却不多见，主要是很难遇到合适的工作。

44.《潍坊晚报》2008年12月8日

招聘会上鲜有大企业
中小型企业成招聘大户

本报讯 昨天上午，"鲁东大学2009届毕业生与用人单位供需见面会"举办，270多家企事业单位为1.5万求职者提供了4000余个就业岗位。从企业规模来看，中小型企业是招聘会的大户，占招聘企业的85%以上。

早上8点30分，鲁东大学和驻烟其他高校的大学生就已经等候在招聘会场入口处。9点整，招聘会正式开始，一万多求职者分批次进入了鲁东大学体育馆，偌大的场馆内到处都是摩肩接踵的求职者，每个招聘企业的展位前都被围得水泄不通。在参加招聘会的企业中，烟建集团、万德集团、喜旺集团、潍坊路桥、烟台舒驰客车等大型知名企业，吸引了很多高校毕业生求职，每个摊位的工作人员都收到了厚厚的一摞简历。这些企业的工作人员表示，尽管企业自身受到了金融危机的影响，但是他们对实用性人才的需求还是很大，愿意为2009届毕业生提供一个良好的就业平台。

今年烟台企业的总体招聘岗位和人数有所减少，减少招聘的企业主要集中在制造、金融、外贸和房地产等行业。而从招聘专业看，市场策划、市场营销、交通工程、机械、路桥、化工、计算机等专业需求旺盛。从烟台其他招聘会情况来看，往年都来参加招聘会的如通用、浪潮、LG等大型企业，今年没有一个参加，中小企业数量也仅仅为去年的一半，总数量才刚满100家。中小企业是高校毕业生就业的主要去向，他们的招聘规模甚至决定了高校毕业生的就业数量。

45.《烟台晚报》2008年12月8日

1000—1500元：烟企为大学毕业生开出月薪标准
毕业生：应聘不会提及薪水

本报讯 金融危机袭击全球，大学生求职也遇上"寒流"。昨天，记者在"鲁东大学2009届毕业生与用人单位供需见面会"上了解到，由于用人单位提供的岗位数量较去年减少，就业形势严峻，多数学生主动调低了就业预期。

此次"鲁东大学2009届毕业生与用人单位供需见面会"上，共有来自烟台、威海、潍坊等地区的270余家企业招贤纳士，提供就业岗位4000余个，吸引了1.5万多名毕业生前来应聘。

招聘会设在鲁东大学体育馆内，不到9点，每个招聘点前都已排起了长队。为给应聘单位留下"好印象",学生们都精心打扮,男生西装革履,女生薄施脂粉。然而,记者采访中发现,前来招聘的企业开出的薪资基本上为1000—1500元,应届大学生的实习工资为800—1000元。对此,烟台大学的杜恒泽表示,在如今金融危机的大环境下,能找到一份工作已经不易,在与用人单位咨询时,根本不会提及薪水问题。"我们刚毕业,多积累些实践经验要紧,挣钱的机会以后有的是!"

鲁东大学学生处一位负责人表示,2009年鲁东大学应届毕业生共计6350人。这届毕业生中,非师范类毕业生人数首次超过师范类毕业生,且管理类、服务类毕业生比例较高。这类毕业生所学的专业正是这次金融危机所冲击的重点,2009届毕业生就业形势将会更加严峻,起薪点比往年下跌,因此毕业生要理性设定月薪期望值,为自己争取到更多的就业机会。同时,提前做好步入社会的准备,抱着学习的心态去适应社会,先就业,再择业,积极地去应对这场经济危机。

46.《烟台日报》2009年3月9日

我省首场师范类毕业生供需会

万名大学生争圆教师梦

本报讯　8日上午,我省今年首场师范类毕业生供需见面会在鲁东大学举行。来自烟台、威海、潍坊、淄博、菏泽、临沂等地的120多家用人单位提供了3000多个岗位,吸引了近万人前来应聘。相对于其他综合性人才招聘会,师范类专场显得尤为火爆。

招聘现场供大于求。早晨8点钟不到，便已有数百名"急不可待"的毕业生，怀抱厚厚的简历资料在招聘会场外排队等候。"原本8点30分开始的招聘会，7点钟就有人来排队了。"工作人员告诉记者，由于此次招聘会没有专业和地域限制，因此，应届生、往届生、已工作的教师都可以参加。据了解，2009年我省共有师范类普通高校毕业生42443人，其中，研究生2203人、本科生25270人、专科生14970人，毕业生总数比2008年减少6774人，减幅13.76%。虽然毕业生总数有较大幅度减少，但大量往年未就业毕业生的存在，使得就业形势仍不容乐观。记者在招聘现场看到，虽然120余家用人单位为毕业生提供了3000个岗位，但其中只有30多家公办学校，且仅招聘几名教师，招聘现场普遍出现供大于求的状况。

　　许多学校只招本地生。上午9时许，在招聘现场南区，威海市环翠区教育局的招聘摊位被围得水泄不通。鲁东大学汉语言文学专业的袁兆艳正拿着一叠简历，在拥挤的人群中"随波逐流"。"本想早点到，争取多一些与用人单位交流的机会。但当我赶到这里时已是人山人海。我们女生根本就挤不进去。"袁兆艳告诉记者，各地的教育局一般都有本地生源要求，外地人根本没机会。"不用问，这里一定有本地生源限制！""我觉得现在来招聘会都不是找工作而是抢工作了。"一位大学生面对现场"壮观"的场面感叹，"现在只要有人肯要我们的简历，现在只要是个工作，就有人往里面挤，管它合不合适。"

　　"我今天只投出2份简历！"吉林师范大学英语专业的肖玉庆专程从长春赶来，由于本地生源的限制，让他的简历"无处可投"。"竞争太激烈，想当中学老师都很难。"肖玉庆表示，"做老师是我从小的梦想，可要圆这个梦也太不容易了！"

研究生跨进中学校门。"各专业研究生20名",鄄城县第一中学招聘展板上的一行大字,让许多本科生望而却步。一位招聘负责人告诉记者,他们之所以只要研究生,因为一方面,基础教育也需要理论功底比较扎实的学者型教师;另一方面,该县规定,新进教师只有研究生才能落实具体事业编制。

鲁东大学有关负责人表示,这两年,随着中小学的招生规模逐渐减少,教师的需求量也在逐年降低。受金融危机影响,今年的师范类毕业生就业形势更为严峻,特别是音、体、美专业的需求量相对于语、数、英则更少了。他建议广大师范类毕业生,不要紧盯着市区的一些重点学校,也可以到基层学校,或者到农村、山区、西部等欠发达地区的学校就业。与此同时,毕业生们也可以调整就业心态,多角度、多渠道地择业,扩大自己的就业范围,除了教育系统以外,也可以跨行业到其他企事业单位就业。

47.《科学时报》2009年3月17日

鲁东大学学术研究服务经济社会发展

一本书引来20亿元合作项目

本报讯 3月10日,从联合国开发计划署中国区域合作项目专家处获悉:美国西雅图投资银行等多家投资机构准备出资20亿元人民币,与烟台市和蓬莱市政府合作规划建设海上丝绸之路国际会议中心和东方美育文化研究创意推广中心。3月底,美国投资商将到烟台、蓬莱进行实地考察并开展工作。然而,让人难以想象的是,这项巨额合作项目竟是鲁东大学胶东文化研究所主任、东方海上丝绸之路研究所所长刘凤鸣研究员的一本书而引来的。

刘凤鸣所著《山东半岛与东方海上丝绸之路》一书的出版和研究成果，得到了国内外众多专家和学者的高度评价。联合国开发计划署丝绸之路项目办公室技术总顾问、波兰华沙大学终身教授侯伟泰博士称赞："这是一部非常合时的著作。这部著作会给不同教育背景的读者带来重大价值的灵感。"

中国中外关系史学会会长、中国社科院历史所研究员耿昇认为，"它是一部具有很高学术价值的力作"，"是在该领域的一部具有开创性、综合性和阶段总结性的全新力作，总结了该学科中已取得的成果，同时也为未来的科研指出了方向，开辟了道路"。

山东省政协副主席、齐鲁文化研究中心首席专家、博士生导师王志民教授评价说："该书的出版，对山东沿海港口城市申报海上丝绸之路世界文化遗产活动提供了重要的事实根据，必将对山东沿海港口城市的申报活动产生积极影响。"

韩国国际贸易学会会长、韩国群山大学教授金德洙博士也撰文指出："该书是一本难得的研究东亚历史与文化的好书，填补了以往研究的空白，让我们知道了东方海上丝绸之路悠久的历史及长盛不衰的原因，以及在中韩商业贸易、文化交流、民间往来中的重要地位和不可替代的作用。"

联合国开发计划署中国区域合作项目专家董建国说："刘凤鸣先生所著《山东半岛与东方海上丝绸之路》，突出体现了联合国所倡导的勇于探索、平等交流、友好合作、文化融合的丝绸之路理念，使丝绸之路概念更充实、更系统、更科学、更完整、更具认同感。我们注意到《山东半岛与东方海上丝绸之路》这一研究成果在中国和东北亚乃至整个丝路沿线地区引起了广泛的关注，同时也受到了联合国机构和丝绸之路国际专门机构的高度重视。"

鉴于该书研究成果的重大影响，2008年10月11日至12日，联合国泛丝绸之路·系列活动组委会与鲁东大学共同倡议联合相关研究机构，在蓬莱共同召开了"登州与海上丝绸之路"国际学术研讨会。参加研讨会的近60名国内外专家，以登州古港为中心，对登州古港在海上丝绸之路中的重要地位、登州古港在促进山东半岛与朝鲜半岛和日本的经济文化交流方面所起到的重大作用，进行了广泛而深入的交流与讨论。

期间，与会的专家学者还实地考察了蓬莱水城、登州古船博物馆、蓬莱阁等。蓬莱市浓厚的文化底蕴和良好的对外投资环境，不仅深深地感染了与会的每一位专家和学者，而且也影响了国内外众多的投资商。经联合国泛丝绸之路·系列活动组委会的牵线搭桥，联合国开发计划署中国区域合作项目办公室与烟台和蓬莱市政府就合作规划建设海上丝绸之路国际会议中心和东方美育文化研究创意推广中心达成共识并签署了合作备忘录。

48.《光明日报》2009年4月24日

鲁东大学亿元打造学科建设与科研新平台

本报讯 从日前闭幕的鲁东大学学科建设与科研工作会议上获悉，鲁东大学将统筹安排使用2009年至2015年学科建设与科研创新专项资金10500万元，倾力打造富有核心竞争力的学科及学科群，创立新的科研工作平台，全力提升学校学科建设与科研工作对建设高水平综合性大学、培养高质量高水平人才和经济社会发展的支撑引领能力。

鲁东大学是3年前由单科性师范院校转型为综合性大学的。在围绕如何建设高水平综合性大学、培养高质量高水平专业人才和增强服务地方经济社会发展能力等方面，学校党委坚持以科学发展观为统领，分析和破解建设高水平综合性大学进程中出现的新情况、新问题，把学科建设和科研工作作为建设高水平综合性大学的一个主要突破口，倾力打造富有核心竞争力的学科及学科群，全力提升学校学术水平和科研创新能力。对此，学校规划今后7年中每年投入1500万元资金，专项用于开展学科建设与科研工作，着力加强重点学科（实验室）、研究中心（所、室）及人文社科研究基地等学科建设和科研活动平台建设，重点加强产学研合作、关键技术研究与开发、及时转化最新科技成果等方面的投入。与此同时，学校还将进一步调整人才培养与引进政策，建立学科建设与科研工作岗位制度，建立完善科研评价、考核、奖惩和激励机制，改革学校资源分配和使用办法。

投亿元资金构建学科建设与科研新平台，对眼下资金运转并不宽裕的鲁东大学来说是第一次，在广大师生员工中产生了热烈反响。鲁东大学党委书记毕宪顺表示："对于一所省属高校来说，投亿元资金并不多，但对一所由单科性师范院校转型而来的综合性大学来说却至关重要。我们期望通过5~7年的建设，构建比较完备的高水平综合性大学的学科体系和优势学科群，打造一支高水平的科研创新队伍，为社会培养高质量、高水平的人才，为地方经济社会发展提供强有力的支撑。"

49.《光明日报》2009年6月12日

首家环渤海发展研究基地在鲁东大学揭牌

本报讯 今天，山东省社会科学规划重点研究基地——山东省环渤海发展研究基地在鲁东大学揭牌。这是目前我国唯一开展环渤海发展研究的省级重点研究基地。

山东省环渤海发展研究基地是依托鲁东大学环渤海发展研究中心而建立的。鲁东大学环渤海发展研究中心自2004年9月成立以来，坚持立足山东，面向环渤海经济圈，研究环渤海经济圈、环渤海城市群、中国东部沿海、东北亚地区的经济发展战略，不断推出具有战略创新意义的重大研究成果，为环渤海区域经济发展提供决策服务。近5年来，该中心先后承担和完成国家和省部级重点课题16项，其中国家重大科研项目——"渤海海峡跨海通道研究"系列课题，在国内外产生重要影响，党和国家领导人、国家发改委领导、山东省领导曾多次对研究成果做出重要批示，中国科学院、中国工程院院士等专家给予了高度关注，研究成果被纳入全国政协及山东省、辽宁省、大连市政协提案，用于国家和地方决策依据。山东省环渤海发展研究基地的建立将有利于进一步加强相关领域的研究，推动其在科学研究、社会服务等方面发挥更大作用。

50.《科学时报》2009年10月27日

鲁东大学三项行动关注特殊学生群体

本报讯 近几年来，鲁东大学针对部分大学生在生活、心理、学习等方面遇到的实际问题，全面启动了以解难事、做好事、办实事为主要内容的"爱心工程"，多渠道、多层次地为经济贫困生、心理困惑生、学习困难生等特殊学生群体架设了一条成长成才的阳光大道。日前，他们的这一做法得到了上级教育主管部门的肯定。

暖心行动为贫困学生解困。鲁东大学整合学校资助资源，着力构建了以奖、贷、补、助、减、扶等贫困生资助体系，确保贫困学子放心入学、安心求学、顺利就业。在整个"暖心行动"中，以学校建立的爱心超市为基地，以奖学金、助学金和助学贷款为主体，以勤工助学为主线，以困难补助和学费减免为辅助，全面帮扶经济困难学生。与此同时，该校积极争取社会企事业单位来校设立奖学金，目前企业奖学金总额已经达到100万元；积极巩固国家助学贷款帮扶贫困生主渠道的地位，切实为贫困学生解决学费难问题；对特别优秀的贫困毕业生实行学费减免政策，帮助其安心顺利地迈入社会。

助心行动为心理困惑学生解惑。该校以心理咨询中心为依托，建立了校、院、班三级心理干预体制，实时监控全体学生的心理状况。心理咨询中心免费对全校学生开放，有针对性地解答心理困惑，提供心理咨询和辅导。同时，积极开展"学会感恩，爱心永恒"系列教育活动，教育学生知恩、感恩、报恩，增进学生对师生之谊、家国之情的理解和感悟，促进文明校风、优良学风的形成，营造温情友爱的校园氛围，使学生感受爱与被爱，使学生不再孤单，心灵不再孤寂，以健康、阳光、成熟的心态面对生活与挑战。

连心行动为学习困难学生解难。针对部分学生学习成绩落后极易出现的不思进取、自我否定，甚至自暴自弃的心理特质等问题，鲁东大学实施了"连心行动"。在深入分析导致学生学习困难的不同成因的基础上，切实制定了有效的帮扶措施。通过举办学习经验交流会、学习之星巡回报告会等活动，帮助学习困难学生激发学习兴趣、提高学习能力；对因沉迷网络、恋爱、玩游戏等因素造成的学习困难学生，学校实行了由校领导与学生连心、教师与学生连心、学生党员和学生干部与学生连心、同学之间连心结对帮扶体系，形成了一张从上到下、纵横交错的爱心网络，使其找回学习的自信。

51.《科学时报》2010年3月2日

鲁东大学渤海跨海通道课题研究进入国家决策

本报讯 近日，渤海海峡跨海通道研究课题组的工作机构和依托平台——鲁东大学环渤海发展研究中心在山东省烟台市东方海天大酒店举行仪式，鲁东大学副校长、环渤海发展研究中心主任柳新华将18年来的课题研究成果"渤海海峡跨海通道研究成果系列丛书"提交国家有关部门和科研机构。这是自该课题研究受到各方关注后的再度亮相，这也标志着由鲁东大学承担的国家哲学与社会科学特别委托项目——渤海海峡跨海通道课题研究已由专家层面上升为国家层面，开始进入国家实质性研究规划论证阶段。

渤海海峡跨海通道规划基本设想是利用渤海海峡的有利地理条件，从山东蓬莱经长岛至辽宁旅顺，建设公路和铁路结合的跨越渤海的直达快捷通道，将有缺口的C形交通变成四通八达的Φ形交通，化天堑为通途，进而形成纵贯我国南北从黑龙江到海南十省（区）一市的东部铁路、公路交通大动脉。

52.《科学时报》2010年5月12日

鲁东大学服务蓝色经济彰显办学特色

本报讯　近日，长期困扰山东省烟台港40T门机定点装卸货物抓斗摆动这一控制难题，在安装了由鲁东大学研制的"港口门机三维定位散货装卸自动控制系统"后得到了圆满解决。这不仅仅是鲁东大学取得的一项创新性且具有国际先进水平的科研成果，同时也是该校注重发挥人才和科研优势，全方位、多层次服务蓝色经济，彰显办学特色的一个缩影。

鲁东大学是胶东半岛建校最早的一所高校。长期以来，特别是近3年来，该校注重发挥人才和科研技术优势，与驻地政府、企业和学校联动，全方位、多层次为地方经济社会发展提供服务。积极发挥"助推器"的作用，积极参与烟台氨纶集团、烟台舒驰客车有限责任公司等大型企业科学研究工作，主动为驻地机械制造、食品加工、海产品养殖等企业和水果种植农户提供技术支持。特别是该校重视和加强科研成果的转化，目前已有"工厂化生产不饱和脂肪酸""采用光生物反应器技术工业化生产活性生物菌剂"等多个项目实现了转化。

积极发挥"人才库"的作用。为破解中小学教师培训和师范生教学实践能力培养两大难题，该校与驻地教育局合作实施了"顶岗实习，置换培训"教师教育模式；与驻地市政府合作，将烟台市属师范专科教育纳入该校人才培养体系；组织开展了"千名外语教师暑期培训计划""农村骨干教师脱产学习计划""教授送教下乡计划"等系列智力帮教工程，累计为驻地培训中小学骨干教师8000人次，为企业开展员工技能培训20000多人次。同时，该校积极探索"订单式"人才培养模式，先后为企业量身定做培养200多名高水平应用型人才。

积极发挥"智囊团"的作用。组织专家积极开展对带动环渤海经济圈特别是烟台驻地产业链发展的"渤海海峡跨海通道"等重大课题研究；组织编写的《烟台市经济发展战略研究》，对烟台经济社会发展提出了具有针对性、前瞻性和科学性的发展战略；主持完成的"烟台市与环渤海经济圈协同发展战略研究""天津滨海新区开发对烟台市产业发展的影响"等10余项课题的研究工作，为解决烟台经济社会发展过程中的重大理论问题提供了决策依据。另外，该校还启动了百名教授到企业代职服务活动。3年来，该校累计为驻地党委、政府和企业开展各种咨询服务500余项。

积极发挥"文化使者"的作用。该校不断拓展文化研究领域，先后编辑出版《胶东文化概要》《胶东文化与20世纪胶东文学》《烟台历史大编年》等著作8部，参与编写了《烟台历史文化丛书》，发表有关烟台地域文化建设的论文近30篇，与烟台市政府合作举办了"第三届冰心国际学术研讨会"，与牟平区政府合作举办了"齐鲁文化与昆嵛山道教"国际学术研讨会，与蓬莱市政府合作举办了"登州与海上丝绸之路"国际学术研讨会。研究员刘凤鸣撰写出版的《山东半岛与东方海上丝绸之路》一书，引起了国内外专家学者的广泛关注，美国西雅图投资银行由此决定在烟台和蓬莱投资15亿元建设集会议与旅游为一体的培训基地。

53.《大众日报》2010年6月12日

跨渤海通道纳入蓝色经济区规划

总投资2000亿元，预计每年利税可超200亿元

本报讯　今天在烟台召开的渤海海峡跨海通道与蓝色经济区建设研讨会发布信息，渤海海峡跨海通道近日被山东省和烟台市纳入蓝色经济区发展战略规划，作为中长期规划、建设的战略通道。

山东省和烟台市将渤海海峡跨海通道纳入半岛蓝色经济区发展规划，有助于推动山东半岛蓝色经济区上升为国家战略，对我省和半岛蓝色经济区的发展具有战略意义。可完善和优化我省交通格局，确立山东在东北亚交通中心的地位，加快山东融入环渤海经济圈的进程，进而分享环渤海区域发展的"红利"。鲁东大学副校长、环渤海发展研究中心主任柳新华教授这样诠释渤海海峡跨海通道与蓝色经济区建设两者的关系。

山东工商学院经济学院院长刘冰认为，渤海海峡跨海通道建设，对机械、设备、建筑材料、劳动力等将产生巨大需求，这将加速山东省特别是半岛地区的发展，提高经济总量，扩大就业。跨海工程建设投资巨大的乘数效应，将使山东省的发展产生新的飞跃，为区域经济社会的进一步腾飞注入新的活力。作为"百年工程"，该通道建成后具有良好的投资回报率，通过车辆收费和各种管线收费等，每年利税可超200亿元，若加上土地增值、旅游开发、节约燃油与材料等

综合社会效益，则收益将成倍增加。跨海工程预计2000亿元左右的建设投资，10～15年即可全部收回投资，投资回报率远远高于一般的大型工业投资项目。

据了解，渤海海峡跨海通道研究始于1992年。2009年和2010年连续两年渤海海峡跨海通道被作为重大议案和提案提交全国"两会"。目前，国家发改委及有关部门已采纳建议，就此展开前期调研规划。有专家建议，目前可先期启动蓬莱—长岛试验工程，为整个工程项目探索思路，积累经验。

54.《烟台日报》2010年8月5日

烟威两地首家HSK考点落户烟台

本报讯 记者今天获悉，经国家汉办和孔子学院总部审核批准，鲁东大学正式成为新汉语水平考试（HSK）考点。至此，鲁东大学成为烟台、威海两地首个新汉语水平考试HSK考点。

新汉语水平考试（HSK）是一项国际汉语能力标准化考试，重点考查汉语非第一语言考生的汉语能力。新汉语水平考试（HSK）在原笔试基础上，增加了口语考试，口语考试分初级、中级、高级三个级别，口语考试采用录音形式。汉语水平考试（HSK）每年定期在中国和海外举办，凡考试成绩达到规定标准者，可获得相应等级的《汉语水平证书》。

55.《大众日报》2010年9月28日

300多人报名仅有30人入选

大学创业课"高门槛"引发热议

本报讯 300多名学生报名选课，经过面试、提交创业计划等多个环节考察，最后仅有30人成功入选。新学期伊始，鲁东大学开设的新型创业课就因其"高门槛"引发学生热议。对此，相关人士认为，创业教育不能光搞大通课，也要逐步增加针对性和专业性。

9月8日晚，记者在鲁东大学亲身体验了这堂新颖的创业课：30名学生围成一个圆圈，任课教师刘良忠就站在学生中间讲课。整堂课教师不用黑板和投影仪，而是不停用手中的小卡片引导学生的思维；讲到"现金流"时，老师和学生则直接变身"老板"和"顾客"，通过互动游戏来加深理解；讲到"财务管理"时，刘良忠则请来一位教财务的老师客串出场。

"上这门课的30名学生，都是经过精挑细选的。"看着热闹生动的课堂，创业课的主讲人、鲁东大学商学院副教授刘良忠告诉记者，"开学之初，有300多名学生报名选课，但为了保证教学效果，我们最终只选了30名学生。为此，我们要求选课的学生，既要有很强的创业愿望，也要有创业实践和较为成熟的创业计划。"

计算机学院的大三学生吉薪乐，对这门创业课赞不绝口："我和几个同学已经在筹划一个创业项目，现在最希望能深入了解些财务知识。如果老师仅宽泛地讲书本上的内容，对我们帮助不大。老师今天讲授的内容，既深入又生动，以后在创业实践中肯定用得上。"

"开设创业课，是要宽泛地普及创业知识，还是要深入地教授创业技能？这是创业教育应该考虑的一个问题。"刘良忠说，"不少高校的创业课都是通选课，一堂课往往有近百名学生听，看起来很火爆，但实际效果并不好。"

来自商学院的大二学生夏乔叶对此感触颇深。上大学伊始，她就有了创业打算，也曾在多个不同场合听过创业课，还曾听过100多人的创业课。但这样的课堂往往因为听课的学生太多，师生之间基本没什么交流。"很多同学就是来走个过场，听完之后很快就把知识又'还给'老师了。"她调侃说。

"鲁东大学每年毕业学生5000多人，有创业打算的学生其实很多，但最后真正成功创业的仅有100人左右。创业知识和技能储备不足是创业失败的重要原因。"鲁东大学学工处处长孙万东分析说："传统的创业课课堂容量大，可以帮更多学生普及创业基础知识，但要真正辅导好学生创业，还必须让创业教育更有针对性，走专业化、专门化的道路。"

56.《烟台日报》2013年10月16日

纳入蓝色经济区发展规划

渤海海峡跨海通道或成真

本报讯 记者今日获悉，备受关注的国家社科基金特别委托项目——渤海海峡跨海通道，被山东省纳入蓝色经济区发展战略规划。

渤海海峡跨海通道研究始于1992年，基本设想是利用渤海海峡的有利地理条件，从山东蓬莱经长岛至辽宁旅顺，建设公路和铁路结合的跨越渤海海峡的直达快捷通道，形成纵贯我国南北十省（区）一市的东部沿海铁路、公路交通大动脉。

据了解，该规划将对深度开发海洋、高效利用海岸、科学开发海岛、统筹发展海陆、做大做强海洋经济产生重大影响，尤其对带动蓝色经济向深海远海拓展，向内陆腹地延伸，加快构建区域布局合理、产业结构优化、生态环境良好、竞争能力较强的蓝色经济体系，具有不可替代的作用。

57.《科学时报》2010年10月22日

鲁东大学迎来80周年校庆

本报讯 10月22日，鲁东大学以突出的办学成就和崭新的精神风貌迎来八十华诞。山东省政协副主席乔延春，烟台市委市政府领导以及来自美国、俄罗斯、韩国等国外高校和兰州大学、青岛大学等国内院校的代表，各有关企事业单位代表和来自海内外的1000多名校友、嘉宾等齐聚鲁东大学，与鲁东大学2.6万余名师生员工共同庆贺八十华诞。

鲁东大学的前身是创建于1930年的山东省立第二乡村师范学校，其后，学校历经胶东公学、胶东师范学校、莱阳师范学校、莱阳师范专科学校、烟台师范专科学校、烟台师范学院等历史阶段，2001年3月原山东省交通学校并入，2006年经教育部和山东省政府批准更名为鲁东大学。经过80年的发展，鲁东大学现已发展成为一所教师教育优势突出、特色鲜明，理工渗透、工科发展势头强劲的综合性大学。目前，学校在校生26780人，设有19个学院、9个一级学科硕士点、12个二级学科硕士点和61个本科专业。

80年来，鲁东大学春风化雨，桃李芬芳。吴伯箫、臧克家、何其芳、王哲等一大批名师先贤曾在这里弘文励教，10万多名学子从这里踏上社会建功立业。他们当中有剑桥大学丘吉尔学院院士、东方语言研究所所长袁博平，教育部人文社科重点研究基地——齐鲁文化研究中心主任、首席专家、博士生导师王志民等一批知名学者；有以国际知名作家、山东省作协主席张炜为代表的饮誉文坛的"鲁大作家群"；有在各级党政机关、事业单位担任重要职务的领导干部；有在商界取得骄人业绩的企业名家；特别是遍布胶东大地基础教育战线上的大批骨干教师，为胶东地区基础教育事业走在全国前列提供了强有力的人才支撑。

中共中央政治局原委员、中央书记处原书记、中央军委原副主席张万年上将为鲁东大学80周年校庆题词："继往开来，再创辉煌"，中共中央政治局原委员、中央军委原副主席、原国务委员兼国防部长迟浩田上将为鲁东大学80周年校庆题词："办高水平大学，育高素质人才"，北京大学、浙江大学、美国莫瑞州立大学等国内外100多个单位和社会知名人士也纷纷发来贺信贺电，共祝鲁东大学八十华诞。

活动期间，鲁东大学组织了"再听母校一堂课""汉语与汉语国际教育"等一系列学术活动。

58.《齐鲁晚报》2010年12月6日

百名老外赶考"中文雅思"

本报讯 汉语水平考试简称"HSK",是为测试母语非汉语者的汉语水平而设立的国家级标准化考试。5日,烟威地区首个HSK考点——鲁东大学首次开考,近百名外籍人士参考。

5日,鲁东大学校园里,一张张指示鲜明的路引,一幅幅温馨易懂的提示,令来自各国的考生都倍感温暖。25岁的小金是韩国人,在烟台留学已一年有余,中文一直说得不太好,难以与周围同学朋友沟通,这次他参加了HSK三级的考试,希望能够提高汉语水平。"不管结果怎么样,就想试试自己的汉语能力。"小金操着不太熟练的汉语告诉记者。

据鲁东大学国际交流学院有关负责人表示,参加此次考试的外国考生,既有来自韩国的,又有来自欧美的,共计近百名来自不同国家的外国留学生分别参加了HSK三级、四级、五级、六级的考试。由于这次是鲁东大学首次组织HSK考试,承办考试的国际交流学院在新HSK考试工作启动之后,加强思想认识,加大人力、财力投入,无论在宣传推广、组织生源、准备考试、主监考人员培训、筹备考务、服务考生等各方面都集思广益,严格严密,力争做到最好。

该负责人表示,HSK每年全世界统考8次,笔试分6个级别,口试分3个级别,就好像英语雅思一样,是企业、学校录取外籍人士时的一项考量标准。据介绍,鲁东大学在今年7月通过国汉办审批,成为烟威地区唯一一个申请到新HSK考点的学校,以后烟威地区的外籍人士不再需要为了考试而远赴外地。

59.《齐鲁晚报》2010年12月23日

大学请来"导师"帮学生搞创业

本报讯 "没有学校老师的指导，就不可能有我今天成功的创业。" 映山红广告传媒有限公司总经理赵子富谈及创业体会说。如今，除了帮学生就业找"婆家"外，鲁东大学的学子又多了一条创业的出路。

"如果没有指导团队老师的帮助，到今天我可能也找不到工作，可能在家还是一名'啃老族'。"鲁东大学2009届电子专业大学毕业生、烟台富士康科技集团公司部门经理曲燕就是鲁东大学实行就业创业导师制的第一批受益者之一。

曲燕告诉记者，毕业后刚找工作时，除了上网查找有关招聘信息和参加招聘会外，自己对具体怎么找工作并不清楚，对自己所学专业应该找什么单位心里也没有数。后来，指导团队老师了解到曲燕的情况后，给予了她职业生涯的建议性规划。很快，曲燕就按照导师的规划，成功进入了富士康科技集团公司并担任要职。

鲁东大学学生工作处处长孙万东告诉记者，针对大学毕业生就业严峻形势，自去年以来，鲁东大学开始在全校实行大学生就业创业导师制，聘请64名学校和各学院专职人员、校外知名企业负责人和优秀校友担任大学毕业生就业创业导师，着力加强大学毕业生就业创业能力的培养和提升。

"根据学生在创业中遇到的问题，就业创业导师针对性的会诊，并全程跟踪其就业创业过程，发现问题解决问题。"谈到导师如何指导创业时孙万东说，学校还会不定期组织培训，为创业学子提供项目论证、业务咨询和决策参考。

据介绍，从去年鲁东大学构建大学生就业创业导师制以来，该校92%以上的大学毕业生都在就业创业导师指导下成功就业，大学毕业生自主创办各类企业达到了21家。

60.《科学时报》2010年12月28日

鲁东大学：导师制推进毕业生就业创业

本报讯 "没有学校的帮助，没有指导团队老师的指导，就没有我们这些创业学生的今天，更没有孵化基地的稳步发展。"鲁东大学大学生创业孵化基地映山红广告传媒有限公司总经理赵子富谈及创业体会时如是说。从去年鲁东大学构建大学生就业创业导师制以来，该校92%以上的大学毕业生在就业创业导师指导下成功实现就业，大学毕业生自主创办各类企业21家。

针对大学毕业生就业创业的严峻形势，鲁东大学在全校实行了大学生就业创业导师制，聘请64名学校和各学院专职人员、校外知名企业负责人和优秀校友担任大学毕业生就业创业导师。这些就业创业导师中，有41人获得了由劳动与社会保障部颁发的二级职业指导师资格证书，19人取得了KAB创业讲师的资格证书。

据介绍，该校对大学毕业生就业创业实行全方位、多层次的指导：一是实行单个指导。根据大学毕业生在就业创业中遇到的问题，由就业创业导师进行针对性的指导；二是实行"会诊"指导。由就业创业导师对大学毕业生在就业创业中遇到的疑难问题进行集体会诊；三是实行集体指导。针对大学毕业生就业创业中比较集中、带有普遍性的问题，由就业创业导师定期进行集体授课指导；四是实行跟踪指导。根据大学毕业生就业创业的不同特点，由就业创业导师跟踪其就业创业过程，进行全程跟踪指导，及时发现问题、解决问题。

与此同时，学校还不定期地组织开展就业、创业培训，主要通过就业创业讲坛、政策咨询、业务指导、现身说法、定期见面或通信联络等方式，为大学毕业生就业创业提供项目论证、业务咨询和决策参考。在此基础上，学校还与就业创业大学毕业生开展结对帮扶，做好重点就业创业扶持对象的跟踪服务工作；组织就业创业导师参加学校和社会上有关就业创业的主题活动和重要会议，及时为大学毕业生就业创业提供信息。

61.《科学时报》2016年9月1日

鲁东大学志愿者赴新疆喀什打造艺术假期

本报讯 近日，由鲁东大学艺术学院音乐、美术两个专业的12名大学生志愿者组成的赴新疆喀什艺术支教实践团，为当地儿童奉献了一场精彩纷呈的艺术盛宴。

为充分做好这次支教活动，担负支教任务的鲁东大学艺术学院从全院挑选了12名大学生，并请专家就"如何做好西部艺术支教活动"进行了专题培训。参与支教的同学利用临行前的时间查找资料、准备教案和教具。与此同时，艺术学院还为新疆喀什麦盖提县的儿童带去了价值5000余元的画材和学习用品；12名支教志愿者个人捐款1000余元，为麦盖提县儿童购买了学习古筝所需的教学用品。

女教师带着婆婆和女儿
赶赴千里外高校参加培训

本报讯　11月21日，山东省乡村教师家庭教育指导培训者培训在鲁东大学举行，在来自全省的150名培训者中，德州市第十一中学的语文老师李元萍带着65岁的婆婆和刚满周岁的女儿不远千里参加培训的举动，让组织这次培训的山东省教育厅教师工作处、山东省师训干训中心负责同志及全体参训学员赞叹不已。

10月25日，是山东省乡村教师家庭教育指导培训者培训报名的最后一天。这一天，忙于教学和家务的李元萍从学校网站上看到了这则通知后，立马与在天津工作的丈夫进行了沟通，得到培训期间丈夫可以休假回来照顾女儿的承诺后，她毫不犹豫地报了名。11月5日，李元萍顺利通过了山东省教育厅的遴选，正式取得了山东省乡村教师家庭教育指导培训者培训资格。然而，就在她准备赶赴烟台参加培训的前一天，丈夫却被所在单位外派执行任务不能回家照看女儿。由于双方家庭眼下只有婆婆平时能够照看女儿，如果自己这一走，婆婆自己很难照看一个仍在哺乳的女儿。在多年的教学实践中，对当前乡村家庭教育深有感悟的李元萍，实在不愿错失这千载难逢的培训机会。于是，她动员65岁的婆婆董桂荣带着女儿毅毅一起前往550千米外的鲁东大学参加培训。

11月20日，经过5个多小时的奔波，她带着婆婆和女儿顺利地到达了烟台市。原准备自己与婆婆和女儿包住一个房间，然而，由于学校接待房间紧张，李元萍只能与另一个老师同住在一个标准房间内。

三个人睡一张单人床显然太过拥挤，于是，她与婆婆和女儿竖着睡，女儿在中间，她和婆婆在两边。长度不够，她就在床边加了两张板凳。因为是刚刚来到生疏环境，第一天晚上她和婆婆都没怎么睡好。

11月21日，培训正式开始。吃完早饭，当李元萍穿上衣服收拾东西准备去上课时，女儿毅毅马上挣脱奶奶的双手，边哭边向李元萍奔拥过来。李元萍抱起女儿毅毅，一边给她擦眼泪一边说："乖，不哭！妈妈要去上课了。上完课回来再陪毅毅玩。"这时，婆婆走上前去接过女儿，李元萍便转身离去，但女儿毅毅仍然依依不舍的样子，泪水挂满了她小小的脸颊。从下午上课开始，李元萍就改变了这种"离别"的策略，每当要去上课时，她或者让婆婆先抱着女儿毅毅出去玩耍然后自己再走，或者让同宿舍的老师先把上课的资料捎走然后自己再借故离开。晚上要上课时，为了不耽误女儿睡觉，她先给女儿喂好奶然后再离开。

李元萍带着婆婆和女儿奔赴千里来鲁东大学参加培训，得到了学校和培训学员的关注，学校为其提供了被褥和餐饮，并积极协调解决了3人同睡一床的问题。对此，李元萍心存感激，学习也格外努力，每节课她都认真地做好笔记，晚上回去后再进行复习。她说：既然来了就要倍加珍惜难得的学习机会，就要克服一切困难，学有所成，学有所获。

据了解，现在李元萍已经确定2017年2月至2018年1月到德州临邑参加乡村教师家庭教育指导志愿服务。

真实仲裁庭审进校园

本报讯 烟台仲裁委员会日前走进鲁东大学，模拟法庭开庭审理一起商品房买卖合同纠纷，展示了庭审调查、举证质证、辩论及调解等完整、真实的仲裁庭审过程，三百余名法学专业师生代表现场旁听。

"法学是实践性学科，注重实际案件中对条款的运用。模拟法庭是一种很好的授课形式，但与真实庭审还是有区别的。教学不仅要有理论学习，而且要将理论应用到实际中。庭审进校园让学生感受现场气氛，将真实庭审与课本介绍结合起来，做到活学活用。在加深印象的同时，激发学生的学习兴趣，有助于他们的成长成才。"鲁东大学法学院副院长杨希勇说。

近年来，该校重视法学应用型人才的培养，形成了法学专业学科人才培养的特色优势。将法学学习与实务实践密切联系起来，实现法学理论与律师实务相结合，进一步推动应用型人才和卓越型法律人才培养。

64.《中国教育报》2017年3月24日

鲁东大学　建立发展绩效考核制度
评先创优不再凭"印象"

本报讯　2017年春季学期伊始，鲁东大学出台了新的绩效考核奖励制度，在全校教职工中引起强烈反响。"通过建立发展绩效考核奖励制度，进一步推进学校管办评保分离，在全校建立公平公正的发展环境，激发了教职工参与学校建设发展的内在活力。"该校党委书记徐东升说。

今年寒假期间，鲁东大学党委和有关职能部门经过多次调研、论证，最终，新的绩效考核奖励制度落地。校长王庆说："建立以发展绩效为导向的考核评价机制，就是变过去单纯事前投入、立项管理为现在的立项投入管理+事后绩效管理，从制度上确保管理部门真正成为办学监督者、标准制定者、绩效考评者和服务保障者，使二级学院真正由被管理对象转变为办学主体。"

为有效确保新制度落到实处，鲁东大学制定了二级单位教学、科研、管理、党建宣传等目标任务书，将目标任务进行具体量化。同时，学校配套出台了发展绩效考核办法、监督实施办法、考核奖励办法和负面责任清单及处理办法。

"学校发展绩效考核奖励制度的出台，从根本上体现了高校两级管理的要求，明晰了学校、二级单位和教职工的职责。"鲁东大学生命科学学院教授卜庆梅说，"年初学校制定了目标任务书，年终学校将按照标准进行考核和绩效奖励。教职工工作怎么样，考评一目了然，年底绩效拿多拿少一清二楚，增强了教职工的危机感和责任感，也激发了教职工干事创业的积极性和主动性。"

65.《烟台日报》2017年6月9日

长岛联手鲁东大学传承国家非遗"渔民号子"

本报讯　在刚刚结束的第十五届"挑战杯"山东省大学生课外学术科技作品竞赛上，鲁东大学"海岛行"调研团队的"国家级非物质文化遗产渔民号子保护、传承与发展——以长岛渔号为例"课题，荣获大赛特等奖并被推荐代表山东省参加11月份在上海举办的国家大赛。

该团队还完成了《长山列岛海岛文化保护、传承与发展专题调研》等报告，其中提出的渔民号子文化生态保护区模式、体验休闲旅游区模式，建立的协调机制、联动机制、市场机制、参与机制、创新机制，构建的"游客变渔民""互联网+渔号"创新思路，开发的H5微海报、微信小程序等，受到了国家有关部门的重视。环渤海发展研究院副院长刘良忠介绍说："我们通过实地调查和理论分析，对渔民号子面临的困境、存在的危机，进行系统评价分析，为政府和有关部门提供渔民号子保护、传承和开发等指导性和可操作性的对策建议。"

目前，该团队正联合浙江海洋大学共同组成调研组，对包括长岛、舟山在内的我国海岛地区的渔民号子开展有关调研，探索新形势下中国渔民号子的保护、传承和发展之策。

66.《中国教育报》2018年2月4日

鲁东大学：462张回家车票
让贫困学生过上团圆年

本报讯 "今年春节，我可以与家人团聚了！"近日，鲁东大学国际教育学院学生何晓拿到了回家的火车票，脸上写满了喜悦与感激。"是学校为我们搭建了与亲人团聚的桥梁，圆了我们回家过年的团圆梦。"

春节是阖家团圆的幸福时刻，然而每到寒假时，一张车票便成了像何晓这样家庭经济困难学生回家过年的"绊脚石"。何晓家在四川宜宾农村，她也渴望春节回家与父母、妹妹团聚。当其他同学开始在网上预订寒假回家的车票时，她的心情越来越沉重，因为她回家的路费还没有着落。今年春节，她本打算留校打工挣点钱后再买车票回家。现在，鲁东大学教育发展基金会开展的"让爱心照亮回家的路——资助贫困学子回家过年"活动，让她可以早日回家过年了。

2015年，鲁东大学成立教育发展基金会，积极开展爱心募捐活动，主动为广大学子在学校和家乡之间架起一座温馨的"团圆桥"。两年来，基金会筹集20余万元，先后帮助1116名学子实现了"团圆梦"，全校学生无一人因路费问题而滞留学校，全都高兴地回家与亲人团聚。

今年初，鲁东大学经过摸底排查，发现全校有1200多名学生滞留学校学习或者打工。为此，鲁东大学教育发展基金会再次募集10万元，为其中462名因家庭经济困难而迟迟不能回家的学生资助路费，帮助44名孤儿每人购置了一套羽绒服和一套运动服。

"回家过年本是学生自己的'家事'，但没想到学校想得这么周全，让我们实现了回家过年的梦想。"鲁东大学马克思主义学院大一学生刘荣第一次离开家乡出门求学，"学校如此关心我们，我们没有理由不好好学习，我们将用优异的成绩回报母校，回报社会。"

"让每一名学子回家过年与家人团圆，是我们创办人民满意大学的题中应有之义。"鲁东大学党委书记徐东升的话语掷地有声。

67.《光明日报》2018年3月30日

鲁东大学：学生公寓有了"党员工作站"

本报讯 "过去学院组织学生党员学习教育，或者想了解掌握学生的思想动态，不仅费时、费力而且达不到预期效果。"近日，鲁东大学法学院学生党支部书记、3号公寓"党员工作站"站长李绍龙谈起"党员工作站"，感慨颇多，"自从去年10月公寓设立了'党员工作站'后，学生党建工作、学生思想政治教育、公寓文化建设等工作收到了事半功倍的效果。"鲁东大学在学生公寓建立的"党员工作站"受到广大师生的欢迎。

"大学生公寓是大学生学习、生活、休息的场所，也是我们加强党建和思想文化建设的重要阵地。"鲁东大学党委组织部组织科科长张金泉向记者介绍，"公寓'党员工作站'是学院党总支和学生党支部直接领导下的学生党建工作机构，学校和学院可以在此充分发挥宿舍网络化管理优势，快捷地了解掌握党员和学生的思想、学习和生活状况，有效地提高学生党建和思想政治教育工作的时效性、针对性和实效性。"

据了解，目前鲁东大学全校所有的男女学生公寓都设立了"党员工作站"。各公寓"党员工作站"均由所在学院学生党支部书记任站长，公寓全体学生党员为工作站成员，每个学生党员分片联系若干个宿舍。各公寓"党员工作站"在每个学生公寓内设置固定工作场所，同时在每个公寓"党员工作站"建立了'党团活动室'和'学习园地'，建起了公寓学生党员QQ群、微信群、微博等。"党员工作站"设立半年来，学生公寓文化育人功能凸显，党组织的凝聚力显著增强，入党积极分子纷纷申请进站工作。

"公寓有了'党员工作站'，让我们学生能近距离地感悟党的关爱与温暖。"鲁东大学物理与光电工程学院大二学生刘军告诉记者，"如今在我们公寓，政治思想上有'党员工作站'及时给予教育引导；同学们遇到学习或生活上的实际问题有'党员工作站'给予释疑解答，甚至小到宿舍门锁维修、疏通水管等这样很平常的小事，'党员工作站'也会在第一时间给予精准帮扶。"

"大学生公寓'党员工作站'是我校在推行学生教育管理公寓'社区制'模式的基础上，学生党建和思想政治工作由'班级'向'公寓'延伸拓展的一个创新，是学校在新的形势下落实学生党建和思想政治工作横向到边、纵向到底的又一举措。"鲁东大学党委书记徐东升这样解读设立学生公寓'党员工作站'的缘由，"学生公寓'党员工作站'不仅开辟了学生党建和思政工作新阵地，而且搭建了学生党员和入党积极分子实践锻炼、教育管理、接受监督的新平台。这是高校培养新时代'三有'中国特色社会主义建设者和接班人的必然要求。"

68.《中国教育报》2019年8月20日

4年解决13项"三农"发展难题，助力乡村振兴——
鲁东大学16名女博士组团科技扶贫

本报讯 "既要扩大油桐树种植面积，更应注重发挥林下空间优势研究做好林下经济""当前在进行油桐树种子传统栽培育苗的基础上，亟待加强油洞树离体组织培养工作研究，尽快实现油桐树育苗工厂化生产，满足整个桐油市场发展的需求……"近日，在贵州省黔南州独山县贵州鸿发生态农业科技有限公司万亩油桐种植基地，鲁东大学女博士科技服务团成员张娟、郭晓彤两位教师从烟台专程来到这里，为校友、该公司总经理杨安仁油桐种植进行技术指导。

鲁东大学这支由农学院农林作物遗传改良中心的16名女博士组成的振兴乡村经济科技服务团，自2015年成立以来，她们在课堂上培育懂农业、爱农村、爱农民的新时代农科人才。走下讲台，她们来到田间地头，用自己的实际行动把工作成果和科研论文撰写在乡村振兴的大地上，用丰产增收的数据和喜悦书写了一曲曲巾帼博士科技扶贫的故事。

敢啃"硬骨头"是女博士科技服务团的秉性。新疆是我国最大的盐土区，盐渍土地面积约占全国总量的三分之一。在恶劣的自然条件下，于春燕博士克服种种困难，多次协助团队深入盐碱地区反复进行试验育种，成功培育出的转基因速生耐盐碱杨树全部成活，对我国防风固沙、改善盐碱土产生了重要作用，尤其在山东、新疆等地推广后，为当地农民增收3000多万元。4年来，女博士科技服务团共解决13项"三农"发展中的难点问题。

　　哪里需要服务，女博士科技服务团就出现在哪里。吉林是玉米主产区。为选育出高品质的玉米，李蓓博士连续两年春节期间都坚持在海南的烈日下为玉米授粉，长期强紫外线照射导致皮肤严重过敏，爱美的她却说"麦色皮肤才是农业科研工作者最美的勋章"。她选育出的高品质玉米，使当地农民平均每亩增收近100元。张娟深入山东济宁市企业，研究改善氨基酸功能性微生物生产工艺，为企业增收5000余万元，并带动200余人就业。

　　驻地企业、农村和农民发展中遇到的难题，成为女博士科技服务团重点和首要解决的问题。前几年苹果价格一直低迷，成为许多烟台果农的一块心病。梁美霞博士了解到这一情况后，主动放弃周末休息时间进行研究，最终她参与培育成功的"有机保健苹果"开启了种植户的致富之路，当年直接受益的果农就有400多户。李维焕博士舍小家顾大家，在丈夫外出就读的情况下，把孩子托付给父母，自己加班加点，仅用半年时间就将废弃的苹果木研制成木菌肥、食用菌基质，有效解决了当地资源浪费问题，极大地提高了果农收益。

　　刘晓华博士为烟台莱州培育出的优质月季品种，推动了当地月季产业的发展。"企业增效、农业增产、农民增收是我们女博士科技服务团的服务宗旨，每当听到这样的好消息，我们心里边比一年发几篇论文、获得一项课题要欣慰得多。"谈起科技服务，宿红艳博士感慨颇多。

　　优质高效的服务，在省内外播下了鲁东大学女博士科技服务团的美誉。前不久，该团队被烟台市表彰为"巾帼建功楷模"，山东省委副书记杨东奇、山东省妇联主席张惠分别对她们服务乡村、服务"三农"的举措给予了充分肯定。

69.《中国教育报》2019年10月9日

鲁东大学：凝结红色文化　传承红色基因

本报讯　日前，大型情景组歌《红色胶东》经鲁东大学艺术学院紧张排练后在烟台上演，《红色鲁东》也付梓出版。这是鲁东大学凝结红色文化，传承红色基因，加强思政课建设，推进"不忘初心、牢记使命"主题教育的又一力作。

今年秋季学期开学后，鲁东大学联合烟台市委宣传部，将胶东地区革命和建设时期数个重大典型人物和群体的事迹，以大型情景组歌《红色胶东》为载体搬上了舞台，用现代艺术再现了胶东那段凝重而感人的红色历程；将新民主主义革命时期鲁东大学前身山东省立第二乡村师范学校、胶东公学的红色革命历史，出版了《红色鲁东》故事集，让学校党员干部和广大师生在阅读中铭记学校创业历程，学习革命先贤的奋斗精神。

鲁东大学党委书记徐东升表示："在新时代，高校在大力弘扬优秀传统文化、传播优秀当代文化的同时，要充分利用和结合自身及驻地红色资源的优势，创新红色文化传承模式，不但要让红色文化成为高校开展德育的有效载体，而且要让红色故事和崇高精神为高校党建和思政课及主题教育提供滋养灵魂、涤荡身心的'活教材'。"

70.《光明日报》2019年12月5日

大型情景组歌《红色胶东》在济南公演

本报讯 近日，一部全面反映胶东红色革命历程，铸红色品牌，颂红色胶东，传红色基因，扬红色精神，融音乐、舞蹈、情景表演、戏剧串联等为一体，由鲁东大学艺术学院师生创作演出的大型情景组歌——《红色胶东》，在济南山东省委党校震撼上演。

胶东是山东红色革命发祥地之一，也是中国进行红色革命最早的区域之一，中国共产党胶东地方组织在带领军民为民族独立和人民解放不懈奋斗的历史进程中，创造出了具有鲜明地域特色的胶东红色文化，锤炼凝结了内涵丰富的胶东革命精神，成为胶东人民引以为豪的宝贵精神财富。作为创建于这片红色热土上的胶东较早的高校，鲁东大学十分注重凝结胶东驻地红色文化，挖掘学校发展历程中形成的特色文化，专门成立了胶东文化研究院，编辑出版了"胶东红色文化"丛书和《红色鲁东》故事集，建立了校史馆、书画馆和文学博物馆，在地雷战纪念馆、胶东育儿所等建立了胶东红色教育基地。大型情景组歌《红色胶东》就是由鲁东大学和烟台市联袂打造，以"忠诚与担当"为主题，艺术而真实地再现了红色胶东的党建史、革命战争史、艰苦奋斗史、改革开放史和奋发筑梦史，跨界演绎了不同时期的红色故事，走心动情地塑造了可歌可泣的英雄群体和先锋模范。

组歌《红色胶东》由《山呼海啸》《山爹海娘》《山海筑梦》三个主体乐章，外加《交响引子》《序曲》《尾声》共六个部分构成。在结构上，组歌以时间为纵向轴线，以近百年来胶东发生的具有里程碑意义的重大事件为乐章划分节点；在体裁上，涵盖了混声合唱、小合唱、领唱合唱、独唱、歌剧咏叹调、咏叙调等形式；在题材上，兼顾点、线、面，既有人物，也有事件和故事；在风格上，坚持革命现实主义与革命浪漫主义相结合，既有党领导的胶东子弟兵赴汤蹈火的慷慨牺牲，也有胶东儿女大支前、大参军、大运兵、大调干的义薄云天，更有人性化地展现共产党人的家国情怀；在情景上，力求用极简化的舞美与道具，极致化演绎曲目承载的内涵、情感与意境；在戏剧角色串联上，以红色胶东的见证者和记录者——著名作家峻青为原型，采用老少不同年代的新闻工作者，同一时空或跨越时空对话的方式进行；在语言上，追求道人情、讲人理、感人心、励人志，音乐语言准确生动而富有画面感，既较好地描摹了胶东特质化的红色人文精神，又兼顾了受众层面的欣赏需求。

舞台上，大型情景组歌《红色胶东》触及灵魂的音乐，精彩纷呈的演绎，感人心怀的故事，深深感动着现场的观众，台下不时爆发出雷鸣般的掌声。大型情景组歌《红色胶东》总监制、鲁东大学党委书记徐东升演出后对记者说："学校在大力弘扬优秀传统文化、传播优秀当代文化的同时，将充分结合和利用自身及驻地红色资源的优势，创新红色文化传承模式，不仅要让红色文化成为高校开展德育工作的有效载体，而且要让红色故事和崇高精神为高校党建和思政课及主题教育提供滋养灵魂、涤荡身心的'活教材'。"

大型情景组歌《红色胶东》由国家一级作词家、鲁东大学艺术学院特聘院长曲波带领的团队和鲁东大学艺术学院300多名师生共同创排。广大师生不但将大型组歌《红色胶东》作为红色胶东文化艺术精品、烟台城市文化名片来创作打磨，而且作为极其重要的政治任务和"不忘初心、牢记使命"主题教育的重要内容，他们继承山东省二乡师（学校前身）的红色基因，发扬胶东公学（学校前身）等各个时期爱党爱国传统，以"红色鲁东"演绎"红色胶东"，在创作中传承，在排演中升华，彰显了红色传人应有的境界、情怀、使命和担当。9月29日在烟台大剧院开始公演后，受到了社会各界的好评。

71.《中国教育新闻网》2020年2月16日

鲁东大学最新研发成果
有望使新冠病毒检测时限低至1小时

中国教育新闻网讯 由鲁东大学生命科学学院动物病原微生物与免疫学烟台市重点实验室研发的"新冠肺炎病毒流行期气溶胶检测与环境控制技术"项目，日前获得了烟台市新冠肺炎疫情防控科技攻关项目立项。这种检测新技术对单个新冠肺炎病毒检测时间将降低至一个小时，这也是鲁东大学抗击新冠肺炎疫情推出的又一研究成果。

"作为高校防控新冠肺炎疫情，不但要科学全面地做好师生员工新冠肺炎疫情的防控工作，更要发挥学校人才和学科优势，积极参与和助力地方新冠肺炎疫情防控工作。这样我们才能合力快速地打赢这场新冠肺炎疫情防控阻击战。"在接受记者采访时，鲁东大学党委书记徐东升对学校新冠肺炎疫情防控这样定位。

防疫期间，该校全面做好防控宣传、疫情筛查、物资采购、校园封闭管理、学生心理与思想引导、延期开学后网络授课准备等工作，全校师生员工在做好自身及家人新冠肺炎疫情防控的同时，也积极加入当地的疫情防控志愿者队伍。

为有效缓解寒假返乡在家学生由疫情带来的紧张、恐慌、焦虑情绪及心理压力，该校教育科学学院大学生心理健康教育中心面向社会开通了疫情防控心理咨询服务热线，为因疫情而困扰的学生解压输"氧"。

该校艺术学院师生以艺战"疫"，将对疫情的关切化作创作的激情，特聘院长曲波等联袂打造的《爱是桥梁》《口罩后面的美》《致敬》全民抗疫三部曲，在网络平台播出后引起强烈反响。学生李江等创作的以"武汉加油，中国加油"及"致敬战疫英雄"等为主题的抗疫手绘故事，为打赢新冠肺炎疫情阻击战注入了艺术的力量。

该校法学院12名具有专业律师、高校就业师等资质的教工党员，组建了"璜山飞鸽"专家咨询团队，开通了"社工热线""法律热线"和"就业热线"，为社会提供法律援助、就业咨询等专业服务。为引导学生"宅其身、抱道行"，该校教师教育学院集中学科带头人制定并发布了《寒假在家不无聊》居家指南，受到了广大学生和家长的称赞和好评。

72.《光明日报客户端》2020年2月18日

鲁东大学：发挥学科优势助力疫情防控

光明日报客户端讯 2月17日，一本由鲁东大学学生心理健康教育中心编写的《辅导员疫情防控心理工作手册》，经由该校学生工作处官网微信公众号发送至全校126名政治辅导员。这是鲁东大学为切实做好新冠肺炎疫情防控及开学延期后学生心理工作而量身定做的一份"心理快餐"，也是该校发挥人才和学科优势，助力新冠肺炎疫情防控推出的又一举措。

"作为高校防控新冠肺炎疫情来说，不但要科学全面地做好学校师生员工新冠肺炎疫情的防控工作，更要发挥好学校人才和学科优势，积极参与和助力新冠肺炎疫情防控工作。只有这样，我们才能合力快速地打赢这场新冠肺炎疫情防控阻击战。"在接受记者采访时，鲁东大学党委书记徐东升对学校新冠肺炎疫情防控这样定位。

新冠肺炎疫情防控期间，鲁东大学全面扎实做好防控宣传、疫情筛查、物资采购、校园封闭管理、学生心理与思想引导、延期开学后网络授课准备等各项工作，全校师生员工在主动做好自身及家人新冠肺炎疫情防控的同时，积极加入学校、社区、乡村等疫情防控志愿者队伍。

新冠肺炎疫情及开学延期给部分学生造成了不同程度的心理阴影。为有效缓解学生由疫情带来的紧张、恐慌、焦虑情绪及心理压力，该校教育科学学院大学生心理健康教育中心面向社会开通了疫情防控心理咨询服务热线，为因疫情和开学延期而困扰的学生解压输"氧"。

为加速新冠肺炎病毒检测和满足市场需求，该校生命科学学院动物病原微生物与免疫学烟台市重点实验室研发的"新冠肺炎病毒流行期气溶胶检测与环境控制技术"项目，获得了烟台市新冠肺炎疫情防控科技攻关项目立项。这项技术对单个新冠肺炎病毒检测时间将降低至一个小时。

该校艺术学院师生以艺战"疫"，把对疫情的关切化作创作的激情。特聘院长曲波等联袂打造的《爱是桥梁》《口罩后面的美》《致敬》全民抗疫三部曲，在网络平台播出后引起强烈反响。学生李江等创作的以"武汉加油，中国加油"及"致敬战疫英雄"等为主题的抗疫手绘故事，为打赢新冠肺炎疫情防控阻击战注入了艺术的力量。

该校法学院12名具有专业律师、高校就业师等资质的教工党员，组建了"璜山飞鸽"专家咨询团队，开通了"社工热线""法律热线"和"就业热线"，为社会提供法律援助、就业咨询等专业服务。

为引导学生"宅其身、抱道行"，该校教师教育学院组织学科带头人制定并发布了《寒假在家不无聊》居家指南，受到了广大学生和家长的称赞和好评。

73.《中国教育新闻网》2020年2月24日

鲁东大学：在疫情防控中上好思政课程

中国教育新闻网讯　　"请你们在为英雄赞叹、为善举泪目的同时，也能心系家国、胸怀天下，不负新时代大学生的使命担当。""让我们以此为契机，以科学精神，追求真学问，练就真本领。"这是2月24日鲁东大学党委书记徐东升、校长王庆在学校及各学院官网、官网微信公众号同时推出的新学期网上思政第一课上的寄语，也是该校新冠肺炎疫情防控期间网上思想政治工作的一个亮点。

"为确保学校开学延期全校学生'网络教育不间断，思政教育不停线'，我们着重做好两个方面的工作。"鲁东大学学生工作部部长刘华给记者介绍说，"一方面，我们多措并举全力做好学生自身的新冠肺炎疫情防控工作；另一方面，我们以防控疫情为'契机'，广泛开展丰富多彩的网络思想政治工作，教育引导学生在防控新冠肺炎疫情的实践中，树立战胜疫情的必胜信心，激发民族精神，厚植爱国情怀。"

　　"要在新冠肺炎疫情防控过程中，开展细致入微的网络思想政治工作。"鲁东大学启动的全校新冠肺炎疫情防控应急响应预案中，把做好学生网络思想政治工作摆在了突出位置。新冠肺炎疫情甫一发生，该校首先通过专题网站、官网微信公众号、微信、QQ等媒体平台，及时开通了"互联网＋防疫生命健康教育公益课"，让学生在学习研讨中了解掌握疫情发生的原因背景、症状表现、鉴别方法和治疗措施。特别是为缓解部分学生因疫情和延期开学带来的紧张、恐慌、焦虑情绪以及由此而产生的毕业、就业等思想和心理压力，学校学生工作部专门开设了疫情防控心理咨询服务热线，编写了《辅导员疫情防控心理工作手册》，通过线上咨询、家访等形式，引导学生树立积极理性的防疫心态，帮助学生树立战胜疫情的信心和勇气，强化学生敬畏生命、敬畏自然的思想意识。与此同时，学校招生就业处开通了网上招聘就业双选平台，解除了应届毕业生就业找工作的后顾之忧。

　　抗击新冠肺炎疫情阻击战中涌现出的先进事迹和感人故事是学生身边最好的人生教科书。鲁东大学及各学院既发挥全国重大典型的引领作用，也注重挖掘和宣传身边的抗疫人物，他们将这些先进事迹和感人故事，编辑成一个个小故事，制作成一段段小视频，通过学校和各学院微信公众号、微信、QQ等网络平台进行发布或推送，同时利用每周组织召开的网络主题班会、网络主题党（团）日等活动，对抗击疫情过程中"一方有难，八方支援"的中国精神、"快速反应，分秒必争"的中国速度和"万众一心，众志成城"的中国力量进行学习、研讨和交流，让学生在耳濡目染中感受"祖国和人民的利益高于一切"的家国情怀和"负重逆行"的责任和担当。

　　鲁东大学开展的不间断的网络思想政治工作，给学生参与新冠肺炎疫情防控工作提供了强大的动力，学生不但按照要求做好自身及家人的新冠肺炎疫情防控工作，而且以"舍我其谁"的勇气和担当参与新冠肺炎疫情防控阻击战。他们当中有的报名参加社区、乡村疫情防控志愿者队伍，有的用奖学金和零花钱购买防护和生活用品捐献给疫情防控一线。该校艺术学院特聘院长曲波等联袂打造的《爱是桥梁》《口罩后面的美》《致敬》全民抗疫三部曲，学生李江等创作的以"武汉加油，中国加油""致敬战'疫'英雄"等为主题的抗'疫'手绘故事，经网络平台发布后引起了强烈反响，为打赢新冠肺炎疫情防控阻击战注入了艺术的力量。

"作为肩负中华民族伟大复兴历史使命的新时代大学生，通过亲历这场骤然而至的新冠肺炎疫情防控阻击战，让我们更加坚定了新时代中国特色社会主义的必胜信念，更加坚定了新时代青年学生的历史使命和责任担当。"学校网上开学思政第一课后，鲁东大学化学与材料科学学院学生修梦瑶给辅导员李扶摇留下了这样一段人生感悟。

"这次突如其来的新冠肺炎疫情，对大学生来说可能是他们人生中所经历的第一次重大风险挑战。"鲁东大学党委书记徐东升对记者说，"作为培养人才的高校特别是思想教育工作者，不但有责任、有义务科学全面地指导学生做好新冠肺炎疫情的各项防控工作，而且更要在防控新冠肺炎疫情的过程中，增强和提升广大学生应对人生征程中各种风险挑战的免疫力。这是我们开展网络思想政治工作的出发点，也是落脚点。"

74.《光明日报客户端》2020年3月6日

鲁东大学研制出新冠病毒检测新技术

识别多病毒20分钟内出结果

光明日报客户端讯 3月4日，由鲁东大学生命科学学院动物病原微生物与免疫学重点实验室青年博士团队攻关研究，一种新型冠状病毒快速检测技术——逆转录-环介导等温扩增检测法，经烟台市新冠病毒感染肺炎定点收治医院临床复核测试，达到了国家卫生健康委推荐的实时荧光RT-PCR测试标准。鲁东大学生命科学学院副院长、青年博士团队负责人张兴晓向记者介绍说："这项检测技术操作简单、使用方便，在基层医院、社区，乃至家庭均可使用，它不但可用于临床初次筛查，也可以用于环境监测，还可以识别流感等病毒，20分钟内即可出检测结果。"

"目前新冠病毒感染肺炎尚无确切治疗和预防药物，特别是疫病流行期敏感场所空气中病毒含量的监测与消毒对疫病防控至关重要。现在国内外空气采样设备微生物捕获能力还不高，不能够对病毒空气进行有效采样，缺乏富集技术与相适应的检测方法。"鲁东大学青年博士团队成员张建龙介绍说，"针对空气采样这一难点，我们跨学科邀请专家对现有空气采样设备进行改造，充分利用实验室成熟的科研成果和纳米材料技术、等温扩增技术、病毒气溶胶采样与评估技术等，开展了新型冠状病毒快速检测技术和空气采样、环境消毒等研究工作。这一技术的研制成功，对疫病流行期的医院、隔离点、社区和居家环境、机场车站等场所的空气病毒监测提供了技术支持。"

"团队以SARS-CoV-2参考基因组Wuhan-Hu-1株的核蛋白基因

（N）为检测靶标，以合成的N基因作为阳性对照，设计了5套LAMP引物，建立了环介导等温扩增检测方法。"鲁东大学青年博士团队成员朱洪伟介绍说，"这种特异性强、敏感性高兼具高效、快捷、可视化的病毒检测技术，不需要大型仪器和专业人员培训，只需水浴装置达到60摄氏度，可对血液、唾液、痰液、病毒空气等样本检测，20分钟内仅需肉眼通过试剂颜色比对便可确认。"

"承担着无法想象的压力，坚持了多少个不眠的夜晚，在检测结果通过的那一刻，大家兴奋地抱在一起，成功而激动的泪水奔涌而出……"青年博士团队成员姜琳琳回忆检测实验通过时仍感慨万千。为早日研发成功这项技术，鲁东大学这支青年博士团队争分夺秒，累了就在实验室休息一下，饿了就吃一点泡面，连续数日24小时攻关。没法购置的物资大家想办法自行制备，为赶速度购买的物品到了物流亲自到集散地去取，穿着的防护服往往湿了干、干了又湿，测试结果不理想时彻夜讨论寻找问题所在……团队成员无一个人请假，直至检测实验全部通过。

75.《中国教育新闻网》2020年3月20日

鲁东大学：应届生把论文写在抗"疫"一线

中国教育新闻网讯 "在新冠疫情发生后，他们离校不离教，主动担负起了原实习班级学生的疫情防控和网络教学辅导工作……用自己的实际行动书写了一份优秀毕业答卷。"这是近日山东菏泽市牡丹区西苑小学对鲁东大学教师教育学院8名应届毕业生的褒奖。

　　"作为一名党员、一名新时代大学生，理应在防控新冠肺炎疫情的阻击战中有自己的责任与担当，用自己的实际行动在抗疫一线书写真正属于自己的毕业论文。"寒假回到山东菏泽的鲁东大学化学与材料科学学院应届毕业生朱飞，他不但积极要求加入所在的傲阳社区志愿者队伍，而且他还把获得的5000元国家励志奖学金全部捐赠给了社区，用于购买口罩、消毒液等急需的防控用品。

　　据该校党委宣传部李部长介绍，像朱飞这样的学生，在鲁东大学还有很多很多。有的报名参加学校、社区、企业和乡村防控新冠肺炎疫情志愿者，有的为当地捐赠防控新冠肺炎疫情所需物资，有的为实习所在学校开设网课和承担心理咨询任务，也有的则结合参与这次防控新冠肺炎疫情阻击战的实际，撰写疫情影响下自己所学专业发展的意见建议、调查报告及相关论文，为相关专业领域的决策提供了第一所资料。

　　"当前我校特别注重有针对性地做好应届毕业生的就业创业工作。"鲁东大学招生就业处处长李家普向记者介绍说，"在新冠疫情发生后，学校第一时间通过官网、微信公众号等发布了《致2020届毕业生的一封信》，及时向广大应届毕业生介绍疫情防控期间网上招聘流程、就业手续办理、网上就业指导课程等事项；组织辅导员（班主任）、创业指导师、心理咨询师开展线上就业咨询和心理咨询服务；开设'空中就业课堂'，讲解国考省考、网上应聘、简历制作等方法步骤与注意事项；针对疫情条件下应届毕业生的求职心态和就业意向，举办了首场春季网络'双选会'，全校6000多名应届毕业生通过网络与781家用人单位精准互动，供需洽谈。与此同时，该校各二级学院深入推进'互联网+就业'模式，探索'空中宣讲''云招聘'等途径，积极开展分层次、分类别、分行业的网上招聘会。"

"学校这种对我们应届毕业生就业、创业如此细致入微的关爱，不能不让我们应届毕业生为之感激。"南京圆梦防控新冠肺炎优秀志愿者、鲁东大学商学院应届毕业生王凯言由心生，"学校培养我成才，我理应回报于社会、奉献于社会，这是人生的道德准则，也是经得起实践经验的毕业论文。只有学会感恩、担当责任，我们才能肩负起中华民族伟大复兴梦想的历史使命。"

76.《中国教育新闻网》2020年4月13日

发挥高校助力乡村振兴"催化剂"作用

鲁东大学开启精准全时化科技助农新模式

中国教育新闻网讯 "大姜种植需要注意哪些问题？""草莓种植过程中如何合理施肥和安排后茬作物种植？""西红柿、圣女果等蔬菜种植过程中怎样高效管理？"……4月9日，一场特殊的果蔬种植技术咨询交流会在山东省烟台市栖霞市翠屏街道榆林庄党群服务中心举行。会议现场，鲁东大学农学院孙亚东博士，在听取5个村党支部书记提出的有关村民果蔬种植中遇到的问题后，他逐一给予解答，直到大家满意为止。

当天，鲁东大学农学院孙亚东的"博士工作站"和"乡村振兴服务队"也同时在这里揭牌落地。这是该校开启精准全时化服务社会、助力乡村振兴模式后，面向乡村拓展的又一科技助农基地。

"我们在注重抓好学生教育教学的同时，以'农业更强、农村更美、农民更富'为服务导向，积极鼓励广大教师走进乡村、服务乡村、振兴乡村，把科研论文写在乡村大地上。"鲁东大学党委书记徐东升向记者介绍说，"乡村农业、农村和农民需要什么，我们就竭尽全力提供什么样的人才和技术支撑，发挥高校助力乡村振兴'催化剂'的作用。"

该校在出台《助力乡村振兴行动方案》、与烟台市农科院共建乡村振兴战略研究院、专门成立服务乡村振兴办公室的基础上，紧紧依托学校与乡村农业密切相关的学科专业和科研师资队伍，为乡村、乡村农业企业及广大村民提供政策咨询、发展规划、成果推广、人才培训等精准化服务。

在烟台市牟平区莒格庄镇创建齐鲁样板示范区和规划民俗旅游项目遇到困难时，该校人文地理与城乡规划学科团队的专家们，主动承担了全部项目的策划任务；当有些果农因苹果卖不上高价而苦恼时，该校农林作物遗传改良中心团队梁美霞老师在烟台招远市石硼村研究成功了一种富含维生素和花青苷、市场紧俏的红肉苹果。

该校不但为驻地乡村及村民提供技术支持和帮助，同时也把服务延伸到了山东滨州、东北吉林等全国各地乡村大地。为改善新疆盐渍地问题，该校于春燕老师研究选育的速生耐盐碱杨树在新疆种植取得成功，并获得了巨大的社会效益和经济效益。

5年来，该校服务乡村助力乡村振兴的工作从未间断。特别是在今年新冠疫情防控期间，全校服务乡村的老师们在做好自身及家人疫情防控的基础上，倾力帮助乡村和村民做好疫情下春耕生产工作。农学院借助微信、QQ及农技推广服务平台等，全面开启了"云助力"服务，请涉农相关学科的老师开展线上"问诊"指导，回答乡村及广大村民春耕生产过程中遇到的问题。针对疫情期间烟台当地鲜菇栽培农户、栽培合作社产品滞销这一难题，农学院食用菌技术团队科学地提出了"降温降湿等延期出菇延期上市"等建议。不仅如此，学校还积极与有关媒体和平台联合，帮助鲜菇种植户做好上市后的销售工作，有效地解决了他们的后顾之忧。

在线上"问诊"指导的同时，服务乡村的老师们还积极参与"线下"实践活动，与乡村农民一道助春耕"抢农时"。针对山东烟台莱山区郑家庄村"烟薯25"种质变异严重、薯苗质量参差不齐这一棘手问题，张洪霞教授领衔的学校服务乡村科技团队，经过调研开出了"原种创新育苗＋科学栽培管理＋附加产品开发"一条龙发展新处方。学校科技特派员王建瑞老师亲赴青岛即墨区龙泉办事处汪河水南村、莱西市忘屋庄村等地，现场指导玻璃智能温室、羊肚菌种植等项目，帮助企业和农户解决生产过程中遇到的技术难题。

77.《科学网》2020年5月20日

鲁东大学研发出微波光触媒
空气清洁抗疫消毒技术

中国科学报讯 近日，一种比传统消毒效率提高10倍以上、有效寿命延长5倍以上的微波光触媒空气清洁抗疫消毒新技术，由鲁东大学化学与材料科学学院教授高善民团队研发成功，并获得消毒产品生产许可证。

目前，社会上各行业对环境和物品杀菌消毒普遍采用的是酒精、消毒液、紫外辐射等广谱类杀菌消毒方法。这种方法虽然可以有效切断病菌传播途径，但在使用方式、操作便利性等方面存在许多问题。因此，发展一种高效、便捷、可大面积使用的空气杀菌消毒技术刻不容缓。近年来，通过微波能热效应和非热效应作用实现杀菌消毒的方式逐步受到重视。但是，由于各种不同废弃物对微波的吸收能力不同，对微波吸收的多少影响了消毒效果，单独的微波消毒仍不能满足目前的要求。

新冠肺炎疫情发生以来，高善民带领科研团队与烟台北方微波技术有限公司深入合作，开发了一种微波光触媒一体化高效清洁空气装备。该技术采用"微波激发紫外灯＋光触媒装置一体化"的手段，将微波、紫外、臭氧以及光触媒几种技术有效复合，通过微波激发产生杀菌能力强、臭氧产生率高的波长在253.7纳米和185纳米的紫外线，同时激发光触媒产生强氧化性的羟基自由基和超氧离子自由基。通过光触媒催化氧化杀菌消毒和处理VOCs的效率是传统单一的紫外线光解和臭氧杀菌的10倍以上，且有效寿命延长5倍以上。微波激发紫外灯后，由紫外线激发光触媒的方式，使整个杀菌过程快速、高效，而且微波输出功率线性可调，从而使紫外光强度可调，适应不同污染程度的环境空气清洁，避免了单独采用紫外灯照射或臭氧发生器生成臭氧进行杀菌消毒的不足。

在这项新技术研发过程中，高善民带领团队成员多次深入企业，指导催化剂的制备、负载和设备的定型、加工等工作，并到杀菌、消毒一线查验设备的运行状况，同时根据设备的杀菌、消毒性能及时对设备进行改装。目前，该技术已获得消毒产品生产许可证，烟台北方微波技术有限公司正全力以赴进行改进和生产。

78.《中国教育新闻网》2020年6月12日

鲁东大学推出"细心+精心+暖心"服务

在解决学生关切问题中增强思政课实效

中国教育新闻网讯 "重返久别的校园，学校的'用心'让我们广大学子倍感温暖，学校不但安排专人专车接站接机，发放爱心防疫包等，而且还为我们每个宿舍楼都安装上了直饮水、自动洗衣机、洗浴设备等，我们没有理由不好好学习……"近日，鲁东大学农学院吴思凡回到学校后马上将自己的感触加上图片发到了自己的微信朋友圈。这是鲁东大学注重在解决学生关切问题的过程中，增强和巩固思想政治理论课效果的又一举措。

"思想政治理论课是落实立德树人根本任务的关键课程。要发挥思政课铸魂定向、涵德化人和为党育人、为国育才的作用，高校在进行思想政治理论课教学的同时，必须重视和解决好学生学习和生活中关切的问题。"鲁东大学党委书记徐东升介绍说，"只有将思想政治理论课与解决学生关切问题两者有机地结合起来，思想政治理论课才能取得事半功倍的效果。"

"疫情期间，部分学生或多或少地出现了恐慌、焦虑和烦躁等心理问题，在思想教育引导的同时，必须进行线上心理疏导，帮助学生解答好学业、就业、资助等实际问题。"鲁东大学大学生心理健康教育中心李雪丽表示，"每次值班时眼睛常常盯着电脑显示屏，手机24小时保持开机状态，唯恐漏掉学生们的咨询信息。"学校疫情防控心理咨询服务热线开通以来，她和各学院辅导员线上咨询解答学生问题2.35万人次。

"4个多月没回学校了，我们都很担心公寓寝室的被子，会不会潮湿、发霉、有异味？"学校发布返校通知后，不少学生在微信群或者QQ群对寝室环境表示了担忧。各学院细心的辅导员看到同学们的需求后，主动开启"云接单"晒被子服务模式，在班级群征求学生同意的情况下，打开寝室门通风，为班级同学晒被子，从一楼到顶楼，来来回回无数趟。被子、褥子、枕头……小心仔细地在每件物品上做好标记，详细到每个宿舍、每个床铺。"看到辅导员主动联系帮助我们晒被子，心里真的感到很温暖。"数学与统计科学学院戴圣丹告诉记者。

不仅如此，鲁东大学在学生返校前做了精心的准备工作。各学院对所在楼宇环境卫生进行了彻底消毒清扫，特别是全力做好办公室、教室、实验室及楼梯等公共区域的卫生保洁和消毒工作，以全新的面貌精心做好学生返校工作。学生返校后，鲁东大学"点对点"送餐服务温暖了每一个回家的学子。"病毒无情，校园有爱。正在我担心隔离期午饭只能用泡面解决的时候，学院辅导员亲自为我送来了热乎乎的午饭，让我刚刚离家就又感受到'家'的温暖，真的是舒心、贴心又暖心。"谈起隔离期间的感受，鲁东大学化学与材料科学学院彭永康仍然记忆犹新。有的辅导员为给处于隔离期的同学送饭、打水，一天累计上下楼达到240多层。

"老师，能帮我邮一下电脑和成绩单吗？""老师，我的考研复习资料还在宿舍！"暂未返校的同学许多急需品都"滞留"宿舍，鲁东大学各学院辅导员、班主任纷纷化身"快递小哥"，为因疫情不能返校的学生们进行"云接单"。他们根据学生所需的物品清单先到寝室寻找，然后耐心细致地帮学生封装好，并详细填写好邮寄地址，核对无误后再送到快递服务点。

最让返校学生感到温暖的是，回到学校后在自己所在公寓就可以洗澡、洗衣和购物了。"近年来，我们切实把改善学生公寓住宿条件、提升学生获得感作为'办好人民满意的教育'的根本出发点和落脚点。"鲁东大学学生工作部部长刘华向记者介绍说，"去年以来，针对学生反映较为强烈的住宿条件差、公寓内无洗澡设施等问题，学校投资对12栋老旧公寓设施改造和家具更换的同时，为每个公寓安装了公共洗浴间及全自动滚筒洗衣机、直饮水机、电吹风、自动售货机等，现在学生不出公寓楼就可洗澡、洗衣、购物，极大地方便了在校学生的生活。"

79.《科学网》2020年6月20日

鲁东大学：化学与材料学院一半毕业生继续深造

中国科学报讯 "四年里，因为他们彼此的共同努力，才成就了今天的芳华。"6月19日，鲁东大学化学与材料科学学院党总支书记于兆玲介绍了今年毕业生的就业情况。今年该院399名应届本科毕业生中，有197人考取各级各类研究生，其中102人被国家重点高校和科研院所录取，全院10个班级中有3个班级考研率超过60%，全院平均考研率达到了49.4%，涌现了许多学霸宿舍和学霸班级。

"大学里，学生的天职就是学习，就是要在最适合读书的时候将知识学习进行到底。"谈起考研这段经历，已被东北大学录取的穆鑫健感慨良多，"每个学期下来，我们每个宿舍、每个班级都会晒一晒学习成绩，并且互相关心和鼓励，彼此祝福在学业上能取得好成绩。"据了解，在这个学院有这样一种现象：大一、大二期间，学生们往往喜欢结伴参加学校或学院的各类社团，在"英语角""读书社""运动场""志愿服务队""实验室"里，经常能够看到他们的身影。到了大三、大四，他们相约不再逛街，不再打游戏、玩手机，甚至卸载了手机里的微博、抖音等软件。闲暇之余，他们在一起探讨学习，互相指正错误；一起晚上跑步运动，互相鼓励；一起吃饭，互相嬉戏打闹。也因如此，他们之间相互信任，互相依赖，共同进取。

"世上从来就没有不劳而获的成绩，也没有随随便便的成功，每一分进步背后都是一步一个脚印的辛勤努力。"考入大连理工大学的准研究生朱飞这样总结今天来之不易的成绩，"考研复习的路上充满着各种挑战，有的因复习压力过大，达到了'超负荷'状态，心里就产生了迷茫；有的因复习内容太多、时间不够，心生胆怯；有的总觉得别人比自己学得好，对考研产生怀疑。"考入北京化工大学的准研究生尹汝涛介绍了自己考研的成功经验："复习时遇到困惑、迷茫之时，多向辅导员和报考学校的学长咨询，他们的鼓励就是我克服困难的动力。考研之路，更加锤炼了每个人的意志品质和毅力。未来，任何困难都是可以抵御的。"

"今天的成绩固然需要我们自己去拼搏，但离不开学院的教育引导，离不开辅导员（班主任）的点滴呵护。"考入山东大学的准研究生肖涤淋说。该院从大一新生入学起，就注重引导学生到了大学不能有"歇歇脚、看看景"的松懈思想，帮助指导他们做好四年学习生涯规划。期间，学院还通过团日活动、主题班会等，经常性地开展"我的大学我做主""未来十年的你在哪里"等理想信念教育活动；将学生的学业完成情况，纳入入职学生干部条件、评奖评优、推优入党等评审条件。

同时，为增强学生创新意识和能力，学院针对专业学科特点，为学生搭建了创新研究的平台，大多数学生在大学期间都会加入创新团队，这也为考研学生在复试环节彰显实力优势奠定了基础。

80.《中国教育新闻网》2021年4月12日

让大学生家长成为高校教育管理"合伙人"

鲁东大学：在家校共育中凝聚思政育人合力

中国教育新闻网讯　"以往大学生家长很少与学校有联系，即使有联系也大多是知会了解学校的教育管理情况，让老师严格教育管理他们的儿女。"近日，鲁东大学文学院政治辅导员于佳楠和记者谈起该校开展家校共育的情况，"现如今，更多的大学生家长则通过家校网络信息平台，积极主动地参与学校的教育管理。大学生家长已经成为学校教育管理不可或缺的合作者。"

自2018年秋季学期以来，鲁东大学家校共育就开始了学生家长由"知会者"向"参与者"的探索与实践。学校首先从建立家校共育常态化机制着手，在创建家校共育信息网络平台的基础上，建立了以主管学生工作校领导、各职能部门和二级学院负责人、大学生所在班的辅导员（班主任）组成的共育机构，并且按照大学生所在的学院和家庭地域，指定家校共育联动沟通的联络员和负责人；为防范家校共育过程中缺位、错位等问题发生，依据家校共育的内容、方法和步骤等，制定了具体的家校共育规范化实施方案，从路径上划定了家校共育的"经纬线"，从法理上确立了家校共育的"红线"；为规范家校共育全过程，制定了家校共育联动沟通的具体实施方案与细则，明确了学校与大学生家庭联动沟通的时间节点、频率次数、方式方法及联动沟通中有关问题的解决办法等；为提升家校共育成效，制定了家校共育联动沟通监督、反馈和激励制度，定期检查和通报联动沟通开展情况，及时反馈联动沟通信息，对家校共育中表现突出的教师和大学生家长予以表彰激励。

"开展家校共育除了需要建立联动共育的有关机制外，关键在于要探索适应时代要求、利于大学生成长成才的家校共育的新形式、新方法。"鲁东大学学生工作部部长刘华对记者说。除日常微信或电话沟通外，还通过设立"校长信箱"、举办"校领导与学生面对面"座谈会、邮发"家校联心封"等渠道，及时了解学生面临的困难和问题，广泛征求学生和家长对学校发展和人才培养的意见建议；依据"划片、集中、就近、高效"的原则，在学生原毕业中学举办由相关区域学生家长参加的"家校共育恳谈会"，破解了高校实地家访困难、覆盖面不够、工作效率不高等难题；建立常态化的"校园开放日"制度，不定期邀请学生家长来校参加"开放日"活动，让学生家长现场感受学生真实的学习生活环境和课堂学习状态，进一步加深学生家长对校风、学风的了解和认同；邀请学生家长来校参加开学（毕业）典礼、表彰大会等活动，让学生家长在共同见证中获得学生成长的荣誉感和自豪感。

与此同时，鲁东大学还着力在提高家校共育者的共育能力与水平上下功夫。该校先后将22名德才兼备的辅导员（班主任）选拔配置到家校共育的岗位，发挥了其在家校共育中的骨干引领作用；借助学校网站、家校QQ群、家校微信群等，开设"家校共育讲堂"公开课和家校共育专栏，邀请有关家校共育领域的专家，举办"如何开展家校共育"系列讲座或论坛，介绍家校共育的经验和做法，会诊解剖家校共育中的疑难问题，推介先进的教育管理理念和方法，多途径提高家校共育者的共育能力。另外，还通过家校共育信息网络平台，向家长及时推送学生在校信息，让家长在分享学校教育教学信息的同时，增强家长参与学校教育管理的积极性。

"这种家校共育合作模式，不仅能够让我们学生家长及时了解掌握自己孩子的思想变化、学习状态，而且在参与高校教育教学管理的过程中，获得学校建设发展和学生成长成才的认同感和成就感。"大一学生小管的父亲谈及家校共育的感受。3年来，该校学生家长通过家校信息网络平台、微信、QQ等，积极主动地参与学校的教育教学管理，先后有1350名学生家长为教育教学、学生管理和学生就业等建言献策2170多条。

"高校与大学生家庭开展联合共育，能够进一步凝聚家校思想政治教育管理的合力，有效解决长期困扰高校教育管理中的难点和热点问题，大力营造学校'立德树人'和大学生成长成才和谐校园环境。"鲁东大学党委书记徐东升介绍该校开展家校共育的成效。开展家校共育3年来，先后有170名面临学业问题的学生学习态度明显改善、学习成绩有了大幅提升；50名存在心理问题的学生心理压力明显减缓、积极乐观的心态开始萌发；144名对就业感到迷茫困惑的学生，确立了自己的职业定位和目标。

81.《光明日报客户端》2021年6月28日

在木刻版画展陈中传承延安精神

延安时期木刻版画纪念展在山东烟台开展

光明日报客户端讯　在木刻版画展陈中传承好延安精神。近日，由鲁东大学社会科学界联合会主办的"1935-1948延安时期木刻版画纪念展"在该校博物馆开展。展览撷取了古元、力群、夏风等13位延安时期中国版画艺术家部分窗花剪纸木刻作品65幅，其中原版木刻作品15幅，其他由鲁东大学艺术学院学生将其还原成剪纸作品后而展出。

"延安是中国革命的圣地。延安木刻将中国的新兴木刻推进到一个新的发展阶段，成为中国现代版画史乃至美术术史上光辉的一页。延安时期中国版画艺术家创作的木刻版画最为大众所接受和喜爱。"鲁东大学胶东民艺研究中心主任、版画家曲绍平向记者介绍延安时期木刻版画发展概况。1935—1948年间，在党的文艺为工农兵服务的方针引导下，从全国各地奔赴延安的广大艺术家们，面对物资及其匮乏、绘画材料十分短缺的困境，就地利用延安盛产的梨木板开展木刻版画创作。这些充满浓厚生活气息和战斗气氛、生动反映解放区军民改天换地精神面貌的木刻版画作品，不但深受解放区军民的喜爱，而且得到了国统区广大观众的赞赏，特别是外国观众通过木刻作品了解了中国解放区军民的英勇抗战和人民生活的真实情况，促进了各国人民之间的文化交流。

鲁东大学艺术学院汪瀛教授这样看待这次展览："从版画艺术中回望党史，作为艺术家就要秉持'艺术为人民而作'的观念，牢固树立自立自强和为人民服务的思想，坚持艺术性与人民性、革命性、战斗性的统一，以艺化人，以艺育人。"

为办好这次纪念展，鲁东大学对展览内容和形式进行了创新，在展出延安时期木刻版画作品的同时，对1935—1948年期间延安时期的历史史料进行了梳理，展出了由璜山书院提供的同时期出版的珍本文献资料，播放了中央电视台制作的《延安岁月力量之源》宣传片，让参观者进一步了解中国共产党在延安时期的峥嵘岁月。展览还邀请了山东省非物质文化遗产传承人和部分木刻版画家到现场进行剪纸和木刻版画制作，一边传授传统手工艺，一边传承延安精神。

"品读一幅幅延安时期的经典木刻版画，不仅可以让我们感悟艺术家们的红色初心，更能让我们透过这栩栩如生的生动画面，铭记那段峥嵘岁月，感受党的百年历史的波澜壮阔。"鲁东大学党委书记徐东升观看展览后深情地说，"延安时期木刻版画纪念展，它既是一堂生动的党史学习教育课，也是学校在新时代美育教育的一次创造性实践活动。我们将以此为契机，汲取百年党史力量，全力打造美育教育的新阵地、文化传承的新地标，推动文化育人工作向更深、更高层次发展。"

82.《大众日报客户端》2021年7月29日

39所高校师生齐聚烟台山
两位地理学界翘楚当"导游"

大众日报客户端讯　　7月29日，山东烟台市的烟台山来了一批特殊的"游客"，他们是来自第十二届全国地理学联合野外实习的39所高校的162名师生。今天担任讲解的不是旅游公司的职业导游，而是头发已经斑白的全国地理学界的资深专家：一位是教育部高等学校地理学教学指导委员会副主任、华东师范大学郑祥民教授，另一位是教育部高等学校地理学教学指导委员会委员、鲁东大学校长王庆教授。

"同学们，'烽火戏诸侯'这个故事大家都听说过，可是烽火台大家不一定见过，大家现在所站的位置就是烽火台，历史上这里曾经狼烟四起！"站在烟台山烽火台上，王庆教授风趣幽默地讲解激发了"地理人"探秘烟台山的兴趣。"烟台山的烽火台始建于明朝，当时人们把烽火台称为狼烟台，然后把设狼烟台的山称为烟台山。"随后，王庆教授给大家具体讲述了烟台城市历史起源、近代城市发展建设历史。面对隔海相望的"芝罘岛"，王庆教授又饶有兴趣地给大家讲起它的由来及其形成的自然地理原因……

在烽火台东侧大约一百米开外的惹浪亭，郑祥民教授在给实习"地理人"介绍烟台山开埠文化。然而，他的一席话让在场的"地理人"陷入了更深层次的思考："'地理人'一定要学会用地理的眼光看世界，要深刻理解地理学的精髓与灵魂，不论是烟台山的开埠还是黄河的治理，本质都是地理学的问题，'地理人'要树立家国情怀，用地理学知识去履行为中华民族伟大复兴的历史使命。"

站在烽火台上，俯瞰烟台山上至今仍然修缮保留的领事馆、洋行、邮局、教堂等这些近代历史建筑和文物遗址，实习学生新疆师范大学钟晴语气稍有些沉重地说："走进烟台山，让我们看到了烟台历经屈辱开埠和胶东革命风雨历程的见证，寻找到了研究中国近代社会发展史和中国近代建筑史珍贵的实物资料。回望烟台山，让我们'地理人'有了奋发图强的动力。"

7月29日上午，第十二届全国地理学联合野外实习启动仪式在鲁东大学举行。简短的启动仪式后，全国地理学联合野外实习的"地理人"，走进了他们联合野外实习的第一站——烟台山，从而开启了他们在山东烟台、济南、泰安、曲阜等8个地市历时两周的实习之旅。

83.《大众报业·齐鲁壹点》2021年7月31日

全国39所高校162名"地理人"探秘蓬莱

齐鲁壹点讯 "老师和同学们，蓬莱阁是中国四大名楼之一，素以'人间仙境'之称而闻名于世。但是，今天我们不是去观赏蓬莱仙阁，而是要带领大家到蓬莱仙阁这个福地，来探秘迎口山古火山遗迹，去感受大自然神奇景观。"7月30日，搭载着来自全国39所高校联合野外实习162名"地理人"的大巴士，还未到达蓬莱北沟镇北林院村迎口山，各组老师就开始用无线讲解器介绍今天联合野外实习的主要行程与目的。

"这里的石头好奇特呀！"汽车停在了村前的路口，"地理人"一下车目光就被路两边由火山石垒砌成的约半人高的仿古城墙所吸引。城墙虽然不长只有几十米，却被这些"地理人"驻足围观琢磨许久。沿着仿古城墙往北走，就是蓬莱市北沟镇北林院村。这个村是离迎口山火山口最近的一个村落，因而这个村成了"坐拥"火山石的美丽村庄。路两旁那些村民百年旧宅的屋墙院墙，几乎都是用火山石垒砌而成，再用白色泥灰一勾缝，那墙瞬间就成为一帧油画，近看似一朵朵傲然开放的梅花，远看像层层叠叠的鹅卵石，它们给整个村落平添了几分灵气与安然、古朴与厚重。

"老师，这由火山石垒砌而成的房子，有什么特殊的功效吗？"来自江西师范大学的学生陈昱君对"火山房"产生了浓厚的兴趣。负责讲解的鲁东大学资源与环境工程学院副教授宋键给大家解密道："蓬莱北林院村是目前国内保存较为完好的火山石建筑村落。先辈们用不规则的火山石块'摆出'这么庞大村落，就是运用了火山石玄武岩特殊的气孔构造，它不但经历了百年风霜雨雪，而且居住起来会起到冬暖夏凉、隔音隔潮的效果。"

"在新生代初的地质构造运动中，烟台蓬莱、龙口、福山一带发生了强烈的火山活动，形成了大片的火山岩分布及一系列火山和熔岩地貌。"由北林院村继续东行至迎口山脚下，负责讲解的鲁东大学资源与环境工程学院金秉福教授介绍说，"眼前这座海拔247米的山就是火山作用造成的，它是典型的火山锥。在这里我们可以看到玄武岩各种火山喷出物和熔岩。这座山就是由玄武质火山碎屑、火山弹、火山灰等组成的火山剖面，是多期次火山作用喷发物质堆积而成的。"

"请大家往剖面的顶层看，那黄褐色的泥土就是马兰黄土。"循着金秉福教授的指向，几乎所有"地理人"的目光都聚集到了眼前不远处在滨海地区极其少见的黄土上。"看这不起眼的黄土，它可不同于我们常见的残坡积作用的黄土，它的来源和形成与第四纪气候环境的变化、渤海的沧海变桑田有关，是我国东部海岸特殊的风成黄土。"

再东行北走就到了迎口山古火山的中心位置。放眼望去，整个剖面层次分明，呈现上黄、中褐、下黑的渐变色层。从远处看去，剖面与山上绿色植被在夏日构成了一幅美丽的山景画。神奇的地质催生了"地理人"的好奇心，湖南师范大学彭渤教授现场回答了"地理人"关于玄武岩中橄榄石风化而黑云母没有风化的问题；北京大学王红亚教授根据玄武岩为"地理人"扩展讲解了"海底扩张说"；兰州大学李卓仑教授为"地理人"概述了沙漠火山地貌与滨海火山地貌的区别。

进入自由考察阶段，"地理人"便纷纷涌向火山岩剖面，近距离观察眼前这些大小不一、造型各异的火山石。"大家快来看，这位'地理人'找到了'火山弹'了！"鲁东大学资源与环境工程学院刘现彬老师手握一枚保存完整的"火山弹"不无兴奋地说。这一声"火山弹"犹如一枚响雷，顷刻把大家凝聚到了一起，他们先是认真地观察，而后又争先恐后地拍照。据刘老师介绍，"火山弹"目前极其少见，它是火山喷发时熔岩被抛到空中，在快速旋转飞行过程中经迅速冷却而形成的岩石团块。

不知不觉中，天空下起了淅淅沥沥的小雨。这雨并没有让"地理人"有退却的念头，最后还是在带队老师的催促下，他们才恋恋不舍地离开这座雏形已显、全国罕见的天然的火山"博物馆"。

"这次全国高校地理学联合野外实习，使我有机会第一次来到美丽的山东。让我没有想到的是，仙境蓬莱还隐藏着这样一个火山地质公园，更没有想到在这里还能发现只有教科书上才能见到的火山石以及稀奇的马兰黄土。这片火山石遗迹真是一个壮美而又神奇的景观。"来自贵州师范大学的学生陈孟意犹未尽地说。

84.《中国教育新闻网》2021年8月2日

第12届全国高校地理学
联合野外实习在山东启动

中国教育新闻网讯 近日，由全国地理学联合野外实习教学联盟主办，鲁东大学等山东高校地理G5联盟成员单位联合承办的主题为"海岱儒风行·百年新征程"第12届全国地理学联合野外实习在鲁东大学学术中心启动。来自北京大学、华东师范大学、武汉大学等全国39所高校的162名"地理人"将在山东开展为期两周的联合野外实习。

"野外实践教学是地理类专业人才培养的重要环节。跨区域地理学联合实习是国家理科地理学基地人才培养与野外实践教学的重大改革创新模式。"教育部高等学校地理学教学指导委员会副主任、全国地理学联合野外实习教学联盟理事长、华东师范大学郑祥民教授向记者介绍全国高校地理学联合野外实习有关情况，"通过全国高校野外联合实习，既能发挥国家理科地理学基地在教学改革中的辐射和示范作用，推动各高校实践教学水平和效果的提升，又能推进地理学课程思政建设，实现全国优质野外实习资源和名校名师资源共享，为国家培养地理学一流拔尖创新人才发挥重要作用。"

自2009年以来，全国高校地理学联合野外实习已连续举办了11次。2021年5月，全国地理学联合野外实习教学联盟在华东师范大学成立，40所涉及地理学人才培养的高校成为全国地理学联合野外实习联盟首批成员单位。这次全国高校地理学联合野外实习是全国地理学联合野外实习教学联盟成立后的第一次跨区域联合野外实习，不但参与联合野外实习的高校和师生人数突破了往届，而且在联合野外实习的内容与方法上进行了改革创新。联合野外实习启动后，实习"地理人"将由烟台实习点出发，前往东营、济南、泰安、青岛等7个实习点，开始他们总行程三千里的探索旅程。

"这次全国高校地理学联合野外实习线路，突出了山东海岸海洋、大河三角洲、传统文化、农业大省等区域特色，涵盖了人文、地质、地貌、土壤、水文、植被等地理要素，既有泰山、崂山、烟台山、黄河三角洲滨海湿地、济南趵突泉等自然地理内容，也有曲阜'三孔'、临沂兰陵农博园、日照港等人文地理场所。"教育部地理科学类专业教学指导委员会、山东高校地理G5联盟发起人、鲁东大学校长王庆从地理学专业角度给记者阐述这次联合野外实习线路设置情况，"通过联合野外实习，将齐鲁自然文化和人文文化等融入地理野外实践教学，把思政教育融入地理学野外实践，在激发学生对知识的探究精神，增强学生的国土认知、家国情怀、国家认同，提升学生综合素质能力的同时，引导实习师生充分了解山东文化，增强山东地理在全国的影响力。"

为充分做好第12届全国地理学联合野外实习，突出展现山东地域特色和文化特色，全国地理学联合野外实习教学联盟召开专题会议，就全国地理学联合野外实习基地的选择、实习线路的衔接、实习讲解教师的确定、野外实习思考题的编撰等进行了专题研讨；承办这次全国地理学联合野外实习的山东高校地理G5联盟，先后多次召开线上线下会议，研究制定野外实习具体线路、各线路讲解教师培训、实习期间安全等方案；具体牵头承办这次全国地理学联合野外实习的鲁东大学资源与环境工程学院，专门成立了全国地理学联合野外实习相关筹备和保障组，各组成员放弃假期休息，加班加点积极筹备联合野外实习的各项工作，学院选派具有地理学野外实习经验的领导和专家，深入各实习点检查具体线路安排、讲解教师备课等落实情况。

85.《中国教育新闻网》2021年8月26日

烟台高校教师夫妇接力"暑期'三下乡'"

中国教育新闻网讯 日前，在山东省沂南县马牧池乡政府内举行了一场特殊的交接与挂牌仪式：山东工商学院团委社团部部长陈相志将暑期"三下乡"社会实践点正式移交给了鲁东大学数学与统计科学学院思想政治辅导员范修竹。与此同时，鲁东大学社会实践基地也在这里挂牌。交接背后，是陈相志、范修竹夫妇赴沂南革命老区接力暑期"三下乡"社会实践活动、传承红色基因的故事。

2017年7月，时任山东工商学院金融学院思想政治辅导员的陈相志，邀请范修竹等人参加由他负责带队的暑期"三下乡"社会实践团。山东沂南既是红色革命老区，又是陈相志的家乡。范修竹随实践团来到这里后，见到的陈相志不仅是一个知书达礼的帅小伙，更是一个"拼命三郎"：白天他带领团队下乡村开展党史宣讲，做问卷调查、召开座谈会，寻访红色革命足迹；晚上他召集团队研讨调研情况，指导队员撰写调研报告，安排部署后续工作……短短一周的社会实践，两人从熟悉到相知。

2018年6月，范修竹如愿考取了陈相志所在的山东工商学院的会计专业硕士研究生。7月，她主动要求跟随陈相志再度出征沂南开展大学生暑期"三下乡"社会实践活动。

"他几度带领大学生到革命老区开展暑期'三下乡'社会实践活动，最起码说明他的政治思想是过硬的。"范修竹从沂南返回烟台后的那个"八一"建军节，她与陈相志牵手走进了婚姻的殿堂。

2019年7月，陈相志负责的大学生暑期"三下乡"社会实践团赴山东沂南。2020年7月，因新冠疫情原因，陈相志的暑期"三下乡"社会实践团队未能出征。尽管这让范修竹感到有点遗憾，但这年研究生毕业后经过考试和考核，加入鲁东大学数学与统计科学学院思想政治辅导员队伍，也让她感到几多欣慰和期许。

"相志，你就安心地干好本职工作。我会组队赴沂南继续开展大学生暑期'三下乡'社会实践活动的。"2021年6月，陈相志因工作变动离开辅导员工作岗位后，范修竹安慰他说。

今年，范修竹向学院和学校团委递交的赴山东沂南"'星火追寻'红色筑梦暑期'三下乡'社会实践项目"申请得到了批准，并获得校级项目立项。

"接力暑期'三下乡'，就是要让大学生走出校园，走进红色革命老区，让一批批莘莘学子在那里真切地感悟中国共产党的初心使命，传承红色基因，增强'强国有我'的本领。"范修竹说。

范修竹带领着她的8名队员在沂南革命老区开始了红色筑梦之旅，传承红色基因的身影继续行走在美丽的乡村田间。

四、通讯（特写）

1.《透明与思考——青年官兵恳谈录》黄河出版社1988年11月

"第三者"的情怀

某团14连指导员臧庆华同士兵张洪建的女友"鸿雁频传"，而张洪建则向指导员的内当家"渔书暗送"。此话传到我这个新闻干事耳朵里，是褒是贬虽不知底里，但我感到这是条不可多得的新闻线索。赶早不赶晚，我得抓紧找两位聊聊，看看能否抓到一条"大鱼"。于是，第二天上午一上班，我就骑车赶到了臧指导员的宿舍兼"办公室"。巧的是指导员的"内当家"——沈玉萍，刚好从邻县来部队探亲。这不是又多了个采访对象吗？我心里暗喜，也顾不得客套了，开门见山地向他们两口子道明了来意。俩人谁也没开口，却不约而同地递给了我两封信。我先拆开了"臧庆华同志收"的这封。

臧指导员：

你好！你给我的第25封信已经收阅了，得知张洪建的进步消息，我高兴得好几个晚上都没有睡着，我想到了许多……

臧指导员，我同张洪建确定恋爱关系已有两年了，说实在的，如不是当时你给我来信，我同他早"吹"了。你知道，现在的青年找对象，谁不愿意找个有出息、有才干的！人家参军两年，年年有奖状和喜报寄回来，可张洪建寄回家的却是一张处分函告信，难道这样的人值得我们姑娘去爱吗？俺心里又怎么能受得了？臧指导员，张洪建他脾气很倔，可现在判若两人了，他前些天写信说，那次顶撞排长完全是他的错，受处分是应该的，不能埋怨你，更不该偷偷地在你栽养的六盆花卉上浇上柴油。指导员，你是一个宽宏大量的人，不计个人恩怨。在张洪建生病时，是你为他请医拿药，送饭倒水，还自己掏钱给他买了糖、麦乳精、奶粉等补品。张洪建写信说，他要干好工作来回报你对他的培养和教育。

指导员，另外给你寄去30元钱，作为6盆花卉的赔偿，望你一定要收下！

洪建的女友菊兰

1988年5月

玉萍嫂：

嫂子，我实在不应该把柴油偷偷倒在指导员的6盆花卉上，每次给你写信我总有一种负罪感。前些天，连队支援地方麦收，指导员带病坚持，回来洗澡时，他的皮肤病更厉害了，浑身都起了指甲大的红斑，全连战士劝他去医院治疗，可他只拿了点药就算了事。嫂子，我把这些事告诉你，你千万别担心挂念，只求你写个信劝劝他，兴许他能听你的。嗯，今天就不多写了，明天还得去执行任务。

嫂子，千万要为我保密。

上士　张洪建

1988年5月

我一口气读完了这两封信，禁不住连声叫出了四个"好"字！一个是关心士兵、胜似兄长的好军官，一个是胸襟宽广、可亲可敬的好"内助"，一个是心地纯洁、情操高尚的好姑娘，一个是知错改错、不断进取的好士兵。

他们的心灵多美好，真希望军营多一些这样的人！

2.《烟台日报》1990年5月23日

人 民 是 靠 山
——海阳里店乡靠山村拥军纪事

海阳县里店乡有个居住着300多户人家的山村，名叫靠山村。这个村的村民们谱写的一曲曲拥军赞歌，远近流传。

义务帮工队

靠山村有一条向半山腰延伸的路，坎坎洼洼，高高低低。盛夏的一天，突然间一支炮兵部队移防开进半山腰上那座已闲置多年的营房。几十辆牵引车，在山坡上艰难地跋涉着、蠕动着，发动机发出了沉闷的轰鸣声。被汽车马达声惊醒的村民们，正在干活的放下了家什，正在吃饭的放下了碗筷。他们有扛着镐和锹的，有推着小车的，有抱着玉米秸的，纷纷走出各自的家门，向车队涌来。挖土、运土、平坑，经过不到一小时的抢修，车顺着山路顺顺当当地进了营房。

第二天早饭刚过，一支由瓦工、木工、电工等80多人组成的帮工队，从村里正在施工的厂房工地上开进了营区。有筑路的，有修门窗的，有检查维修线路的……短短3天，修房18间，打地坪400多平方米，垒墙80米，修路1500米，垒猪圈8个。当部队营房部门要给他们算工钱时，村主任于学荣却说："靠山人为子弟兵做了几件应该做的事，如果还收工钱的话，那我们还称得上靠山人么！"

马路迎送队

一次，村民们得知部队要去潍坊靶场打靶。部队临走那天，村民们呼呼噜噜地涌到了路两旁，像欢送将士出征那样，敲锣打鼓，燃鞭放竹，好不热闹。村小学的学生和村民们一起争着给"出征"的干部战士和大炮献红花、戴红领巾。当部队打靶夺魁的消息传到村里时，整个山村沸腾了，个个奔走相告，村民们再也抑制不住了，在村头搭起了凯旋门，部队打靶归队那天，村民们熬好了热乎乎的姜汤等候在凯旋门下，从下午4点一直等到晚上9点多，姜汤熬了一遍又一遍，直到干部和战士熄灯睡觉了，村民们才渐渐离去。

教导员王臻对我们说，"干不好、练不好，我们的干部战士是没脸从这条道上走的。"3年来，无论是新兵来部队，还是老兵退伍返乡；无论是部队外出打靶，还是执行其他任务；无论是走，还是来；无论是酷暑炎炎的夏天，还是冰天雪地的寒冬，村里的马路迎送队一次也没落下过。也是3年，驻靠山部队涌现出了67名训练标兵，连年被上级机关评为"基层建设先进单位"。

思想工作队

山里消息闭塞，村党支部主动安排本村在外工作的4名党员，当了连队的编外辅导员，定期到连队宣讲党的富民政策和十年改革成就。

每逢佳节倍思亲。遇到节假日，村里都要组织秧歌队，带着排演的文艺节目到部队演出。村团支部还经常组织团员青年到连队与部队团员青年一起开展歌咏比赛、拔河比赛、读书演讲等联谊活动。同时村里还积极帮助连队做好重点人的思想转化工作。新战士李海江患病住进了医院，被误诊为肺癌。当他得知自己患了不治之症后，失去了生活的信心和勇气。村民兵连长赵国明带着村民们捐款购买的麦乳精、奶粉、蜂王浆等营养品和《青年近卫军》《钢铁是怎样炼成的》《雷锋的故事》等20余册书籍专程到医院看望他，同他谈人生话理想。出院后，他刻苦学习，积极工作，当年担任了副班长，还被靠山小学聘请为校外辅导员。3年来，靠山村先后帮助部队做通了11名落伍战士的转化工作，使他们又重新赶上了队。

3.《解放军报》1992年1月4日

《决战之后》的幕后新闻

西安电影制片厂摄制的巨片《决战之后》历时一年，终于以深刻的思想内涵、完美和谐的艺术追求和耐人寻味的观赏性，出现在观众面前。这里采撷的是拍摄中的几叶花瓣。

原北京军区工程兵部副部长杨冀平上校是《决战之后》剧组成员中唯一的现役军官，他扮演的角色就是他的父亲、当时的我军第五兵团司令员杨勇。

从形体上看，他的长相同他父亲极相像，而且气质做派也很像。然而，对于从未当过演员的他来说，怎样才能演好角色，他开始心里并没有底。接受任务后，他反复阅读剧本，并专门请教了电影界老前辈谢添。谢老告诉他："你不是职业演员，不能在'演'字上刻意雕琢，重要的是要用你对父亲内心的了解和感情，以心灵感化成自然的流动，要'形于外而动于内'。"带着谢老的教诲，他参加了影片的拍摄。

影片中杨勇有两场戏：一场是淮海战役中他指挥第五兵团，与兄弟部队一起，同国民党的几十万大军浴血决战，并取得了最后的胜利。另一场是在南京军事学院的课堂上尊敬被俘教官，虚心学习的事……

戏虽然不多，但演得真切、实在，正如杨冀平所说："我确实感到自己不是在演戏，而是在父亲的生活中，在跟着父亲豪迈的步伐前进。"

剧中国民党军溃败一场戏是在八一射击场拍摄的。北京武警部队

2000多名官兵参加了拍摄。偌大的战场上，碉堡林立，铁丝网纵横，弹药箱零乱地散置在四处。当烟火师傅报告一切就绪时，导演一声令下，一个全景的冲锋开拍了。两颗信号弹在天空炸响，随后各处碉堡相继爆炸，浓重的烟雾弥漫了整个"战场"，战士们端着枪，一边喊着"冲啊！"一边从四面山头向溃败的国民党军队出击，好不壮观！

戏刚拍完，有人忽然发现附近的山上有火光和浓烟。战士们急忙放下器械，提着麻袋奔向山去，投入了另一场战斗。大约一小时后，大火终于扑灭了，当全体人员撤出时，个个筋疲力尽，有的棉衣烧掉了一大块，有的满脸漆黑……但脸上都挂着胜利的喜悦。

3月，山城重庆乍暖还寒。距市区20千米外的江北县一个大山洼里，一幕再现51年前杜聿明率部与日军精锐中村正雄师团的昆仑关之战，即将在这里打响。

上午9时，扮演国民党士兵的2000多名武警战士，按照预先导演的程序，猛虎般地向"敌"发起了进攻。顿时，整个山洼里枪声、爆炸声、厮杀声响成一片，战斗场面煞是壮观。突然，"轰"的一声巨响，一位战士意外踩响了模拟炸弹的"汽油包"，紧接着被随之而来的气浪甩倒在地。导演见状要下令停机，但见那战士从地上爬起，或跃进，或匍匐前进，便让摄影机跟随拍摄。镜头拍完后，摄制组的人员和围观的群众便一齐向那位战士涌去。战士头发烧焦了，脸也被烧伤了，血流不止。李安秦副导演赶忙组织人员将其送医院。在场的人们感动得都流下了眼泪。摄制组人员和围观的群众都这样议论：解放军真是好样的！

4.《经济参考报》1992年6月12日

东 洋 有 暖 流

——记爱思箱包有限公司副总经理石川正夫

在齐鲁大地上，无论是在街头巷尾，还是在工厂、农村和学校，你都能听到两年前一位来自东瀛的企业家在中国救人而不留名的感人故事。

他就是中日合资企业——山东烟台市海阳县爱思箱包有限公司日方副总经理石川正夫先生。

1990年4月12日，胶东半岛，春雨绵绵。一辆大型客车行驶在龙（龙口市）海（海阳县）线上。75岁高龄的王慧文老太太在其女儿赵筱云的陪伴下，乘坐这趟车，专程从济南到海阳走亲访友。

上午10时，当客车行驶至海阳县发城镇北5千米处时，由于路滑，车速过快，客车翻在路旁的山沟里。车内十几名受伤旅客从车窗爬了出来，而王老太则被挤压在变形的座椅内。她的女儿同其他几名轻伤旅客，想了几次办法也没有把她救出来。

10时20分，正当大家焦急万分的时候，一辆与客车相向而行的乳白色小轿车戛然停在出事地点。西装革履的石川先生和司机下车问清情况后，立刻爬上翻倒的客车，找来了客车发动机的摇把，这才撬开卡在王老太身上的铁杆，然后又把生命垂危的王老太抬到小轿车上。在驶往医院的途中，石川先生怕行车颠簸增加她的痛苦，又把王老太抱在自己怀里，洁净的西服上沾上了斑斑血迹。

11时05分，小轿车平稳地停在了海阳县人民医院门诊部的大门前。在医院，石川先生同司机一起，又是帮助挂号又是帮助取药。11

时30分，当王老太脱离了危险后，乳白色的小轿车也消失在霏霏细雨之中。

"筱云，是谁救了我？"这是下午3时王老太清醒过来的第一句话。刚从紧张和恐惧中解脱的赵筱云，这才如梦初醒。她在心里不停地埋怨自己：怎么忘了问人家的姓名和地址呢？

45天后，王老太伤愈出院了，但仍念念不忘救她的人。她口述让人代笔在《烟台日报》刊登了一则《"雷锋"你在哪里？》的启事。

"'雷锋'找到了！"在事隔一年的1991年4月11日下午，在济南轻工机械厂工作的赵筱云，在办公室翻阅当天出版的《齐鲁晚报》时，突然失声地大喊起来。当她匆匆回家把这一消息告诉她母亲时，王老太用微微颤抖的双手捧着报纸，眼含泪水哽咽地说："救命恩人啊，总算把你们找到啦。"原来，这秘密是石川先生的司机徐全敏在3月24日海阳县二轻工业局驾驶员安全工作表彰会期间，无意间透露的。

石川先生是在1989年3月44岁时离开日本ACE株式会社，从大阪市来到中国海阳投资的。在中国，他敬仰雷锋，也学习雷锋。他关心职工的工作、学习和生活，也主动参加植树、装卸材料等义务劳动。

1991年5月11日，海阳县二轻工业局召开了隆重的"学雷锋树新风"表彰大会。王老太和她的女儿也特地从济南赶到海阳参加了这次别开生面的大会，并将一幅书有"遇难相救风格高，中日人民友谊长"的贝雕横匾赠送给了她们苦苦寻觅一年之久的石川正夫先生。

在采访石川先生时，笔者向他提出了这样一个问题：你做好事为何不留名？他略加思考，然后用并不标准的普通话回答说："中国是一个文明的国度，我所做的不过是中国人常做的一件小事；我更应该向中国人民学习，为增进两国人民的友谊多做贡献。"

诚挚的爱赢得了友谊，也赢得了效益。石川先生这家公司生产的36个品种的产品，远销美国、意大利等11个国家，并返销日本。仅1991年公司就创汇700万美元。公司还连续三年被省、市、县评为"文明生产企业"。

5.《陕西日报》1992年8月8日

案板街的织补女

在古城西安，有一条与繁华的东大街相毗连的案板街。就在这条长不足200米的小巷里，活跃着一支"娘子军"——织补女。

1984年3月，一位从无锡来西安出差的干部，不小心将刚穿不久的西服烧了一个五分硬币大小的窟窿。他想请宾馆的女服务员缝一下，可看看质地上乘的面料，便担心加了补丁影响美观。于是他抱着试试看的心理，来到了宾馆附近的小寨某个体缝纫店。店主先是望"机"兴叹，少顷，他找来一根针、一根与西服料一样颜色的线和一个小瓶盖，把瓶盖放在衣服的里侧并把凹面对准窟窿处扎好，一针一线织补起来。半个小时后，那干部喜不自禁，掏出10元钱满意地走了。20天后，这店主在四川省南充县老家种田的妻子来到西安，成了案板街头第一位织补女。

时过境迁，仅仅靠"一针一线一盖"创业的织补女，如今已经发展成为一支50多人的"娘子军"队伍。她们大部分来自四川南充县农村，也有河南许昌、浙江温岭、陕西蓝田等地的农村妇女。年龄最大者五十有余，最小的只有15岁。每天早饭后，她们鱼贯式地从西安市西郊汇聚案板街，傍晚，他们又从案板街散落到西郊租赁的小屋，养精蓄锐。

她叫李兰，今年刚满19岁，当织补女已经有4年了。这天她坐在案板街储蓄所门前的台阶上，"我初中毕了业，想到广州、深圳去打工，可觉得打工不自由，也受不了那种苦；想去当保姆，考虑到挣钱少又受人家管，就跟嫂子来了西安。"笔者遂又跟蹲在地上正织补裤脚的另一位织补女聊了起来。她是河南许昌人，织龄也有3年，家中地少劳动力多，除农忙季节外，其他时间就在家闲着。她说，当织补女每天多则能挣20~30元，少则也有5~6元，扣除平时花销和房租，一年也能挣个1000~2000元。

在日常生活中，人们总不会因一件几十元或几百元的衣服出现一个窟窿或口子，大方地当"甩手掌柜"而"喜新厌旧"，当然更无人愿意穿着"挂了彩"的衣服去招摇过市。当人们遇到这顶头疼事时，自然而然地会走向案板街。

星期天上午，一位中年人轻车熟路地来了，他是来西安出差的太原钢铁公司设计院的技术员，来这里十多次了，每次都要给家人或亲朋好友捎点衣服来补。临走时他说："花点时间无所谓，主要是图这里的衣服补得好。我到过不少大中城市，只有西安才有这样方便的服务。"

西安制药厂一位姓汪的女工也顺道来到案板街，给其丈夫织补一条涤纶裤子。她很爽快："家中虽然有缝纫机，可每天做饭、上班、接送孩子的，哪顾得上去补衣服呢？可到这儿来，一是减少了家中的忙乱，二是这里的织补女比我织得好。"

织补衣服，从一定意义上说，是一项民间手工艺。它作为服务行业的一种新生事物，应该有它的一席之地。然而，现实生活中，织补女却成了街头的散兵游勇。她们在给人们带来方便的同时，也给计划生育、社会治安、市容和交通带来了一些问题。如给她们划出一块地盘、统一管理呢？

愿织补女早日有一个安稳的"家"。

（备注：1993年5月9日的《光明日报》以《西安出现"织补女"》为题在一版刊出）

6.《人民日报·市场报》1992年10月13日

喜逛西安"服装美容街"

西安有一条街，街口的织补女专门为人修补衣服，大受市民欢迎，称这条街为"服装美容街"。

"织补衣服啰，织补衣服……"步入西安市东大街与案板街的交界处，就能听到一声声清脆的吆喝声。60多名来自浙江、四川等地的织补女，有的倚街而立在招揽生意，有的蹲在街边一针一线认真地给顾客织补衣服。

一位上着灰色夹克衫、右手提一黑色小皮箱的中年人，走到一个织补女跟前停了下来。他打开皮箱，取出一条呢料西裤，那裤脚上有一个被卷烟烧坏的窟窿。他是太原钢铁公司设计院的工程师，经常到西安出差，每次到西安必光顾"服装美容街"，给家人或亲朋好友补衣服。他对笔者说："这里的衣服补得好。我到过不少大中城市，只有西安才有这种方便的服务。"

西安制药厂一位姓汪的女工，给丈夫织补一条涤纶裤。她很爽快地说："家中虽然有缝纫机，可每天做饭、上班、接送孩子，哪顾得上去补衣服？再说人家织补得比我好，宁愿花点钱拿到这里来补。"

站在熙熙攘攘的案板街头，笔者发现来这里的不全是补衣者，居然也有取经学习的。一位江苏镇江某研究所的工程师回临潼老家探亲时，听家人说西安市有专门织补衣服的行当，便来拜师求教。

有了"服装美容街"，人们就不必再为一件较贵重的衣服出现窟窿或口子而懊丧了，织补女炉火纯青的手艺，能够整旧如新。所以，织补衣服作为一种新兴的服务行业，悄然兴起，受到西安市民的欢迎，也必然会受到更多城市居民的欢迎。

（备注：此文获人民日报市场好新闻三等奖）

7.《公共关系报》1993年6月10日

寻 找 "金 钥 匙"
——军校学员"学习公关热"透析

"公共关系"这股热风，从深圳、珠海、广州等沿海开放城市吹到了内陆腹地，如今在汹涌澎湃的商品经济大潮中，又势不可挡地刮进了绿色军营。于是，在解放军西安政治学院校园里也悄然兴起了一股股热潮。

学习公关热

镜头之一：1993年2月24日下午，上课的号声还未吹响，有近150

个座位的第1教室，此时已经是座无虚席，就连过道上也挤满了学员，原来这里既非是请名人做什么报告，也不是举办什么联谊活动，而是播放20集电视连续剧《公关小姐》的录像。这是学院应文秘系91级73名学员的要求而播放的。然而，这部4年前已在中央电视台播放过的电视剧，今天能得到如此众多学员的青睐，却是《公共关系》任课教官武军仓始料未及的。学员小傅说：虽然电视剧《公关小姐》我以前看过了，但过去只是看看"热闹"，而现在看的是"门道"。

镜头之二：在树木葱茏的校园里，每天晚饭过后，学员们或两人一伙沿着林荫道散步，或三五一群围坐在茵茵的草坪上，交流思想、探讨人生……这已是军校学生沿袭多年的习惯了。如今这习惯倒是没变，只是聊的内容大多集中到公共关系上了。就是平时的课间休息、食堂就餐、星期天逛商店，学员们都自然而然地凑在一起，对电影、电视、报刊中以及发生在身边的与公关相关的活动，进行一番评论。于是，有人把这种现象称为"公关流行综合征"。

镜头之三：文秘系七队二班两名学员在星期天是极少请假外出的。他们要么待在宿舍里一个劲地"啃"书本、"爬格子"，要么整天泡在图书馆里查资料、看报纸。然而，今年寒假回来之后，每到周六，他俩总是私下与其他学员磋商，争取外出（军校学生星期天外出有比例）。起初大家对此感到诧异和不解，后来当学员们知道他俩是去附近艾维李公关事务所、东方大酒店、西安宾馆，向公关小姐、公关先生学习时，部分学员在赞叹之余，也悄悄地加入了"取经"者的行列。

公共关系，时下成了社会上人们津津乐道的热门话题，成了年轻人趋之若鹜的一种职业。有人赞誉它是走向社会的名片，有人说它是取得事业成功的灵丹妙药，也有人说它是广结人缘的艺术。由此看来，军校学员热衷于学习公共关系，则必然也有其原因。

林林总总的心态

学员吴顺才入学前系某部群工干事，他对学习公共关系有自己的看法：市场经济条件下，军政军民关系出现了许多新情况、新问题，这就需要开展公关活动来化解矛盾，增进理解。这是塑造军队良好形象的一条有效途径。在基层连队当了4年政治指导员的姚永成说："现在坐下来冷静地思考一下，过去工作中的很多失误都是因为不懂公共关系所造成的。原来公共关系并不是什么可有可无的东西，而是一种高层次的管理艺术。掌握了它，无论是做思想工作，还是做其他工作，就能顺水推舟，左右逢源。"

学员钱江学习公共关系课则更多的是出于对今后出路的考虑。他说：时下大多数企业，尤其是三资企业招聘人才时，往往懂公关的可以优先聘用。作为军人面临着第二次就业问题，因此想把自己推销出去，找到自己的用武之地，就必须学点公关学，以便今后驾公共关系之帆，去闯市场经济的风口浪尖。

应当说，传统的人际交往方式的变迁以及人们渴求公关知识的强烈欲望，是人类社会文明进步的一种标志。这已成为军校学员的共识。公共关系虽然是一门"内求团结，外求发展"的管理科学，但是，由于各种主客观的原因，有的学员对公共关系仍有一些曲解或误解。对此，这个学院在肯定学员学习公共关系这一积极性的前提下，从多个方面对学员进行引导。

跳出传统思维"怪圈"

主要让学员跳出传统思维"怪圈"，对公共关系有个科学全面的认识。

一是公共关系学与庸俗关系学属于两个不同的范畴。现在讲公共关系学，就有人认为是公开的"关系学"，而且是庸俗的关系学。其实，两者是有区别的。一方面，两者的本质不同。公共关系学以公众利益为出发点，以协调组织与公众的关系为根本目的，在不损害公众利益的前提下求发展；而庸俗关系学则以编织关系网为基点，以权谋私，损公肥私。

二是公共关系并非就是人际关系。人际关系是指人与人之间相互接触、加深了解、沟通意见的一种最普遍、最常见的行为方式。公共关系的专长是协调社会各界的关系，减少社会摩擦系数，这就决定了公关活动有时也免不了要迎来送往，握手言欢，通过各种交际场合广交朋友，加强相互的合作。因此，人际关系只是公共关系多种活动中的一种方式和手段，它既不是公共关系的全部内容，也不是公共关系的目的，更不是人们印象中的接待应酬，陪购、陪喝、陪玩。学院还专门邀请了西安黄河机电股份有限公司公关销售部刘健来校给学员现身说法，从而使大家摆正了学习公共关系与学习其他专业课的关系。

三是学习公共关系必须着眼于为军队现代化建设服务。这是由我军的性质和宗旨所决定的。军队公共关系作为部门公共关系，除了具有公共关系的一般规律外，还有其自身的特殊规律。这就要求我们立足军队建设的实际与需要，排除其他思想的影响与干扰，注重研究和探讨军队公共关系中出现的新情况、新问题。这既是军人学习公共关系的出发点，也是军人学习公共关系的落脚点，更是一个军人义不容辞的责任。

8.《南通日报》1995年5月19日

异 乡 的 情 谊

——二甲镇村民救人纪事

5月12日上午，一辆手扶拖拉机满载着建筑用的踏步板、模壳板，由通州川港驶往如东兵房。11时整，当拖拉机行驶到二甲镇新坡村16组境内的一座桥梁时，"轰"的一声，桥面中间3块桥板断裂，拖拉机掉入河中，幸好由于车厢内模壳板的支撑，拖拉机机头才倒向西侧挂在桥墩上，驾驶员被挤压在带铁棚的驾驶室内，浑身是血，不省人事。

"出事啦！快救人哪——"年届八旬的曹小桃从商店购买食盐返回时第一个目睹此情此景。

在外地工作的瓦工季村平，请假回家正在家装修住房，听到喊声后，放下工具就直奔桥头；个体运输户季文军正在家检修拖拉机，闻讯后，毫不犹豫地将拖拉机开往事故现场；个体商店店主季建清正在点货，知道情况后，也匆匆赶到出事地点。不到5分钟，先后有30多名村民赶到现场。于是，抢救紧张地开始了。

11点06分，村民们简单地商议后，季村平不顾机身有随时翻入河里的危险，谨慎而又果敢地进入驾驶室，将被手扶把挤压在一侧的驾驶员救出。由于倾斜的驾驶室内无法站立，季村平双腿跪在铁板上，将受伤的驾驶员慢慢地传递给桥上的村民。与此同时，其他工作已准备就绪：季文军已将拖拉机发动好，等候在一旁；退休工人张文兵已从自己家中打电话告知医院门诊部。个体运输户主季军从掉在河里的工具箱内找到了驾驶证和身份证，这才知道伤者叫黄新，如东县兵房镇丰汤村7组个体运输户。为避免颠簸，在送往医院途中，季建清、季村平轮流将伤员抱在自己的怀里，鲜血沾满了他们的全身。

11点25分，运送伤员的拖拉机到达了二甲地区医院。季文军、季建清、季村平又是挂号、取药，又是协助医护人员送伤员拍片和做心、脑电图。16组个体油漆老板曹生华在医院办事知道这一情况后，推辞他人的宴请，立即主动驾驶摩托车驶往黄新家属打工所在地——通州市川港镇。

14点40分，待黄新苏醒和其家属赶到后，季文军等3人才放心地离去。

当笔者下午到医院采访时，躺在病床上的黄新泪流满面地说："没想到我在异乡落难，能得到这里村民的热忱相救。"

9.《烟台日报》1995年9月12日

壮烈的回报

7月28日，解放军驻莱阳某部四连战士唐春录在医院的病榻上，向他所在的部队党委递交了一份申请书：死后愿将自己的遗体捐献给国家。

1972年10月，唐春录出生于江苏省东台市梁垛镇仇王村。3岁那年，他的父亲因病过早地离开了人世，母亲携其弟改嫁他乡。无家可归的他则被其伯父收养。到了上学的年龄，伯父因无力承担过重的家庭负担，把他交给了当时的生产队。就这样，他在吃百家饭、穿百家衣的岁月中，顺利地读完了小学、初中和高中。1989年3月，他怀着一颗赤诚的报国之心入伍来到了部队，第三年他以优异的成绩考取了济南陆军学院大学本科班。

1993年2月底，他隐隐感到腰部疼痛，到医院一检查，患的是遗传性肾炎、慢性肾功能衰竭。他知道，这意味着死亡的来临。1994年3月，按照军队院校学籍管理的有关规定，他被退回原部队继续治疗。离开军校的这一天，当队干部把凝聚了全队120多颗爱心的960余元钱交给他手里时，他感动得泪流满面。到达部队这一天，政治机关派专人到火车站接站，到营房时部队列队欢迎。

据肾病专家确诊，他换肾成功的概率很小很小。但部队党委表示，只要有一线希望，就不能放弃努力。为了筹集换肾所需数十多万元资金，部队从极其有限的经费中拿出了近万元。一年来，从战士到干部也纷纷伸出了友爱之手，先后两次为他捐款4176元。滴水之恩当涌泉相报。他在给部队党委的申请书中这样写道："去世后，我愿将遗体捐献给国家，作医学研究。这是我对党、对祖国、对部队的报答。"

10.《烟台日报》1999年7月23日

雄赳赳，气昂昂，跨过鸭绿江，英雄相识在战场；长相别，常相思，天各一方，谁想一别竟是47年。请看秦建彬、林范洪、宋兰君三位老英雄——

47年后的重逢

7月16日上午，华东二级人民英雄林范洪、宋兰君终于在烟台解放军107医院老干部科4号病房，与时别47年、而今患重病躺卧在病榻上的电影《英雄儿女》中王成的原型之一、华东一级人民英雄秦建彬见面了。

这是3位年已古稀的老战友、老英雄、老同学，相识半个世纪以来的第3次重逢。

"雄起起，气昂昂……"英雄相识在战场。

1950年11月，当时21岁担任步兵班班长的秦建彬，20岁的救护班班长林范洪，以及23岁的步兵排排长宋兰君3位战友，一起奔赴了朝鲜战场。

在战场上，他们英勇顽强，不怕牺牲，经历了无数次生与死的考验，多次立功受奖，并先后被评为"人民英雄"。

1951年11月，华东军区组织召开第一届英模事迹报告会。秦建彬、林范洪、宋兰君3人均被选为英模代表，同乘一辆卡车前往平壤。在南京召开英模报告会和做完多场报告后，他们彼此间又增加了几分了解和信任。1951年11月底，当他们再次返回朝鲜战场时，他们之间没有太多告别的话，只是互相勉励。

1952年5月，秦建彬、林范洪、宋兰君所在的部队从朝鲜撤回到山东境内。6月，在军里召开的第二届英模代表大会上，他们3人又选为英模代表在张店相遇了。会议间隙，他们凑在一起畅谈第一次见面后的战斗和生活经历。就在会议将要结束的时候，一个决定又把他们拴在了一起。上级机关决定在莱阳举办干部文化补习班，没有上过一天学的秦建彬、林范洪、宋兰君3人作为首批学员被编在一个队补习小学文化。学习结束后，他们3人均以优良成绩完成了小学全部课程的学习。在结业分别时，他们互相赠言：让我们在新的战斗岗位上再立新功！

就这样，3位老战友、老英雄、老同学又分别了。他们谁也没有想到，这一别竟是47年。

　　岁月悠悠。1952年分别后，林范洪和宋兰君一直保持着联系，由于当时特殊的年代和条件，他们与秦建彬失去了联系，虽然相隔并不很远，但一直没有秦建彬的消息。

　　去年11月的一天，林范洪翻阅当天报纸时，偶然得知秦建彬在长岛不慎被出租车撞伤住进当地医院的消息后，他既惊喜又担忧，惊喜的是知道了分别几十年战友的消息，担忧的是老战友的伤情和自己患有严重类风湿疾病的双腿难以成行。他打电话给双腿也患有严重疾病行走不便的老战友宋兰君商议见面事宜。"这一天我不知盼了多少年！想了多少回！等腿好一点咱们想办法去看看老战友。"但由于冬季接连不断的风雪，再加上林范洪、宋兰君双腿病情一直未能好转，长岛之行一直未能如愿。

　　今年7月初，秦建彬因病从长岛住进了烟台解放军第107医院。7月13日下午，林范洪、宋兰君两位老人在各自的家中翻阅当天的《烟台晚报》时，突然被一篇题为《"王成"因病住院，107医院组织抢救》的新闻所吸引。林范洪看完报道后，便拨通了宋兰君家的电话。"老宋，你看晚报没有？"林范洪问，"看了。老秦在咱烟台住院，咱们联系联系明天就去探望探望。"宋兰君语气中带着几分激动。于是，他们到商店购买了补品，并打电话拾鲜花店预订了象征三位老英雄分别47年的47枝百合花。

　　7月16日上午9时20分，林范洪、宋兰君乘坐的汽车停在了107医院住院部门口。两位老人手捧鲜花，急匆匆地向病房走去。这一天，躺在病床上输液的秦建彬心情也格外激动。吃完早饭后，每隔十多分钟，他就要问一次守候在身旁的老伴或子女，"现在几点了？""他们来了没有？"

"老秦，我和老宋看你来了！"用不着介绍，林范洪一进病房就认出了躺在病床上的秦建彬。

"谢谢你们啊！谢谢你们啊！"说话间，3双粗犷、曾经饱受烽火硝烟煎熬的手紧紧地握在一起，老人们再也控制不住积蓄已久的感情，眼泪夺眶而出。沉默片刻后，林范洪用手绢给秦建彬轻轻地擦去脸上的泪水，然后拿出那本已发黄、记录着他们英雄事迹的纪念册，与宋兰君一起围坐在秦建彬的床旁，慢慢追溯起过去所发生的故事。

1952年6月，他们从莱阳文化补习班学习结束后，秦建彬放弃进军区机关工作的机会，打起背包来到了长岛，成为我军第一代守岛建岛人。林范洪先后担任了部队医院的护士长、副院长，1981年转业后担任了烟台市芝罘区政协副主席，1990年退休。宋兰君一直在基层部队工作，1966年转业到地方工作，1989年退休。3位老人谈工作、谈学习，还不时问起各自的身体状况、子女的生活情况。侃侃而谈的话语，是那么纯真、朴实，字字句句充满着对分别47年的老战友、老英雄、老同学的牵挂与祝福。

不知不觉中，医生规定交谈的时间到了。站在一旁的医护人员几次想示意3位老人结束谈话，都被3位老人团聚的情景所感动，最终还是没有打断他们的话语。

相见时难别亦难。"老秦，你要多保重呀！"林范洪、宋兰君起身告辞，秦建彬拉着两位战友和同学的手，眼含热泪地说："我会同疾病作顽强的斗争。等我康复了，明年，不，今年就邀请你们全家到我家做客。"

林范洪、宋兰君两位老人依依不舍地离开了分别47年的老战友、老英雄、老同学，但他们在心里共同祝愿秦建彬能早日康复，实现不久之后在长岛的大团圆。

11.《现代教育报》2002年2月22日

校园是教师"传道、授业、解惑"的一方净土，是学生读书、求知、成才的一方天地。然而，如今在山东烟台师范学院的校园里却多了一位特殊"来客"——婚车，它构成了校园一道独特的风景。

校园新风景：婚车络绎来

从2001年5月开始，在山东烟台师范学院的校园里，突然间多了位特殊的"来客"——每隔几天，都有各种花色点缀一新的结婚车队驶进校园。这些婚车有的从附近农村慕名而来，也有的从烟台市区绕道海边特地赶来……

新郎新娘缘何一改往日人们在美丽的海边公园拍婚纱照、在豪华的大酒店举行结婚典礼的习俗，而更多地愿意把学子聚集的大学校园作为自己人生中最美丽、最值得珍藏的记忆？

最近，笔者就此问题深入校园内外进行了探访。

林林总总的心态

高等院校本是学子受教育、学者搞科研的地方，可众多结婚的青年男女把喜庆的婚车驶离海边风景区，驶进高校校园。是什么吸引了他们？

"独具特色的建筑风格和优美和谐的园林造型，这是我选择高校校园的主要因素。"王昆这位去年"五一"曾在校园举行婚礼的中学教师说出了许多青年的心里话，"高校校园的景色有其独到之处，一踏入校园就像走进了一个多彩的画廊，那碧波荡漾的镜湖、翠色欲滴的竹林园、浓郁芬芳的丁香园、五颜六色的月季园、国色天香的牡丹园、造型别致的楼宇……每一道景色都让人驻足、流连，给人以心灵的愉悦和享受。"王昆在校园举行结婚仪式后的半年时间内，还先后把两位同事的婚车引到了校园。

某银行会计王莉谈到今年元旦在校园举行婚礼的初衷时，喜悦之情溢于言表："我选择高校校园，不仅仅是它优美迷人的环境，关键在于校园有其他场所无与伦比的文化氛围。在校园，既没有城市的拥挤，也没有嘈杂的人流，看到的只有莘莘学子在教室、报告厅、图书馆孜孜以求的身影，听到的也只是琅琅的读书声和那清新优美的旋律。能在这种浓郁的文化氛围下拍照留念、举行婚礼，留下人生最美好的瞬间，怎么不叫人心旷神怡、终生难忘呢！"

也有的青年男女来校园举行婚礼，他们既不是为校园的优美环境，也不是为校园高品位的文化氛围而来，而是出于弥补自己人生缺憾的心理。周宏军和张芯从小学到高中都是同班同学，1996年7月一起参加了高考，最终两人都因数分之差而被拒之于大学门外。他们想继续补习来年再考，但都因家庭经济条件所限而未能如愿。之后，两人从亲戚和朋友那里借了5000多元钱，在烟台三站批发市场租了一个门面做起了服装买卖。经过两人的多年努力，他们的生意越来越红火，不但银行拥有了6位数的存款，店面扩大到了3个，而且他们的感情也发展到了谈婚论嫁的地步。家人原准备让他们到海边去拍婚纱照，在豪华的大酒店举行结婚典礼，但在最后征求他们意见时，两人觉得大学校园比较合适，因为到那里可以体验一下大学的生活，多少可以从心理上弥补一下当年没有迈入高校校园的缺憾。于是，在征得家人的同意后，他们把拍婚纱照的场地定在了烟台师范学院的校园，把婚宴定在该院的留学生餐厅。

是非曲直众评说

人所共知，校园是教师"传道、授业、解惑"的一方净土，也是学生读书、求知、成才的一方天地。然而，当一辆辆装饰一新的婚车驶进校园，给校园增添一道风景和给人以美的享受的同时，也在社会和广大师生的心海中激起了阵阵涟漪……

烟台师范学院外语系99级学生李宁对"校园婚车现象"持赞同态度，她认为：校外青年男女来校园拍照留念，在学校餐厅举行结婚典礼，起初学生也感到有点惊奇，但渐渐地也开始接受这种新生事物，因为它不仅给大学校园生活增添了色彩，同时也给学生开启了又一个了解社会的窗口，作为这所校园的大学生，也会感到自豪和骄傲。这种观点在大学生中有一定的代表性。

体育系刘晓黎副教授对"校园婚车现象"有其自己的看法：学校是教书育人的特殊场所，同时也是社会生活的一部分，对"校园婚车现象"，既不能放任自流，也不能一堵了之，而必须加以管理和引导，这样才能利于学校，利于社会。

"婚车进校园是一种好现象。"谈起"校园婚车现象"曾在校园参加过朋友婚礼的烟台某旅游公司职员赵霞如是说，"它至少可以说明两个问题，一方面它是对校园建设的一种无声赞誉和褒奖，另一方面它能够充分展示学校的形象，有利于扩大学校在社会上的知名度。校园应该建成特殊的、开放的旅游景点。"

"校园婚车现象"的出现，首当其冲地引起了负责校园安全和秩序管理的烟台师范学院公安处的关注。处长栾作林对笔者说："婚车驶进校园，这在中国高校是罕见的。对'校园婚车现象'，开始我们思想上也有些担忧，但看到它能够扩大学校声誉和影响的积极作用，看到青年男女的人生追求开始从豪华富有型向文化内涵型转变的事实，以及它对当代大学生产生的积极影响，顾虑很快便消除了。为加强校园婚车的管理，学校规定了进出校园婚车的行驶路线、行进速度、停车场地，出台了到各景点拍照注意事项，使学校的工作、学习和生活并没有因为婚车的出现而受到任何影响。"

12.《生活时报》2002年7月16日

校园来了帮太太留学生

在山东烟台师范学院的校园里，有这么一群引人注目的留学生，她们既不是学者，也不是名人，而是清一色的妻子、母亲。她们来自韩国，她们当中有的是撇家舍口独自来到中国的，而更多的是随同自己的丈夫来中国创办公司的。无论在韩国还是在中国，这些太太们在工作之余，本可以专心地相夫教子，过衣食无虞的生活。然而，近50名韩国太太，她们没有抵挡住中国经济和文化的巨大诱惑，走进了中国高校的课堂，开始了她们紧张而艰苦、充实而快乐的求学生活……

合格太太就得懂"汉语"

在山东烟台，从周一至周五早晨，居住在各个小区的韩国太太们，8点钟之前，都要三五成群地搭乘出租车或乘坐公交车赶到烟台师范学院国际交流学院的课堂。而在几年以前，太太们独自离家去学汉语是闻所未闻的。

从20世纪90年代初，山东省烟台市出现了韩国投资热。在韩国商人不断涌入的同时，一大批韩国太太也随同她们的丈夫来到了烟台。

先前来到烟台的韩国太太们，主要是料理家务和照顾丈夫与孩子。每天，当爱人驱车去公司、孩子乘车去学校后，她们要么在家看电视、听音乐，要么几个人凑在一块拉家常、打麻将。就这样，日子在不经意间流失，生活在重复平淡中度过。

1998年初，已经36岁的申惠玉带着孩子随丈夫从韩国的首尔来到中国的烟台创办公司。每天，她早早地起来，为丈夫和孩子准备好早餐，等丈夫和孩子走后，她便例行收拾屋子，打扫卫生，其他时间就都属于自己了。开始她在家听音乐、阅读报纸杂志，后来还特地申请安装了卫星地面接收设备，收看韩国的电视节目。但这样的生活让她感到孤独和无聊。后来，她走出了家门，与其他韩国太太一起聊天。

起初申惠玉觉得这样的生活挺有意思，但时间一长她便感到有点乏味了。特别是面对在中国创业的丈夫和在中国求学的孩子，既没有给予丈夫事业上多少帮助，也没有给予孩子学业上多少关怀，她常常觉得自己在家庭中的角色，不像太太而更像一个佣人。在仅有的几次上街购物和外出旅行中，汉语一窍不通的她，遭遇了许多因语言引起的其他尴尬。一天晚饭后，她终于把心中的忧虑和困惑告诉了丈夫。她万万没料到丈夫会提议和鼓励她去学习汉语，并且很快打听并联系到适合她的学校。

1998年9月，申惠玉第一个跨出韩国太太在中国的"小圈圈"，走进了烟台师范学院国际交流学院的课堂。在她的带动下，这年底，相继有16位韩国太太走进了烟台师范学院国际交流学院的课堂。

2002年3月，申惠玉经过努力完成了4年学业，成为第一位在烟台师范学院获得中国文学学士学位的韩国太太。如今，"合格太太就得懂汉语"已经成为她们的一个潮流。

学好汉语是件令人自豪的事情

如果说，像申惠玉一样随丈夫来中国的韩国太太，学汉语是出于生活之需的话，那么，像禹钟洙那样抛家舍业来中国学汉语的太太们，则更令人刮目相看了。

20世纪80年代初，禹钟洙毕业于韩国江原大学，后来担任过公司秘书和中学老师。1995年，其丈夫田东圭受韩国江原日报社的派遣，来到了北京担任该报特派记者。因为牵挂丈夫的生活起居，她每隔一个月都要从韩国飞到北京去看望自己的丈夫，而后又要飞回韩国照看孩子。1998年，她丈夫完成了派遣任务回到了韩国，从此她也结束了"两地飞"的生活。回国后，四口之家生活得甜蜜而温馨。然而，在与丈夫的相处交流中，她对中国文化产生了浓厚的兴趣。旅途中的所见所感，不论是中国秀美的山水、独特的文化、丰富的饮食，都给她留下了深刻的印象。

2001年9月，禹钟洙小女儿到了上学年龄，她将小女儿交给家人，带着大女儿来到烟台师范学院学习。除了学习和照顾好孩子外，她与丈夫之间的感情并没有因大海的阻隔而疏远。学习之余，她还抓紧机会去各地旅行，进一步了解中国的变化和发展。她对记者深有感触地说："来中国学汉语，不但增加了对中国历史、经济和文化的了解，而且也为将来自己小家庭以及子女的发展提供了发展空间。在中国加入世贸组织的今天，中韩两国的交流也会更加频繁，学好汉语是件令人自豪的事情。"

身份特殊学习不特殊

来烟台师范学院学习汉语的韩国太太们，大多已过而立之年，上有老，下有小，学习上承受着比他人更重的心理压力。但是，从她们第一天跨进高校课堂的那一刻起，并没有因为特殊的"太太"身份，而把自己当作是一个"特殊的学生"。

在课堂上，太太们每时每刻都能专心致志地听老师讲课，认认真真地做课堂笔记。不懂的地方，她们就主动向老师和年轻留学生请教。有的太太为巩固课堂学习成果，把课堂从学校搬到了自己的家里。太太金莲美唯恐自己学习接受能力差，学得比别人慢，每天上课，她都要把老师讲课的内容用录音机录下来，回家后边做家务边听老师讲课的录音，遇到疑难问题第二天再到学校向老师讨教。久而久之，不但她的汉语水平得到了迅速提高，她的丈夫和孩子也潜移默化地掌握了一定的汉语知识。

到市场买菜，是太太们每天必不可少的一项家务，而就是这再简单普通不过的买菜，也常常被太太们当作是学习汉语的第二课堂。太太们每次尽管只买几种菜，但她们总是指着各种不同的菜，向服务员和卖主问这是什么，那是什么，多少钱一斤。服务员和卖主一听是外国人，就认真地给予回答。在这个时候，太太们往往会专注地看着服务员和卖主的嘴，并模仿她们的神情、动作和语调，重复刚才其所说的话。很多服务员和卖主经常被太太们学舌的样子惹得大笑。

韩语中的"yi"，意思为"二"，许多太太到街上买东西正好理解反了。一次太太昔昭贤去买菜，问菜卖多少钱一斤？卖主回答说是一块，昔昭贤却给了两块，卖主还给她一块，她原以为是优惠，后来卖主解释后才知道是两国语言上的差异。学习汉语声调很重要，而韩语是没有声调的。在学校课堂上，老师教的是普通话，而出了校园太太们就遇到了烟台方言。所以，除了学习普通话外，她们平时也注意学习烟台方言。有位韩国太太打车去石沟屯，因为普通话说得不大标准，司机听不懂，结果韩国太太用烟台当地的口音重重地说："石沟屯"，出租司机才点头明白了。

　　一天早晨，太太卞荣贞发现小女儿正在发烧。她本想打个电话向老师请假，但她并没有这么做，她给孩子吃了药，简单处理一下家务后就匆匆忙忙地向15千米外的学校赶去。到了学校迟到了10分钟，她态度诚恳地向年龄比自己小十多岁的中国女老师道歉认错，并在课后认真地向老师请教落下的十分钟课堂内容。难怪那位中国女老师感动地说：这些太太留学生的刻苦好学精神值得中国高校大学生学习。像卞荣贞太太一样，许多太太除了学习外，都要承担繁重的家务。晚上，等丈夫孩子休息后，她们打起精神，把白天在学校里学的知识再复习一遍，一丝不苟地做完老师布置的作业。诚如她们所言：作为太太留学生，时间和精力都不如年轻留学生，要想弥补这一劣势，就必须在学习上多吃苦、多下功夫。

　　烟台师范学院国际交流学院丁信善院长对太太留学生感触良多："太太们来中国学汉语，表面上看是个人的小事，而实际上是优化中国外商投资环境的大事，我们有责任把她们培养好；太太们来中国学汉语，从近期看，出于其子女教育和家庭发展的需要，但从长远看，更有利于加强中韩两国人民的友谊与交流，我们也有义务把她们培养好。"

13. 《中国青年》2003年第15期

打工的日子里，我哭过、跌倒过，却没有逃避过；学习的日子里，我彷徨过、否定过、失落过，却没有放弃过。

贫困是什么？我笑着看它，它就成了我生命的钙质。

贫困是生命的钙质

我走进了学校的大门，而母亲又一次被阻隔在医院门外。

一个贫困大学生要考研究生，有多远的距离要走，有多少辛酸要体验？2002年5月，当崔晓红考上中国科学院研究生后，她写了一封信给母校，字里行间对刚刚走过去的那段岁月的描述，感动得母校很多师生落泪。

1979年2月，崔晓红出生在山东省安丘市夏坡村一个贫困家庭。母亲由于过度劳累和繁重的生活压力，在她出生前就已经得了精神病。所以，她一来到人世，就不知道母亲的乳汁是啥滋味，不知道无私的母爱有多么温馨。尽管父亲每月都有点儿收入，但还是入不敷出，为了六个孩子的学习和生活，给母亲治病的事父亲总是一拖再拖。1990年，等到两个哥哥和一个姐姐有了工作，家中经济状况稍微有所好转后，父亲就迫不及待地把母亲送进了精神病院。

为了给母亲治病，全家人节衣缩食，平时很少有人添置一件新衣，餐桌上也常常见不到一道荤菜。1998年8月，从不敢奢望跨入大学门槛的崔晓红，竟然以优异成绩被烟台师范学院录取了。

作为崔家第一个大学生，她不知道该怎样面对经济拮据的家庭，怎样面对因为没有医疗费而被病魔折磨了20多年的母亲。她想放弃上学，留下钱给母亲治病，后来还是一直鼓励自己学习的父亲打消了她的一切顾虑和担心。但在她收到录取通知书的第二天，父亲便把母亲接回了家。

1998年9月9日，崔晓红怀揣7000元学费走进了烟台师范学院。

我要自己养活自己

入学第三天，她便开始了打工生涯。

开始，她在校内勤工俭学，除了上课，业余时间只能在学生公寓楼、课堂、餐厅，见到她忙碌的身影。上学第一年，她再也没有向家中伸手要过1分钱，除去各项必要的开支，她还攒下了900多元钱。

大二一开学，她开始到校外去打工。先是一家夫妻饺子馆，每天上完课，她就急匆匆地赶到那里，不停地洗盘子、擦桌子和扫地。时间长了，她也渐渐地适应了老板的呵斥、顾客的嘲笑、行人的不解、身体的疲惫，以及老板给她吃的那些剩饭菜。

为了不让同学们深夜到饺子馆去接，她又找到了一家所谓的"家政公司"做起了家教。她用自己所攒的钱买了辆旧自行车，每周奔波于全市几个不同小区的不同家庭。尽管每次要骑车30多千米，她总是乐此不疲。然而，两个月后，当她按规定去"家政公司"领取自己的劳务报酬时，只见公司的大门上贴着"此处已搬迁"的纸条——她知道自己上当了。

打工使她吃尽了苦头，也长了不少见识。从这儿以后，她给自己定了一条规矩：平时在校内打工，寒暑假再去校外打工，而且把老师、同学和朋友介绍的工作作为打工的第一选择。四年打了多少工？洒了多少汗？流了多少泪？她说自己也数不清。除此之外，她还给记者透露了一个秘密：2000年暑假，她为一家公司冒名顶替去献血，一下子挣了800元。

每天2元的生活费已很奢侈

打工使崔晓红有了经济上的来源，但有了钱她在生活上依然很节俭。

学校按规定发放的60元生活补助，她精打细算安排好一个月的伙食。每天早上3毛钱的炸馒头片，中午和晚上又各是5毛钱的炸馒头片，曾是她很长一段时间的饮食模式。后来她又发现，在校外1元钱可以买到六个小馒头，这样一天便可以只花1元钱，而且有时还可以留一个馒头第二天吃。每天去课堂上课，书包里除了书和笔外，就是下顿饭要吃的馒头。就这样，啃馒头就着凉水成了她在大学期间的家常便饭。每年最奢侈的，要算是她自己过生日的那天。这一天，她们宿舍六个同学都要一块儿去吃长寿面、唱生日歌。

上学期间，她一面默默地承受着生活的艰辛，同时却又尽其所能地把快乐和希望给了养育她19个春夏秋冬、贫困却充满温暖的家庭。

2000年8月底，她领到了近500元的暑期勤工助学工资。当她到邮局准备把自己攒的800元钱寄给弟弟时，却发现装有钱、书、饭卡、证件和磁带的书包，连同那辆自行车都不见了。找了半天，最后她还是神魂颠倒、跌跌撞撞地回到了宿舍。"姐，我想复读，我不是没考上，只是填错了志愿。我要交500块钱，可是家里1分钱也没有……"就在当天晚上，高考落榜的弟弟给她打来了求助电话。那一刻，还没有擦干眼泪的她突然变得异常平静："弟，不用担心，我明天就给你寄。"第二天，她从几个要好的朋友那里借了钱，寄给了渴望上大学的弟弟。

2001年9月，当她得知弟弟考上北京印刷学院时，又给弟弟寄了1000元的学费。

考研终于使我成为一名纯粹的学生

大学四年，崔晓红既没有过午休，没有过周末，也没有寒假与暑假的概念，她把大部分课余时间用在打工上了。然而，无论打工多么辛苦，她始终没有把学习抛在脑后。她说，打工给了我学习的机会，只有很好地学习，将来才能创造更好的就业机会。

然而，无论她多么努力，她还是落下同学很多东西。所以，在毕业时她成了班里为数不多的没有通过国家英语六级和计算机国家二级考试的学生。她说，今后一定要设法弥补，否则是一辈子都不能原谅自己的。

2001年上半年，烟台师范学院学生考研持续升温，全院有三分之二的应届毕业生开始为考研而备战了。在她的原始思想里，一向负担沉重的她，永远也不会有机会跻身于考研大军之列。即便是在大三下学期的最后几天里，她还没有确定是否考研。就在这个时候，同班同学王茂琰将一本考研书塞到她的手中，当她试着做完第一道题时，她还在问自己："我考吗？我能考吗？"虽然家中也不止一次地鼓励她要考研，虽然她在心里无数次对自己讲："干吗不考一考试试？"而最终让她做出考研决定的还是那张汇款单。

2001年10月的假期刚过，她收到了一张寄自解放军第二炮兵学院的汇款单，汇款人是同校2001年考上研究生的姜娜同学。她在附言中只写了一句话："别再等了，相信你能行！"虽然只是100元，但它更是信任，是理解，是支持。也就是在这一天，她开始备考了。除了周末做家教外，其他业余时间，她拼命地学习。别的同学早晨6点钟起床，她5点钟起床；别的同学去餐厅吃饭了，她拿着馒头在课堂边吃边学；别的同学熄灯休息了，她就带着马扎打着手电在走廊里学……

"当时我很荣幸，这不是因为我马上可以成为研究生了，而是我终于成为一名纯粹的学生了！终于成为考研大军的一分子了！"这是她当时考研的真实想法。她知道，由于自己的复习资料和复习时间毕竟有所欠缺，考研的成功概率一定很小很小。因此，直到最后考完，她仍平静地安慰自己："毕竟竭尽全力了，勇气和坚持比结果更重要。"

2002年5月，她的付出换来了幸运的降临：她被中国科学院录取为硕士研究生。拿到通知书，她没有告诉任何人，而是自己来到海边哭了整整一下午。

"打工的日子里，我哭过、跌倒过、心碎过，但却没有逃避过；学习的日子里，我彷徨过、否定过、失落过，但却没有放弃过。贫困是什么？笑着看它，就是生命的钙质。它使我的精神愈加坚硬挺拔，也足以支撑苦涩人生！"这就是崔晓红对大学四年的人生感悟。

14.《今晨6点》2005年5月29日

烟台爱心在西部

昨日，一封来自祖国西部边陲新疆新源县坎苏乡委员会、新源县坎苏乡人民政府的感谢信摆在了烟台师范学院党委宣传部办公室的桌子上。办公室的工作人员看到感谢信上那些令人怦然心动的文字，不由感慨万千。

新疆新源县坎苏乡是西部一个比较贫困的山乡。去年8月，烟台师范学院历史与社会学院应届大学毕业生徐飞作为"大学生志愿服务西部计划"的一员，来到了坎苏乡并担任了该乡团委副书记和文化站副站长。在那里，他就像去年被评为"2004年度十大感动中国人物"之一的支教大学生徐本禹一样，通过自己的努力一点点地改变着当地的面貌。

心向西部

2004年6月，当徐飞得知应届毕业生可以参加志愿服务西部的消息后，他毫不犹豫地报了名，并做通了家庭和亲朋好友的工作。经选拔和培训，他最终如愿以偿地成为2004年志愿服务西部计划的一员。

坐在西去的列车上，徐飞不止一次地构想即将工作和生活的坎苏的情景，而且他也尽量地把那里的条件想象得更差一些，对那里的环境想象得更恶劣一点：没有自来水、没有公路、没有电视、没有电话——然而，当他真正踏上这片土地时，他还是强烈地感受到了一种反差：一个总面积只有374.3平方千米，人口仅1万余人的穷乡僻壤的小乡，经济基础相当薄弱，文化站资金严重匮乏，硬件设施相当滞后。所有这些都是他始料未及的。但他自从走上这光荣而神圣的志愿者服务工作岗位那一刻起，他就暗暗告诉自己：无论环境如何恶劣，都要用全部热情与青春书写好自己的人生，为西部建设，也为母校的培育之恩。

在坎苏，"日出而作，日落而息"是当地农牧民生活的一个真实写照。白天，当地的农牧民习惯于三五成群的喝酒、打牌，而天一黑他们便早早地钻进了被窝。这一切，使刚刚担任文化站副站长的徐飞越发感到此行的意义和肩上责任的重大！

在坎苏的每一天，徐飞始终把开展文化活动、丰富农牧民生活、提高农牧民文化素质作为工作的出发点和落脚点。为拓宽乡村干部的文化视野，他建议组织农牧民到尼勒克县乔尔玛、唐布拉等地参观学习；为帮助乡村干部改变思想，他组织开展了"文化建设与经济建设"研讨会；为激发乡村干部特别是文化宣传干部开展文化工作的热情和兴趣，他组织举办了书法、绘画、歌咏比赛等活动。

针对当地文化生活的现状，徐飞与团委的负责同志协商，成立了"坎苏乡宣教小组"，定期到村宣传国家对农村的政策，为农牧民提供文化和科技服务。为帮助广大农牧民创造一个良好的学习文化的环境，他对文化站的设施进行了统一的整理，并制定了"宣传文化站工作职责""图书室管理制度""图书借阅制度"等一系列规定。与此同时，他还想方设法帮助农牧民普及有关致富的科技知识。经他多方奔走，乡里安装了"全国文化信息资源共享工程"设备，建成了当地最好的多媒体教室。仅4个多月，就举办了"如何使牲畜安全过冬"等科技培训班10多期，200多名农牧民接受了培训。

心系孩子

在坎苏，徐飞把农牧民子女的入学问题作为自己工作的重中之重。

去年9月的一天，他第一次下村时不经意的一幕给他刻骨铭心的触动：在崎岖的山路上，一个大约十来岁的男孩骑着马吆喝着羊群。他重重地按下了快门，那一瞬间，他强烈地意识到，这不仅仅是一幅图片、风景，这还是一个沉重的话题。后来，他在各个村走访时发现，村里的孩子上学每天要走几个小时的山路，中午常常以玉米糊来充饥；学校的老师每个月只有70元工资；每个村都有不少因缴不起每学期75元学费而辍学在家的娃娃。所以，以后每次下村举行宣教、文艺演出、知识培训和电教片播放等活动时，他都要了解有哪些农牧民子女没有上学，是什么原因，然后记在随身携带的笔记本上。

去年12月22日，徐飞带着宣教小组踩着80厘米厚的积雪，步行5.5千米到库尔吾泽克村走访。曾获伊犁地区数学竞赛二等奖的王新平同学的学习生活让他眉头紧蹙：失去父亲只有14岁的王新平为了每学期275元的学费，每个假期都要到外面打工。为了使王新平安心学习，徐飞当即决定利用每周二驻村服务的时间和双休日给他补课。同时，徐飞还从自己每月600元的生活补助中拿出100元资助王新平上学。在徐飞的联系帮助下，坎苏乡派出所也与王新平家结成了对子。在他的积极倡议下，乡政府在全乡开展了"'五帮扶'（帮德、帮困、帮学、帮教、帮富）创建先进村，推动关心下一代工作"活动。目前，全乡采用集体资助和结对子的形式，有20名贫困生得到了资助。

对辍学的农牧民的孩子，徐飞尽自己所能、想方设法给予解决。11岁哈族男孩孜叶尔叶克的母亲多病，家里全靠父亲种点地养几只羊过日子。为了两个弟弟能够上学，他不得不背着书包离开了学校。徐飞知道这一情况后，便与孩子所在的牧业中学他的班主任和校长进行了协商，学校终于同意先让孜叶尔叶克上学，以后再由徐飞解决学杂费问题。要回学校那天，徐飞不但给孩子买了文具盒、几支笔和作业本，还特地把孜叶尔叶克送到了学校，并约定每次来牧场时给他补习功课。

在坎苏，徐飞不但自己做好救助辍学孩子的工作，而且他还联系自己的朋友一同进行救助。10岁的古丽孜依拉父母双亡，她与姐姐、奶奶相依为命。由于家中没有什么经济来源，姐姐早已错过了上学的机会，她自己也因家中贫困已辍学半年多了。今年1月，徐飞知道这件事后，与在山东大学就读的刘应波朋友取得了联系，并把古丽孜依拉介绍给他作为资助对象。

与此同时，在徐飞的建议下，乡政府还专门成立了以他为组长，其他5名汉、哈族青年为成员的"为民服务、排忧解难"宣教小组。半年多来，慰问贫困户200多家，处理民间纠纷80余起，帮助全乡16名辍学孩子圆了就学梦。

心连母校

在坎苏近8个月的时间，徐飞竭尽所能地帮助了20多名辍学孩子重返校园。现在，他自己联系掌握的还有30名孩子因为家庭经济拮据而辍学在家。然而，他个人能力毕竟有限，坎苏乡财政也颇为困难。于是，在一筹莫展之际，他想到了培养自己成才的母校——烟台师范学院。3月初，他把坎苏乡30名辍学孩子急需救助一事向所在的历史与社会学院做了汇报，并彻夜未眠给在母校就读的大学生写了一封倡议书，他倡议大家：为了西部的孩子都来奉献一份爱心。

烟台师范学院历史与社会学院全体师生获知这一情况后，在全院迅速掀起了以"尽自己所能，帮助他人，关注西部"为主题，以"集体组织，自愿捐款，自愿登记"为原则的"阳光助学"活动。活动发起后，全院800名同学和25位老师纷纷解囊相助。为了表达自己的一份爱心，有的贫困生降低了当月的生活标准；有的同学省下了一个星期的上网和零花钱；有的同学省下了买水果和买化妆品的钱。本月初，凝聚着历史与社会学院大学生们爱心的2250元捐款，从烟台邮政局寄到了新疆新源县坎苏乡文化站。依靠这笔钱，30名失学孩子得以重新回到昔日的校园。

昨日，记者连线徐飞，他说：在坎苏的生活是艰苦的、劳累的，但也是充实的。当他知道在母校烟台师范学院，同学们都把他比喻成是烟台的徐本禹后，徐飞说自己做得远远不够，个人的力量是微薄的，但愿意做一名爱的使者，让西部的孩子能感受到烟台人民的情意，感受祖国大家庭的温暖。

最后，记者想套用中央电视台主持人阿丘送给徐本禹的那句话，送给徐飞：感谢徐飞，是你净化了我的心。

15.《烟台日报》2006年12月28日

跨越渤海海峡

2006年11月6日，烟大铁路轮渡正式投入试运营。

当满载着49节火车车厢的"中铁渤海1号"横穿渤海海峡，抵达烟台港四突堤码头时，鲁东大学一位学者的脸上露出了发自心底的微笑。十四年前，他和同事们提出的设想，终于变成了现实——烟台作为交通末端城市的历史，终于宣告终结。

这位学者，就是鲁东大学副校长柳新华——烟大铁路轮渡设想提出者之一。

就在烟大铁路轮渡投入试运营前10天，由他作为课题汇报人的"渤海海峡跨海通道前瞻性研究"项目，刚刚在北京顺利通过科技部组织的专家组验收。这项研究的核心内容，是修建一条蓬莱至旅顺的跨海大桥或海底隧道。"作为跨越渤海海峡'三部曲'的第一部，烟大铁路轮渡投入试运营仅仅是开始。"柳新华说。

不经意间诞生的"世纪梦想"

4个人聚在一间屋里，讨论未来的烟台交通定位。这时，一人向地图走去，站定，指着图上的渤海海峡说：如果能建一座大桥或隧道，烟台不就成了连接南北、贯通亚欧的交通枢纽城市？！

这是1992年的一天，柳新华经历的真实一幕。其时，市委、市政府准备开会研究加快烟台经济发展。作为会议文件的起草者，时任市政府办公室副主任的柳新华和另外3位同事展开了热烈的讨论。不想，一个不经意的提议，竟然引起了四人的共鸣。

一个世纪梦想，由此诞生。柳新华等4人据此提出了"渤海海峡跨海通道"的基本构想：第一步，修建烟台到大连的铁路轮渡，实现两大半岛的"软连接"；第二步，修建从蓬莱至长岛的试验工程，以小通道带动大通道；第三步，修建蓬莱到旅顺的跨海大桥或海底隧道，从而在渤海海峡实现"天堑变通途"。

此年11月，柳新华等人在市政府《政务参阅》上发表"烟大铁路轮渡与环渤海经济圈开放开发研究"，以及"我市铁路、港口建设面临良好机遇，应立即展开烟大铁路轮渡的争取工作"两则建议，首次明确提出烟大铁路轮渡概念。同年12月4日，市委七届八次全委扩大会议召开，通过了关于"烟大铁路轮渡"项目的意见，烟大铁路轮渡项目第一次进入地方党委决策。

烟大铁路轮渡项目研究，先后经历了以市府办为主研究，以及国家有关部门与地方联合进行课题研究两个阶段。设想提出之初，曾遭到不少人反对，一些人认为是异想天开。但在市委、市政府和国家、省及各有关部门的大力支持下，整个项目得到顺利推进：1993年，铁道部来烟考察，烟大铁路轮渡项目进入实质性运作阶段；2004年，烟大铁路轮渡工程全面开工……今年11月6日，轮渡正式试运营。

烟大铁路轮渡从设想提出到开工，用了12年时间，而从开工到试运营，仅用了2年。然而，在柳新华等人的眼里，这仅仅是开始。

蓬长跨海大桥"浮出水面"

几天前，柳新华像往常一样，又一次出现在长岛。这一次，他是为蓬莱-长岛跨海大桥的研究而来。

"烟大铁路轮渡，仅仅是'渤海海峡跨海通道三部曲'的第一部，我们的'渤海海峡跨海通道研究'，还包括修建从蓬莱至长岛的跨海大桥，以及蓬莱至旅顺的跨海大桥或海底隧道。"柳新华说。

"毫无疑问，铁路轮渡具有显著的特点和优势：一是不必像轮船运输那样在码头上倒装货物，避免了货物的破损、污染和丢失；二是火车车厢直接上船，无须建设大规模的码头装卸设备，从而节省了资金；三是在港口的作业时间短，加速了车船周转和货物传送，可大大提高港口的吞吐能力。"

专家认为，铁路轮渡仍是一种很大程度上依靠海运的运输方式，从长远来看，就渤海海峡而言，单纯依靠铁路轮渡显然难以满足我国经济和社会快速发展的需求。因此，修建一条永久的、坚固的、通过量大的跨海通道，就是渤海海峡跨海通道研究的重要内容。因此，柳新华等人再次设想：从蓬莱抹直口到长岛疆头，首先建设一条全长7.5千米长的海底隧道或大桥。这一工程，被称为渤海海峡跨海通道的试验工程，不仅可以先行解决长岛发展的迫切需要，还可为兴建渤海海峡跨海通道积累经验。

规划中的蓬长跨海大桥，长约8千米，双向6车道，高28米，造价约为2.5亿美元。大桥建成后，将如同一道绚丽的彩虹，横卧在蓝色碧波之上。长岛和蓬莱之间的交通，将实现全天候通行。柳新华介绍说，对此项目，长岛政府给予了高度重视，曾几次列入地方发展规划。目前，项目已经进入论证阶段。

"如果顺利的话，蓬长跨海通道建成之日，将是更加浩大宏伟的渤海海峡跨海通道工程全面启动之时。它所提供的珍贵的建设经验，也包括地质构造、海流变化、生态环境等方面的原始数据和资料，将为渤海跨海通道建设奠定坚实的基础。"柳新华说。

跨海公路通道耗资960亿

渤海海峡跨海通道研究课题，凝聚了众多专家的心血。自1992年柳新华等人首次提出研究课题以来，包括国务院研究室党组书记、主任魏礼群，国务院西部开发办司长戴桂英等来自各行各业的领导、专家、学者先后加入研究队伍中来。

"我们这支由国家部级领导挂帅的队伍，历经十余年时间，走过了一条曲折而又漫长的道路。目前，课题组已出版研究专著三部，完成20多个专题研究报告，发表论文数十篇，申请多项国家专利。"柳新华说。

经过十多年的研究，课题组已形成如下基本设想：利用渤海海峡的有利地形，在蓬莱和旅顺之间以跨海大桥和海底隧道相结合的形式，建成便捷通达的连接渤海南北两岸的交通运输干线，全面沟通环渤海高速公路网、铁路网，进而北上与东北老工业基地、东北亚国家及横贯俄罗斯的欧亚大陆桥连接，南下与经济发达的长江三角洲、珠江三角洲、港澳台地区及横贯中国的欧亚大陆桥陇海线相连，最终形成一条总长4000多千米（国内部分），贯通我国南北、连接东北亚及亚洲和欧洲的现代化综合交通运输体系。

对于外界关于"已有火车轮渡，再建渤海海峡跨海通道是否有此必要"的疑问，柳新华等专家认为，从环渤海地区的运输需求量看，火车轮渡的能力难以适应经济和社会发展的需要。另外，火车轮渡仍难以解决渤海恶劣气候对运输安全的威胁问题。单靠火车轮渡一种运输方式，无法满足未来20~30年海峡间的运输需求。渤海海峡跨海通道的建设与火车轮渡不仅互不排斥、互不替代，而且可以相互促进、相辅相成。在建设火车轮渡工程的同时，唯有两者并举，适时启动渤海海峡跨海通道建设，环渤海地区才能承担起21世纪交通大通道的重任。

"在技术上，兴建渤海海峡跨海通道是可行的。"柳新华说。"目前，我国已经完全掌握了跨海通道的工程技术，具有自主设计、自主实施、科学管理的能力。而且，与世界已建和拟建的跨海工程相比，渤海海峡跨海通道的施工难度较低，这里直线距离106千米，最大水深仅80米，而且海中沿线一字排开众多岛、礁、滩，除老铁山水道间距42千米外，一般间距在3~8千米。以此为依托，将大大降低工程难度和造价。"

专家建议：21世纪前50年，先进行第一期工程——渤海海峡跨海公路通道，采用隧道桥梁方案，这一方案具有投资省、建设周期短、施工技术条件好、建成后通道安全性好、通车条件优良等诸多优点。初步匡算，8车道公路隧道桥，总长约125千米，工程总投资约960亿元人民币，施工期约10年。"建成后，通过车辆收费和各种管线收费等，每年利税可达100亿元以上。若加上土地增值、旅游开发等综合社会效益，则收益成倍增加。如果我们能及时有效地引导外资、内资或股票上市，可以相信，960亿元资金不难解决。"

"英国人、法国人想了一个多世纪，建成了英法海底隧道；日本人想了60年，建成了青函海底隧道。中国要想多少年，才能建成渤海跨海海峡通道？我们拭目以待。"展望未来，柳新华信心十足。他说："梦想成真时，天堑化通途。那时，烟台成为现代化、国际性、交通枢纽城市的梦想，将真正成为世人瞩目的现实。"

16.《烟台日报》2006年12月28日

一条铁路一座城市梦想

——访烟大铁路轮渡设想者

2006年11月6日这一天,对世界来说,很平凡,但对于烟台,却有点不寻常。

这一天,在历经5个半小时的"劈波斩浪"之后,满载着49节火车车厢的"中铁渤海1号"成功"游"过渤海海峡,抵达烟台港四突堤码头,从而宣告中国第一条运输距离超过100千米的跨海铁路轮渡—烟大铁路轮渡投入试运营。烟台作为交通末端城市的历史,也同时宣告终结。

昨日下午,烟大铁路轮渡设想的提出者、鲁东大学副校长柳新华在接受本报记者专访时,回忆起这一天仍然掩饰不住内心的激动。他说:"烟大铁路轮渡,有可能重新托起烟台的城市梦想。"

对白一:铁路,烟台发展之痛

【对白背景】 1861年,清朝政府将通商口岸登州(今蓬莱)改为烟台。此后,伴随着港口的兴盛,烟台得到迅速发展。1892年,随着张裕葡萄酿酒公司的建立,一批民族私营企业迅速兴起,烟台逐渐形成了最早的工业体系。而此时的青岛还是一个小渔村。最明显的是港口——直到1909年,烟台港吞吐量还高于青岛,城市人口也远非青岛所能比。然而,随着一条铁路线的兴建,烟台和青岛的发展格局随之改变。

记者:1904年,胶济铁路全线贯通,成为从济南到青岛物资出口的最佳选择路线。青岛港,自此飞速发展。1910年,青岛港的吞吐量首次超过烟台,很快成为中国北方最重要港口之一。

| 167

柳新华：交通实在是太重要了。烟台与青岛之间的差距，一个重要的因素，就是青岛在铁路和港口方面的优势比烟台大。

记者：不过，烟台也没有放弃过对铁路的追求。

柳新华：1956年，烟台地区首条铁路——蓝烟线从胶济线上的蓝村站（现更名为青岛西站）接出，经莱西、莱阳至烟台，全长183千米。当时的蓝烟线客运、货运都很少，每天仅有烟台—青岛和烟台—浦口两对客运慢车，只有16条到发线，且很多闲置不用。进入20世纪90年代，烟台铁路开始得到迅速发展：蓝烟铁路增二线工程、双线自闭工程开工建设，烟台—黄岛间通上火车，蓝村至烟台铁路复线全线建成，铁路开始成为支撑我市经济发展的交通命脉。但是，烟台城市交通末端的地位始终没有改变。为改变这一点，我们后来提出了建设渤海跨海通道的设想，烟大铁路轮渡项目就是其中之一。

对白二：14年一梦想

【对白背景】 1992年，在烟台市政府办公室供职的柳新华，以及他的两位同事在市政府《政务参阅》发表了两则关于"烟大铁路轮渡"的建议，随后，提出了"渤海海峡跨海通道"的研究课题。可以说，烟大铁路轮渡，是十四年一梦。

记者：作为烟台铁路轮渡建设项目设想者，您和您当时的同事在提出这一设想时，面临的是怎样一个背景？

柳新华：1992年，市里开会研究烟台发展，当时的发展定位有交通定位、政策定位和项目定位等。期间，针对交通定位，我和另外一些负责会议文字起草工作的同事根据自己的思考，在市政府《政务参阅》上发表了"烟大铁路轮渡与环渤海经济圈开放开发研究"以及"我市铁路、港口建设面临良好机遇，应立即展开烟大铁路轮渡的争取工作"两则建议，第一次明确提出了烟大铁路轮渡的概念。同年，这一设想引起了国家领导人的高度重视，并亲笔做出重要批示。这是烟大铁路轮渡首次进入国家决策。随后，我们按照这个思路提出了"渤海海峡跨海通道"的研究课题。

记者：当初提出这一设想的初衷，主要是想改变烟台的交通末端地位？

柳新华：这是我们的初衷之一。当时烟台发展的定位之一就是交通定位。为此，我们提出了包括渤海跨海通道建设在内的，约11个解决烟台交通问题的方案。

记者：烟台至大连航线通上火车，实际解决的不仅仅是烟台交通末端的问题。

柳新华：是的。以前，不论由胶东至东北，还是由东北而胶东，火车必须绕道山海关，这比直接走烟台——大连航线要多出600~1600千米。可以说，直线取道海上捷径，成为这一区域人们多年的梦想。

记者：现在，眼下这个梦想正在变成现实——从最初设想的提出，到1997年12月项目经国务院批准立项，再到2004年10月27日建设工程在烟台开工，今年11月6日烟大铁路轮渡投入试运营，经历14年之后，烟台终于告别铁路末端城市的历史。

柳新华：不同的是，100多年前，铁路带给烟台的是失落；今天，同样是一条铁路，烟台展现给历史另一种表情是振奋。

对白三：梦圆渤海湾

【对白背景】烟台至大连铁路轮渡，北起辽东半岛南端的大连市旅顺口区羊头洼港，南至烟台四突堤码头，纵贯渤海海峡。轮渡南侧的四突堤码头，可与蓝村至烟台复线及山东、江苏、浙江等省的沿海铁路直接衔接；北侧的羊头洼港，可通过旅顺支线连接到以哈尔滨至大连电气化铁路为主干线的东北铁路网。随着首次试运营的成功，一条北起哈尔滨，南至上海的2200千米的东部沿海大通道已经形成。

记者：烟大铁路轮渡的开通，对于烟台乃至胶东地区，甚至整个山东地区都具有战略意义。因为，随着中铁渤海轮渡的成功试运营，山东半岛与辽东半岛将形成闭环，经济总量占中国三分之一的东北、环渤海以及长三角地区三大经济圈，将贯通成为一线。这意味着，今后火车将可以载着东北地区的产品，通过烟大铁路轮渡运到山东、苏浙沪地区。同时，还可以载着包括烟台在内的山东、江浙的产品通过这条轮渡，直上东北，通过满洲里或绥芬河两个口岸输出到俄罗斯地区。

柳新华：专家指出，烟大铁路轮渡，对于山东的铁路网建设，是牵一发而动全身的。而且烟大铁路轮渡打通纵贯南北的东部陆海铁路大通道后，将带来蓝烟线运量的大幅增长。同时，有了轮渡，一个以烟台港、龙口港为龙头的大型现代化港口群，将呼之欲出，参与环渤海经济圈的竞争。

记者：烟大铁路轮渡的试运营，不仅宣告了烟台交通末端城市历史的终结，而且对于渤海湾来说，其安全意义也是空前的。

柳新华：渤海湾海域曾是我国海难最为密集的区域之一。此次投入试运营的"中铁渤海1号"，拥有世界上最先进的电力推进系统和灵敏简捷的驾驶平台，采用了12项世界尖端技术来保证航行的安全，即使船在紧急情况下，也能避免倾覆、沉没的可能。

据了解，到2008年，渤海湾烟台至大连航线还将有3艘像"中铁渤海1号"的渡船投入航行，远期将增加到9艘，货运能力将达到1000万吨……

谈起烟大铁路轮渡，柳新华意犹未尽。

17.《青岛日报》2007年1月16日

蓬莱旅顺：跨海大桥一线牵

蓬莱旅顺跨海大桥和海底隧道项目、烟台大连铁路轮渡项目、滨州沧州渤海大桥项目规划实施后，将大大加强山东半岛城市群与辽东半岛、京津冀之间的经济联系，改写环渤海经济圈"大环境交通不发达"的状况。

蓬旅跨海大桥项目启动

烟台大连铁路轮渡试运营正在有条不紊地进行，"跨越渤海海峡三部曲"之二——蓬莱旅顺跨海大桥和海底隧道项目开始启动——近日，由鲁东大学副校长柳新华等人完成的"渤海海峡跨海通道前瞻性研究"项目在北京通过了国家科技部组织的专家组验收。在不久的将来，一条跨海大桥和海底隧道将把蓬莱与旅顺连接起来，环渤海南北两岸长期存在的交通死角一去不返。

和烟大铁路轮渡项目一起，蓬莱旅顺跨海大桥和海底隧道项目的念头产生于1992年。其时，烟台市委、市政府拟召开大会研讨如何加快烟台经济发展。作为会议文件的起草者，时任烟台市政府办公室副主任的柳新华和三位同事就此展开了热烈讨论。"经济要快速发展，交通须先突破。如果能在渤海海峡建一条跨海通道，烟台不就成了连接南北、贯通亚欧的交通枢纽城市？"柳新华踱到地图前，指着图上的渤海海峡说。

一个不经意的提议，不仅引起了四人的共鸣，而且一个世纪梦想也由此诞生。

柳新华提出的"渤海海峡跨海通道"基本构想分三步走：第

一，修建烟台到大连的铁路轮渡，实现两大半岛"软连接"；第二，修建从蓬莱至长岛的试验工程，以小通道带动大通道；第三，修建蓬莱到旅顺跨海大桥和海底隧道，从而在渤海海峡实现天堑变通途。

同年11月，柳新华等人在烟台市政府《政务参阅》上发表"烟大铁路轮渡与环渤海经济圈开放开发研究"以及"我市铁路、港口建设面临良好机遇，应立即展开烟大铁路轮渡的争取工作"两条建议，首次明确提出烟大铁路轮渡概念。同年12月4日，烟台市委七届八次全委扩大会议召开，通过了关于"烟大铁路轮渡"项目的意见，烟大铁路轮渡项目第一次进入地方党委决策。

烟大铁路轮渡项目设想提出之初，不少人认为是异想天开。但在烟台市委、市政府和国家、省有关部门的大力支持下，整个项目顺利推进：1993年，铁道部领导专家来烟台考察，烟大铁路轮渡项目进入实质性运作阶段；2004年，烟大铁路轮渡工程全面开工……2006年11月6日，轮渡正式试运营。

就在烟大铁路轮渡工程全面开工之际，经有关部门批准，鲁东大学成立了由何益寿、董国贤、柳新华等近30名专家组成的"环渤海发展研究中心"，为实现跨越渤海海峡的梦想提供人才支撑。

蓬莱长岛跨海大桥先行"探路"

"渤海海峡已有火车轮渡，再建渤海海峡跨海通道是否有此必要？"对于外界的质疑，柳新华认为，火车轮渡虽有许多优点，但仍是一种海运形式，难以解决渤海恶劣气候对运输安全的威胁问题。同时，单靠火车轮渡一种运输方式，无法满足未来20~30年海峡间的运输需求。渤海海峡跨海通道的建设与火车轮渡不仅互不排斥、互不替代，而且可以相互促进、相辅相成。唯有两者并举，环渤海地区才能承担起21世纪交通大通道的重任。

柳新华等人大胆设想：从蓬莱抹直口到长岛疆头，首先建设一条全长7.5千米长的大桥。作为渤海海峡跨海通道的试验工程，蓬莱长岛跨海大桥不仅可先行解决长岛经济发展迫切之需，同时为兴建渤海海峡跨海通道积累经验。

据介绍，规划中的蓬长跨海大桥长约8千米，双向6车道，高28米，造价约为2.5亿美元。大桥建成后，长岛和蓬莱将实现全天候通行。柳新华告诉记者，对蓬莱长岛跨海大桥项目，长岛县政府给予了高度重视，曾几次列入地方发展规划。目前，项目已经进入论证阶段。

"如果顺利的话，蓬莱长岛跨海大桥建成之日，将是更加浩大宏伟的渤海海峡跨海通道工程全面启动之时。它所提供的建设经验，以及地质构造、海流变化、生态环境等领域的原始数据和资料，将为渤海跨海通道建设奠定坚实的基础。"柳新华说。

柳新华认为，在技术上，兴建渤海海峡跨海通道完全可行的。目前，我国已经完全掌握了跨海通道的工程技术，具有自主设计、自主实施、科学管理的能力。而且，与世界已建和拟建的跨海工程相比，渤海海峡跨海通道的施工难度较小，这里直线距离106千米，最深处仅80米，而且海中沿线一字排开众多岛、礁、滩，除老铁山水道间距42千米外，一般间距在3~8千米。若以此为依托，可大大降低工程难度和造价。

渤海海峡跨海通道研究课题组专家建议：21世纪前50年，先进行第一期工程——渤海海峡跨海公路通道，采用隧道桥梁方案，这一方案具有投资省、建设周期短、施工技术条件好、建成后通道安全性好、通车条件优良等诸多优点。初步匡算，8车道公路隧道桥，总长约125千米，工程总投资约960亿元人民币，施工期约10年。"工程建成后，通过车辆收费和各种管线收费等，每年利税可达100亿元以上。若加上土地增值、旅游开发等综合社会效益，整个收益将成倍增加。如果有关部门能及时有效地吸引外资、内资或股票上市，960亿元资金不难解决。"柳新华说，蓬莱和旅顺之间以跨海大桥和海底隧道相结合，最终目标是，建成便捷通达的连接渤海南北两岸的交通运输干线，全面沟通环渤海高速公路网、铁路网，进而北上与东北老工业基地、东北亚国家及横贯俄罗斯的欧亚大陆桥连接，南下与经济发达的长江三角洲、珠江三角洲、港澳台地区及横贯中国的欧亚大陆桥陇海线相连，最终形成一条总长4000多千米（国内部分），贯通我国南北、连接东北亚及亚洲和欧洲的现代化综合交通运输体系。

助力环渤海"大交通"

烟台大连铁路轮渡项目、蓬莱旅顺跨海大桥和海底隧道项目的规划实施，将对加强山东半岛城市群与辽东半岛、京津冀之间的经济联系，改写环渤海经济圈"大环境交通不发达"的状况，无疑产生重要影响。

"环渤海经济圈建设"，这一构想由来已久。自1986年第一次环渤海地区经济联合市长（专员）联席会算起，这一区域合作组织已走过了20个春秋。风雨二十载，围绕环渤海，各种规划、论证不胜枚举，而区域经济一体化却"雪拥蓝关马不前"。不少学者认为，环渤海经济圈是一个根植计划经济时代和内海思维的概念，处于该区域的京津冀、辽东半岛、山东半岛三个城市群，经济联系虽日益加强，但三者基本是相对独立、自成体系、各自为战，其中根本原因是，该区域小环境交通发达，大环境交通不发达。"环渤海区域合作，应先从基础设施做起，从交通做起；随后再进行市场、人力资源、科技、环保、金融等方面的沟通、互动"，近年来呼声日高。

2006年6月22日，山东滨州与河北沧州两市联袂投资建设的渤海大桥隆重奠基，一条连接鲁北与冀南、京津塘城市群与山东半岛城市群的陆上通道将迅速崛起。渤海大桥项目，无疑为"大环境"交通建设开了个好头。山东省社科院经济研究所所长张卫国对此称赞说："这是环渤海区域城市间经济协作的一次成功突破。"而眼下正在试运行的烟台大连火车轮渡项目和正在论证规划的蓬莱长岛跨海大桥项目、蓬莱旅顺跨海大桥跨海隧道项目，将对环渤海经济圈"大环境"交通建设产生强有力的推动。区域经济版块的竞争正在演变为"腹地之争"，"腹地狭小"是目前半岛城市群最大的"短板"，环渤海经济圈"大环境"交通的改善，对拉长半岛城市群"短板"，实施腹地扩张将立竿见影。

渤海是我国内海，南北560千米，东西300千米，海域总面积7.7万平方千米。辽东半岛南端老铁山角和山东半岛蓬莱登州头之间的峡湾海域，就是渤海海峡。海峡两端最短距离57海里（105.56千米），平均水深25米，最大水深老铁山水道86米，既是外海进入渤海的必然海上通道，又是我国南北陆路交通的天堑。长期以来，由于渤海相隔，使环渤海南北两岸成为交通死角，极大地限制了客货交流和经济来往。

渤海海峡跨海通道研究课题组认为，兴建渤海海峡跨海通道，时机已经成熟，启动势在必行，为此提出以下建议。

1.国家尽快组成高层次的领导小组，把这一项目摆上重要议事日程，以便有一个统筹安排，协调各方面力量，采取有效的措施。

2.成立项目法人"中国渤海海峡开发（集团）股份有限公司"，具体承担工程设计、建设工作。项目建设实行法人责任制，由法人组织建设，进行经营和管理。国家同时赋予其相关领域的经营权和受益权，包括旅游、房地产、海洋能源、养殖，等等。

3.在世界范围内开展工程建设招标，以提高工程质量，降低工程成本。

4.按照共同投资、共同受益的原则，鼓励中央、地方和社会共同出资建设。

5.积极开展国际合作，争取国际组织和金融财团的支持。

6.集中优秀人才，加强前期技术研究。

18.《烟台晚报》2007年4月2i

烟台走出的作协"掌门人"

昨天，山东省作家协会主席张炜参加了母校鲁东大学"鲁东大学作家群展室"的揭牌仪式，记者有幸领略了这位省作协"掌门人"的风采。

成绩离不开母校

初见张炜，这位烟台籍省作协"掌门人"给人的第一感觉就是谦逊、随和、博学，与采访前打听来的印象相似。谈及个人的成绩，这位省作协"掌门人"谦逊不已，一再表示如果没有母校的培养和老师的指导难有今天的作为。张炜介绍说，为了能及时赶上母校的活动，19日下午，他便从北京的会议上抽身直飞烟台。到了母校后，他首先做的第一件事就是跑去找到自己当年的教室，在教室外他停留了很久后才离去，并找到和看望了当年教过自己的指导老师。

业余作家更有"冲动"

文学创作需要激情，更要冲动。当谈及作家群体时，有人认为文学创作应该由职业作家去搞。张炜则认为，现在爱好文学的人很多，专业写作不一定能搞好创作，业余爱好者往往能创作出好的文学作品。因为业余作家更具备创作的精神，时时有"冲动"，这种冲动来源于他们对生活的向往。

他建议年轻的文学爱好者，不一定非要认为只有成为职业作家才能搞文学创作，在工作之余多体验生活，然后进行文学创作，往往能迸出"火花"。

网络是把"双刃剑"

随着网络文学的盛行，文学创作有了新的含义。很多20世纪80年代后的"作家"通过发表网络文学作品，达到了一夜成名的目的，这对文学创作提出了挑战。

张炜表示，网络文学的发展有利有弊，是把"双刃剑"，利用好了能发挥好的作用，利用不好，对文学创作本身是个极大的伤害。张炜认为，随着网络及电视等一些娱乐载体的快速发展，它们已被越来越多的人所接受，尤其被80年代后的文学爱好者所"追捧"。不过我们要发挥它的长处，回避它的不足。网络文学的浮躁，并不意味着网络文学创作的标准就能降低，但这些"闪光发亮"的载体，让受众群体得不到思考，更安静不下来，同时也让人"失"去了智慧。因此，无论是谁，想要成为一名真正的作家，都要坚持不停地写、不停地读，只有坚持笔耕不辍，才能真正达到文学创作的目的。

寄语校友了解齐鲁文化

在采访过程中，张炜母校爱好文学的校友提出，现在的文学创作单薄，作品也不及老一代作家们的厚重。张炜则语重心长地说，现在的文学爱好者年龄普遍偏小、单纯，但更具有成长的朝气，是另一种创作美。若纯粹追求老一代作家的厚重，便丢失了属于自己的"自然风貌"。老一代作家带着生命的"年轮"进行文学创作，与现在年轻一代相比，也有当年的不及。青年文学爱好者，要懂得文学的生命创造，要有冲动，深入生活，多读、多写，读精品、读名著，不要一提到读名著，只想到《红楼梦》等四大名著。

那读什么？有同学问。张炜表示，名著不只指这四部，更多的是指民间文学和历代文学大家的作品，如屈原、苏东坡等。同时还要多读些国外名著，研究国外的历史。了解更多的文化，不断地丰富自己，才能汇聚创作的源泉。并建议他们多开展些文学创作比赛，通过比赛达到提高创作的目的。

为鼓励年轻的校友，张炜欣然接受邀请并写下自己的祝愿：记录和传播母校的声音。

19.《今晨六点》2007年9月26日

北京奥运有个烟台裁判

随着2008年北京奥运的日益临近，人们的参与热情也日趋高涨。烟台许多市民预订了奥运比赛项目的门票，准备到时候近距离感受奥运气息。奥运迷们可能没有想到，烟台有这么一个人，将担任"奥运裁判"。他就是研究中国排球俱乐部体制的第一人、创办中国沙滩排球比赛的第一人、山东省唯一的北京奥运会沙滩排球比赛技术官员靳小雨。

9月17日，记者在鲁东大学与这位39岁的"神秘人物"面对面，聆听他富有传奇色彩的排球"故事"。

一篇论文，推动了中国排球体制改革

10岁的时候，靳小雨跟随父母从济南来到烟台。读小学、中学期间，他爱上了体育，篮球和手球是他的"强项"，但排球摸都没摸过。

1986年9月，靳小雨考入烟台师范学院（现鲁东大学）体育系。读大三的时候，受中国女排的影响，他对排球产生了兴趣，并成了他的主项。1990年7月，大学毕业的靳小雨被分配到山东省轻工业经济管理学校（烟台），从事体育教学工作。由于工作出色，第二年他就被"提拔"为体育教研室主任。

"肩上担子重了起来，常感到'书到用时方恨少'。经过一番思想斗争，我决心'考研'。"1992年5月，靳小雨以优异成绩考入北京体育学院（现北京体育大学），成为一名排球专业的研究生。

靳小雨说，"读大学的时候，'马启伟'这个名字如雷贯耳，因为他曾任北京体育学院院长、国际排联规则委员会主席，是国际排球界里的'大腕'。到北体报道没几天，听说70多岁高龄的马老仍带博士生，顿生拜马老为师之心。"

于是，靳小雨鼓足勇气敲响了马老办公室的门。自报家门和来意后，马老的微笑让手心出汗的靳小雨松了口气。至今，他对马老的几个问题记忆犹新，"女排为何能创造'五连冠'辉煌，男排为何走不出低谷，对中国排球体制有何看法"等。

靳小雨一一作答。其中，他重点谈了中国排球体制的问题，提出"排球俱乐部、联赛"等当时较为"前卫"的理念。"我的'思想'打动了马老，拜师愿望得以实现，我激动得几夜没睡着觉。"

名师出高徒。靳小雨的刻苦用功，辅之以导师的精心指点，使他在中国排球体制的研究方面有了不少心得。为了写出高质量的毕业论文，他自费辗转十几个省区，访问十几支省级排球队，在搜集了大量基层素材后，他又到国家体委排球处（现国家体育总局排球运动管理中心）搞了一个多月的调研。

经过一年多的精心准备，1996年4月，他完成了《我国实行竞技排球运动职业俱乐部制改革的可行性分析与对策研究》论文初稿。还没来得及修改，国家体委排球处就将此稿索走。年底，体委开始实施排球体制改革，推行俱乐部体制。而改革过程中，所依据的理论支持，多数都来源于靳小雨的那篇论文。

1996年6月份，靳小雨的论文答辩会上，陈刚（著名排球国手）等多位中国排球界的"大腕"，对论文的"含金量"表示推崇。"别的不敢讲，单在探索中国排球俱乐部体制方面，我研究得最早，发表论文的时间也最早，对排球体制改革的影响也最大。"

一场比赛，改变了中国没有沙滩排球赛的历史

靳小雨的一篇论文，使他成为排球圈的"知名人士"。他的正直、朴实也让不少圈内人与他结为好友，其中包括陈刚、栗晓峰（原中国女排主教练）、邓若增（原中国女排主教练）等排坛"名宿"。

靳小雨硕士刚毕业，陈刚就找到他说，美国和新西兰的两家跨国公司看好了中国的沙滩排球市场，想投资在中国成立首个沙滩排球俱乐部，由陈刚担任主教练，希望靳小雨能帮助筹划、组建俱乐部。壮志凌云的靳小雨痛快地接受了邀请。"我师从中国最权威的排球学术大师，毕业后能有一方用武之地，为中国排球事业干点实事，就是我的追求和理想。"

由于陈刚等人都有专职工作，实际上俱乐部的组建重任全落在

靳小雨身上。他"跑部进委"寻求政策支持，天南海北挑选优秀队员，"三顾茅庐"聘请顾问等等，一个月下来，靳小雨"减肥"20多斤，"北京准马沙滩排球俱乐部"也正式挂牌成立。

俱乐部成立不久，靳小雨思索起来：中国拥有那么多美丽怡人的海滩，不少省区也都有沙滩排球队，但有组织的全国性比赛仍是"空白"。一个大胆富有挑战的想法脱颖而出：组织全国首届沙滩排球精英赛。

在粟晓峰、邓若增等中国排坛"名宿"的支持和鼓励下，靳小雨身揣五万元"经费"，只身来到天津塘沽办比赛，他又成了沙滩排球商业化运作的"第一个吃螃蟹之人"。"当时的五万元不是小钱，整个比赛活动要全部商业化运作，如果拉不来赞助、请不来队伍，到头来赔个底朝天，我哪有脸面回北京面对江东父老。"重压之下的靳小雨，每天充斥脑海的就两个字"比赛"。

1996年7月底，首届全国沙滩排球精英赛正式拉开帷幕。全国各地来了40多支参赛队伍，比赛结束后，靳小雨手中的5万块钱变成了15万元。"此次比赛让更多国人了解到了沙滩排球，喜欢上了沙滩排球。商业运作模式也很成功，国家体委给予了高度评价。"

从1997年到2001年，靳小雨全身心投入到排球俱乐部的组建、训练、比赛当中。1998年5月份，他开始担任八一金汉王男排俱乐部竞技总监、副总经理。在他的协调下，1999—2000赛季，八一金汉王男排俱乐部的主场设在了烟台，港城球迷欣赏了七场国内顶尖水平的排球赛事。

一封邮件，烟台出了个"奥运裁判"

"多年的俱乐部工作，促使我产生将实践经验上升到理论高度的想法，到安静的校园潜心做学问是最佳选择。"谈到为何转型当老师，靳小雨讲出了心声。

靳小雨向俱乐部表明心迹后，老总全力挽留，并开出了百万年薪，但被他婉言谢绝。

国内众多名牌高校得知靳小雨意向后，纷纷抛出橄榄枝。但考虑到母校的培养，最终他还是选择回到鲁东大学任教。2001年8月，靳小雨执起了教鞭。

教学期间，他结合多年实践，撰写了《联赛扩军会有什么影响？》《世界女排四强主动得分能力分析》《运动动机与运动员早期退役研究——对我国甲A男子排球联赛运动员的调查与分析》等几十篇高质量论文。其中的一些观点和建议，为国家排球体制的进步理顺和创新，提供了理论依据和支撑。

尽管退隐校园，但靳小雨在中国排坛的名气却没有消失，国家体育总局排球管理中心的领导们时常对他嘘寒问暖，并"提醒"他：一身本事不能光用来教学，还要用在为祖国排球事业服务中去。参加"奥运裁判"资格，就是对他的期望和要求。

此话也说到了靳小雨的心中。2003年年底，他参加了国家级沙滩排球裁判资格考试，2004年1月成为全国92名国家级沙滩排球裁判之一。至今他已执法了世界20多个赛站的沙滩排球比赛。

2005~2007年，经过层层选拔，靳小雨在92名裁判中脱颖而出，成为32名奥运裁判之一。2007年7月1日，他收到北京奥组委发来的邮件，内容为聘请他担任奥运会沙滩排球比赛技术官员。

"能参加奥运会的裁判工作，是我一生的荣耀。我一定会尽心尽责，不辜负家乡父老的厚望。"靳小雨说。

20.《烟台晚报》2008年4月24日

想 学 啥 就 学 啥

——鲁东大学52名大学生如愿以偿转专业

近日，鲁东大学2007级52名大学生顺利通过考核，实现了转换专业的愿望。据介绍，他们是鲁东大学推行第二次专业选择的首批大学生。在鲁东大学，如果大学生对某专业感兴趣，可以申请转换专业。

重选专业学我想学

4月15日，对于鲁东大学孟祥宇等52名同学来说是个很特别的日子。这一天，他们通过了学校组织的考试，依照自己的兴趣爱好实现了转换专业的愿望。

"从今年9月份起，我就可以进入汉语言文学院学习自己喜欢的中国语言文学类专业了！"鲁东大学管理学院大一学生孟祥宇兴奋地告诉记者。孟祥宇是2007年安徽省高考语文单科"状元"。她告诉记者，这次转换专业是她人生命运的一个转折点。

孟祥宇从小就喜欢文学。去年高考，她的语文成绩考了135分，成为安徽省高考语文单科"状元"。但因总分与自己所报第一志愿的学校差2分，孟祥宇被调剂到鲁东大学管理学院学习公共管理类专业。在向往的大学校园里，她仍然深深地喜爱着文学类专业。孟祥宇甚至几次打电话给相关学院的领导表达自己转换专业的愿望。此次，孟祥宇成功地跨学科转到汉语言文学院学习中国语言文学类专业，她感慨地说："感兴趣的不一定是热门专业，但只有感兴趣的专业，自己学起来才能感到快乐，将来才能学有所成。我十分感谢学校给了我这次难得的转换专业的机会。"管理学院的有关负责人说："学校推行的这一举措关系到学生的学习热情和今后的工作与成长，因此我们积极响应和支持。"

在采访中，谈及未来的学习，成功转换专业的同学都信心百倍。有的认为，兴趣是最好的老师，凭借自己对专业的兴趣爱好，一定能够迎头赶上其他的同学。有的则表示，自己一定会珍惜此次来之不易的机会，抓紧时间把大学一年级落下来的专业基础课及时地补上，力争取得优异的成绩，一来回报学校，二来为自己将来的发展做准备。

二次选择备受称赞

记者在调查中发现，从2006年起，鲁东大学设置的大部分专业就开始实行"按学科招生，分阶段培养"的教育模式。据介绍，在鲁东大学就读的学生，学校前期按学科大类进行招生培养，进行宽口径专业教育，后期学生可根据社会需求和个人志向从所在学科大类中自主选择专业。这为大学生成长、成才提供了一个人性化的发展平台。

"大学生依据自己的兴趣、爱好和特长跨学科转换专业，是鲁东大学满足大学生个性化发展、实施人性化管理而采取的重要措施。"鲁东大学教务处一负责人如是说。这一做法得到了在校大学生和学生家长们的称赞和好评。一位学生家长告诉记者："鲁东大学这一做法比较人性化，有利于调动学生学习专业的积极性，能够促进学生成才，成就他们的人生梦想。"

据介绍，这次鲁东大学2007级普通本科生中，共有75名同学申请转换专业，经学校和各学院的审查和考核，最终52名同学实现了转换专业的愿望，仍有23名同学与自己感兴趣的专业失之交臂。

"由于考核不合格，我这次没有能够成功转换到自己心仪的专业学习。尽管感到很遗憾，但我将在学好本专业的同时，平时仍然抓紧时间学习自己感兴趣的专业知识。"一位没能如愿转换专业的同学这样说。

转换专业有"杠杠"

现在在鲁东大学，只要大学生有兴趣就可以提出申请转换专业，不过要想成功转换专业，申请者还要跨过一些"门槛"。

记者从鲁东大学教务处了解到，凡是想跨学科转换专业的学生，首先必须向自己所在的学院提出转换专业申请，学院按照转出人数原则上不得超过该专业原有本科学生数5%的规定，对申请转专业学生的资格和条件进行审查。然后，由学校教务处对申请转专业学生材料进行汇总审核，并将所报材料按照学生志愿一次性发放到拟转入学院。由学生拟转入学院再根据其所在专业要求，组织对拟转入学生进行综合考核。最后，由学校教务处对确定转换专业学生名单进行公示。

"我们对拟转入同学进行综合考核，主要是在整体上了解一下这位同学的情况，看看他们是不是适合转入其他院系学习。如果学生只是对某学科有兴趣，却缺乏相关的基础知识与能力，这样并不能顺利转换专业。在这种情况下，如果转换专业反而不利于他们今后的学习。"鲁东大学教务处一老师说。

高校老师建议，学生申请转专业一定要慎重，要认清自己的思维特点、特长爱好等是否适合所转专业，同时还要通过各种渠道了解所转专业的研究方向、课程设计等，切勿盲动。

21.《烟台日报》2008年10月26日

渤海海峡：天堑可望变通途

近日，由渤海海峡跨海通道课题组和鲁东大学环渤海发展研究中心联合主办的"渤海海峡跨海通道对环渤海发展战略及振兴东北老工业基地的影响"高层论坛在烟台召开，来自中国科学院、中国工程院两院院士、国家发改委、山东省发改委、烟台市有关部门及鲁东大学、大连海事大学、烟台大学等全国部分高校和科研院所的40多名专家学者，就推进渤海海峡跨海通道的研究与建设进行了广泛、深入的研究和讨论。

专家学者对渤海海峡跨海通道建设科学而严谨的态度，热烈而真切的期盼，让我们看到了渤海海峡天堑变通途的希望和曙光。

一线贯南北

在高层论坛上，鲁东大学副校长、渤海海峡跨海通道课题组副组长首先介绍了渤海海峡跨海通道课题组16年的研究历程和丰富成果，引起与会专家学者的一片赞叹。

渤海海峡跨海通道研究，是山东省面向21世纪环渤海及中国东部沿海地区经济和社会发展而提出的一项重大研究课题。该课题始自1992年，经过长达16年的研究，全国先后有工程、经济、科技、海洋、地质、地震、社会、军事等领域的专家、学者50余人陆续参加课题前期研究，已经取得一系列重要成果，相继出版了《渤海海峡跨海通道研究》《世界跨海通道比较研究》《渤海海峡跨海通道若干重大问题研究》等约170多万字的研究专著，获得多项国家专利和省部级奖励，引起国内外的普遍关注，党和国家领导人曾经十多次做出重要批示。

渤海是中国最大的内海，从辽东半岛到胶东半岛沿海岸，三面大陆环绕的渤海状如英文字母C，渤海海峡横亘在两大半岛之间，成为南北陆路交通的天堑。渤海海峡跨海通道基本设想是：利用渤海海峡的有利地理条件，从山东蓬莱经长岛至辽宁旅顺，建设公路和铁路结合的跨越渤海海峡的直达快捷通道，形成纵贯我国南北十省（区）一市的东部沿海铁路、公路交通大动脉，将有缺口的C形交通变成四通八达的Φ形交通，化天堑为通途。

一举多利好

与会领导和专家一致认为：渤海海峡跨海通道贯通我国南北交通，对于打造中国经济第三极，加快环渤海经济发展，振兴东北老工业基地，扩大与东北亚国家合作具有巨大作用，是增强我国综合国力的重大举措，是中国经济再创奇迹的强大动力，可以大大提高我国的国际地位和世界影响力。因此，不仅具有十分重要的交通意义，而且具有重大的政治意义、经济意义、社会意义和军事意义。

中国科学院陆大道院士认为："这条南北沿海交通大通道的建成对东北地区经济的发展具有重大的积极意义。它将形成北上与横贯俄罗斯的亚欧大陆桥相接，南下与横贯中国的亚欧大陆桥陇海线相交，并形成直达长三角、珠三角和港澳台地区的现代化综合交通运输体系，为中国沿海、东北亚及环太平洋地区的经济发展和大市场的形成创造重要条件。"

"渤海海峡跨海通道，首先是山东的、东北的，进而是中国东部的、全中国的、东亚地区的，甚至是连通俄罗斯、韩国、朝鲜和日本的重要通道，因而也是世界的，非常重要，具有非凡的战略地位和意义。"15年前就曾参加过课题最早研究成果鉴定会议的山东省发改委费云良主任在会议上一语中的。

"渤海海峡跨海通道的建设，主要在于亚欧国家城市群间的运输需求、渤海湾区域发展需求和国家路网合理性的要求。作为海峡两端的山东省和辽宁省，尤其作为'桥头堡'城市的烟台市和大连市将是最大受益者。"山东省九届政协常委、山东省交通科研所许云飞研究员这样阐述自己的观点。

"渤海海峡跨海通道建设对振兴东北老工业基地是个非常好的消息，肯定会惠及东北及内蒙古等地区，应该尽快使其进入国家或地区中长期规划中。"国家发改委东北振兴司武士国巡视员急切之情溢于言表。

一举皆有备

与会领导和专家认为，当前兴建渤海海峡通道具有许多有利条件。

资金容易筹措。杭州湾大桥工程指挥部副总工程师方明山博士、鲁东大学经济学院刘良忠副教授认为，渤海海峡跨海通道前期研究按公路通道计算，总投资约在960亿元左右。可参照国内外已有大型跨海工程的经验，多渠道进行融资。这方面，2008年竣工的杭州湾大桥建设经验可供借鉴，大桥总投资140多亿元，全部由民间投资，没有花国家财政一分钱。该项目完全可以采用BOT（建设–运营–移交）、PPP（政府与民间合作）等多元投、融资模式运作，不需国家投资。

建造技术成熟。大连海事大学交通运输管理学院副院长杨忠振教授认为，从国内外跨海工程技术水平和发展趋势看，以悬索桥、斜拉桥等为代表的跨海桥梁技术和以盾构法、掘进机法、沉埋法等为代表的海底隧道技术十分成熟。

地理条件优越。中国工程院李坪院士："两个半岛相距百多千米，如果充分利用海中沿线一字排开的众多岛、礁、滩，将大大降低工程难度和造价。与日本青函隧道、英吉利海峡隧道以及杭州湾大桥等大型跨海工程相比，渤海海峡跨海通道的地理、地质条件相对优越，海洋环境等自然条件十分有利于工程进行。"

良好投资回报。烟台市政府法制办主任、课题组副组长宋长虹认为，无论是建设公路通道还是铁路通道，都具有良好的投资回报率。仅以公路通道为例，建成以后，通过车辆收费和各种管线收费等，每年利税即可达100亿元，若加上土地增值、旅游开发、节约燃油与材料等综合社会效益则成倍增加。其经济效益和社会效益大大高于一般的大型工业投资项目。

民众热切期待。跨越渤海海峡是山东和辽宁及东北地区人民群众的千年梦想，随着改革开放以来南北两地民众交往的日益广泛，两地经济联系的日益密切，实现这一梦想的愿望也愈加迫切。位于海峡中间的长岛县作为山东第一个小康县，由于交通问题的困扰，近年经济发展严重受阻，建设跨海通道已成为长岛军民翘首以待的生命线工程。

一板由谁拍

渤海海峡跨海通道涉及多学科、多领域，虽然前期研究进行了很长的时间，取得了一系列成果，但要尽快推进这一工程项目的研究和建设，当务之急是将目前的民间学术研究层面上升到地方和国家决策层面。

李坪院士认为，像渤海海峡跨海通道这样的大工程，离不开地方政府和国家的决策。渤海海峡两岸省市政府应及早研究确定，再争取国家决策，使这一工程的研究与策划工作由民间研究层面走向国家决策层面，避免贻误时机，避免走弯路，避免不必要的浪费。

要加快推进前期研究论证工作。在前期课题研究的基础上，进一步分解研究任务，尽快拿出权威的、确定性意见。

要积极争取进入国家"十二五"规划。积极争取将这一项目列入山东省、辽宁省地方规划和国家中长期发展规划及环渤海发展、振兴东北老工业基地专项规划，争取国家制订出台相关扶持政策。

尽快启动蓬长试验工程。鲁东大学交通学院院长孙峰华教授认为，应从大通道着眼、小通道着手，先期建设投资规模小、工程难度低的蓬莱——长岛的跨海通道，作为渤海海峡跨海通道的试验工程，为整个工程项目探索思路，积累经验。

高层论坛上，与会领导和专家学者一致认为，渤海海峡跨海通道是21世纪的宏伟工程，十几年的前期研究奠定了良好基础，应当抓住当前的有利机遇，加快推进这一工程的可行性研究，适时启动这一利在当代、功在千秋的特大工程，造福中华民族。

22.《今晨六点》2009年5月28日

鲁东大学副教授兰玲细说端午节

粽子，传承民俗文化的载体

带着香糯的气息，端午节如约而至。在中国有这样的风俗：春节吃饺子，正月十五吃元宵，中秋吃月饼，端午吃粽子。不可否认，"吃"文化是我们传统节日的一个重要方面，但除了"吃"，传统节日还有哪些更丰富的文化内涵需要我们传承和发扬？记者为此专访了鲁东大学汉语言文学院兰玲副教授。

　　记者：端午节到底具有哪些文化内涵呢？

　　兰玲：端午节的起源，一般来说源于古代的避"恶日"，传说这一日恶病病疫多泛滥，古代人有"躲午"(躲五)的习俗，后来讹传成了"端午"，主要意在祛邪除祟、祈福求安，这是一种极朴素的幸福观。后来最普遍的说法是为了纪念战国时的伟大诗人屈原，此说可以强化人们的爱国情感和正义、忠诚及忧患意识。

　　记者：我们说到端午节，第一反应往往就是"吃粽子"。那么，这粽子仅仅代表了一种传统美食吗？

　　兰玲：这是端午的饮食民俗。端午这天我们这里一般是吃粽子和鸡蛋，过去，龙口、招远等地节日这天人们还饮雄黄酒，或是把雄黄水抹在孩子的耳朵、鼻子里，也是为了避免瘟疫虫豸的侵害。

　　粽子，已经成为一个文化符号，好比中秋吃月饼、元宵吃汤圆一样，也能让人感受到传统文化的浓浓底蕴，不过相比较而言，南方的粽子文化比北方要丰富许多。

　　首先，因为吃粽子，大家都记住了端午是一个纪念爱国诗人屈原的节日。这会增强人们对爱国、忠义、忧国忧民的屈原的怀念与崇敬之情。从这个意义上说，吃粽子又成为一种文化心理的寄托，是粽子文化的升华。

　　其次，节日是家人团聚、走亲访友的日子。粽子和鸡蛋也被人们当作端午节的礼物，在孝敬老人、联络亲情方面的作用不可低估。

　　把粽子分送给亲朋好友，体现了中国人传统的亲情观。许多人一提到粽子，会想起母亲包的粽子的特有味道。谁能说这里没有亲情的维系？可以说，只要有家在，有亲情在，端午节那种希望亲人平安吉祥的内涵就不会改变。

23.《烟台晚报》2010年1月26日

渤海海峡跨海通道有望成真

——专访渤海海峡跨海通道研究课题组专家

新闻导读："渤海海峡跨海通道论证工作正式启动！"2010年1月，一则消息不约而同地占据了国内众多媒体的显要位置。对于渤海海峡跨海通道的相关研究，鲁东大学环渤海发展研究中心课题组的全体成员已为之默默奋斗和探求了18个春秋。

跨海大通道的设想如何由专家层面上升为国家层面，开始进入国家决策视野？跨海大通道的建设，将给我们的生活带来怎样的变化？记者昨赴鲁东大学，专访了渤海海峡跨海通道研究课题组的专家。

18年坚守——渴望天堑变通途

渤海海峡两端最短距离约为106千米。长期以来，由于渤海相隔，环渤海南北两岸成为陆路交通的死角，极大地限制了该地区的发展，也直接制约了东北老工业基地的发展。"如果能在渤海海峡南北两岸建设渤海海峡跨海通道，将使环渤海由原来的C形环绕运输变为Φ形直达运输，对振兴东北老工业基地和发展山东半岛城市群将起到至关重要的作用。"鲁东大学副校长、环渤海发展研究中心主任柳新华介绍说。

不久前，柳新华刚刚将18年来的课题研究成果《渤海海峡跨海通道研究成果系列丛书》提交国家有关部门和科研机构。这标志着由该校承担的国家社会科学特别委托项目——渤海海峡跨海通道课题研究已由专家层面上升为国家层面，开始进入国家实质性研究规划论证阶段。

此次提交国家有关部门的研究成果，对涉及渤海海峡跨海通道的一些重点、难点、热点、疑点等方面的问题进行了集中、详细的研究，受到了党和国家领导人、国家有关部门、山东省领导、两院院士等的密切关注及社会各界的充分肯定和积极好评。

专家倾向——海底隧道贯通海峡

　　方案："全隧""全桥""南桥北隧"……随着论证的开展，大通道的跨海方式引起很多市民的关注。鲁东大学环渤海发展研究中心研究员、商学院副教授刘良忠介绍，在权衡地质、安全、环保等利弊问题后，课题组认为，渤海海峡更适合修建海底隧道。

　　针对此前部分专家提出的"南桥北隧"的想法，刘良忠副教授说，以前认为全修隧道成本太高，修建一段桥梁可以减少一部分隧道的工程量从而降低成本。但现在看来，我国的隧道技术日益成熟，全部修隧道和桥隧结合方法的成本差别不断缩小，在这种情况下考虑到日后的综合成本，全部修隧道可能更好。

　　"和建桥相比，海底隧道有很多优点，不受大雾和台风等影响、抗震。从生态上讲，它对生态环境的影响相对较小。此外，海底隧道在水下避免了噪声、扬尘等对周围环境及居民点的干扰，海底隧道一洞多用的功能，可以承担城市管道线如供电供水供气和通信等管网。"刘教授介绍，相比较而言，建桥梁在军事安全上有一定隐忧，一旦出现战争威胁，桥梁很容易被炸毁阻断，"另外，遇到风大浪急时，陆地上无风，大桥上可能就是三级风，汽车在大桥上行驶时，有被风掀到海里的危险。"

　　技术：青岛胶州湾海底隧道、港珠澳跨海大桥……目前国内外跨海工程如火如荼。渤海海峡跨海通道，这个曾被一些人认为"异想天开"的想法，随着国内外一个个跨海工程的陆续上马和技术上不断地完善，变得"近在眼前"。据刘良忠副教授介绍，目前修建海底隧道的基本方法有钻爆法、沉管法、盾构法和掘进机法。以前建隧道用炸药炸，目前比较先进的是盾构法和掘进机法。盾构法首先要在海峡（江河）两岸开掘隧道洞口，然后用"盾式掘进机"在水下深层挖掘。盾构法一般限制在港湾下的浅水区和沿海地带，在深堆积层等软弱的不透水黏土中最为适用。

走向：提到渤海海峡，不得不提庙岛群岛，它位于渤海海峡的最狭处，共有32个岛屿，素有"海峡钥匙"之称。关于海底隧道的走向，课题组专家前期研究了两套方案：一条是整条海底隧道从蓬莱经长岛、庙岛等一直朝北，穿越老铁山航道，直奔旅顺老铁山角；另一条路线从北长山岛直奔南隍城岛。

安全性：海底隧道的安全系数如何呢？是否有潜在的危险呢？据专家介绍，在海底隧道中还设计有配套的通风井，并在设计注意了多功能的综合利用，不仅通风还有观光电梯，为提高安全性，设计了多道防护密闭门，一旦出现灾害性事故，防护密闭门就立刻自动关闭，防止海水流进，若按公路隧道设计，整个隧道的宽度可设计为双向行驶6车道或8车道。汽车尾部排放的尾气将通过送、排风竖井净化后达标排放。

通行时间："从通行的时间上看，汽车通过跨海通道的时间需要1小时，走陆路则需要10多个小时。如果按照国际通行的隧道电气化通过方式，按照160千米每小时计算，火车通过隧道时间只需要40分钟，仅相当于轮渡的十分之一。"

意义非凡——烟台经济将再飞跃

2006年，烟大铁路轮渡的开通，贯通了渤海海峡。但是，这条线路在大风频繁的冬季风浪天，就只好停摆。因此，渤海海峡跨海通道的建设，将起到"着一子而活全局"的交通效应，区域格局将"重新洗牌"。项目建成后，烟台-大连有望成为南北交通桥头堡。

据柳新华教授介绍，作为衔接我国公路战略中沿海大走廊的"咽喉工程"，渤海海峡大通道的建设，不仅使山东和辽宁两大半岛和环渤海地区直接受益，还将形成一个新兴的城市群体，促进烟台和大连的经济再次飞跃。"大通道可使东北与华东之间的运输由单通道变为双通道，使济—青—烟经济三角和沈—大经济带联成一体，形成两大半岛城市群，进而将山东半岛和辽东半岛联成一体，构成两大经济带。"

跨海通道大概需2000~3000亿元的静态投资，这一投资将增加国内生产总值4500~7000亿元。"通过运营本身收回投资成本需要10~15年。但是跨海通道所带来的综合效益则难以估量。"柳新华教授说。"大通道的建设，对振兴东北和沿海经济发展以及山东发展'蓝色经济区'的意义非凡，环渤海地区将成为东北亚最具吸引力的投资圈。"

新闻链接 论证三阶段 渤海海峡跨海通道研究始于1992年。当时的课题组成员主要由烟台市政府办公室、原国家计委有关司的人员担任，重点研究渤海海峡跨海通道的东通道——烟（台）大（连）铁路轮渡项目。

2006年11月6日，烟大铁路轮渡开通运营，实现了山东和辽东两个半岛的软连接。第一阶段的研究任务——渤海海峡跨海通道东通道的研究圆满结束。"第二阶段，参与研究的单位扩大到国务院研究室、原国家科委、海军工程技术研究院、铁道部、山东省、辽宁省等有关单位。重点是对渤海海峡跨海通道的西通道——蓬（莱）旅（顺）通道进行桥梁、隧道比较论证以及对先期试验工程——蓬（莱）长（岛）通道的研究论证。"据柳新华介绍，目前，第三阶段成员单位扩大到包括工程、经济、交通、社会、海洋、地震、地质、气象、环保、军事、文物保护等各领域的专家、学者，重点研究渤海海峡跨海通道对环渤海经济圈区域发展及对振兴东北老工业基地的战略影响。

24.《烟台日报》2010年4月9日

"未来或有英国首相曾在烟台学习"

日前，剑桥大学东方研究院博士生导师、剑桥大学首位来自中国内地的院士、鲁东大学1978级校友袁博平博士专程回到母校讲学。本报《才智对话》对他进行了独家专访。

人物名片袁博平，1978年在烟台师范学院就读英语专业；1993年6月获英国爱丁堡大学博士学位，同年受聘于英国剑桥大学，成为剑桥大学首位来自中国内地的院士。他现任剑桥大学丘吉尔学院院士、学术督导，剑桥大学东方研究院博士生导师、招生负责人，剑桥大学终身教师，剑桥大学校长助理。多次回国与鲁东大学及北京大学、清华大学、中国海洋大学、青岛大学进行了语言学及应用语言学方面的学术交流，为中英两国间的合作交流做出了突出贡献。

国内高校人才循环应跳出自我繁殖圈子

主持人： 袁院士您好，作为剑桥大学首位来自中国内地的院士，能否为我们谈一下在国外学习工作的感受，外国的学术环境是怎样的？

袁博平： 我能在剑桥大学任教，是国家留学政策的直接受益者。20多年来，我在英国学习工作收益很大，不仅是在工作和物质生活方面的收获，更重要的是自我价值也得到了很好的实现。比如，剑桥大学有个良好的传统，就是每个剑桥大学工作的人上班第一天，都要在一本花名册上签名，包括牛顿、达尔文、培根这样的伟大科学家当初都是这样的。现在，在这本花名册上，中国人的名字越来越多，他们为中国人赢得了更多的荣誉和尊严。这些荣誉和尊严是与我国领导人当年的决策分不开的。

中国要与世界真正接轨，要依靠国际人才的大循环，也就是说，不仅要用本国人才，也要用外国的人才，并表示国内高校应该跳出"自我繁殖"的循环。他以英国的发展为例，指出中国今后发展和对外交往中，需要一大批熟悉当地语言、当地情况和当地规则的人才。我们的留学生应该深入了解对方国家的情况，另外也要大胆启用国际人才。

去年剑桥，今年牛津，烟台校际交流很丰富

主持人： 您作为鲁东大学的毕业生，在促进剑桥大学和鲁东大学的学术交流方面做了哪些努力？今后还有哪些交流打算？

袁博平： 迄今为止，鲁东大学已有80年的历史，巧的是剑桥大学已有800年的历史。我在剑桥大学工作以来，一直着力于促进双方在教学与学术研究领域的合作与交流。我一直鼓励两校师生交换及互访、开展学术交流活动、开展合作研究、合作发行涉农出版物、互赠

学术刊物等，不断加强两校间教学、研究和推广等领域的合作交流。

去年，剑桥大学已经有一批学生到鲁东大学学习了一个月。在鲁大期间，他们在学习中国文化的同时，也为鲁东大学的学生担当外教，短短一个假期，收获甚多。回到英国后，这些学生把自己的对中国、对烟台、对鲁东大学的感受相互分享，这让牛津大学的学生也特别好奇。据我所知，牛津大学今年也将派出一批学术人员到鲁东大学学习交流。

我们知道，剑桥大学和牛津大学培养出了许多英国政坛的重要人物。说不定，将来的某一任英国首相将会有在鲁东大学学习的经历。

与外国学生相比，中国留学生缺乏自信

主持人：您在剑桥大学了解的中国留学生与外国学生有哪些区别？

袁博平：剑桥大学有许多中国留学生，我们的校长还专门为中国留学生们设立了奖学金。中国留学生与外国留学生相比，知识积累和学习能力较强，但缺乏自信，普遍心理素质、自理能力很差。与此同时，中国留学生的英语口语是弱项，但他们往往喜欢扎堆，业余时间一般只和中国人在一起，对于一些社团活动不太积极，使得口语能力无法提高。

主持人：您刚才提到中国留学生缺乏自信，那您认为他们应该在哪方面提高呢？

袁博平：我觉得他们应该懂得在合适的时候，争取自己的权益。记得我原在爱丁堡大学读博士学位，毕业后申请剑桥大学东方语系职位，每人有三十分钟的时间，我被安排在第三个。我刚开头讲时，电突然停了，过了十分钟，才转到其他教室。

当我讲到二十分钟时，主持人说时间到了，但我申辩说那十分钟不能计算在内，并坚持讲完。结果，我幸运地被录用了。事后剑桥大学的校长告诉我，他们第一次看到一位中国人面对剑桥大学有名的教授，能够理直气壮地争取自己的权利，就凭这一点，他们决定录用我。这样，我也是剑桥大学史上第一位来自中国内地的教授，丘吉尔学院院士。因此，我认为据理力争、理直气壮，对我们只有好处。任何唯唯诺诺，对我们处理事情都没有丝毫益处。

打算出国留学发展，建议先在国内上大学

主持人：从初中毕业的小木匠到"文革"后的大学生，从上海交大的研究生到英国爱丁堡大学的博士生。作为剑桥大学首位中国内地院士，您从烟台师范学院起步，走出了这样一条曲折而辉煌的道路。如今许多望子成龙的中国家长，很早就将孩子送到国外接受教育，您如何看待这种做法呢？

袁博平：出国留学接受教育是一种很好的选择，但现在的问题是，中国的孩子出国留学的年龄越来越小，有的家长甚至在孩子上小学时就把孩子送到国外就读。我不赞成这种做法。

家长送孩子到国外读书的，至少应该初三毕业。最好是先在国内上完大学，再到国外去读研究生和博士生。这是因为中国的基础教育还是非常不错的，在中国打下一个好的基础，对到国外再进一步学习也是非常有利的。另外，如果孩子太小就送到国外去读书，也是不利于孩子成长的。

现在越来越多的国外学校喜欢来中国举办教育巡回展或招生推介会等活动，其目的就是招揽中国的生源，但其实这些学校往往是在他们国内招不满生源的学校，可想而知他们的师资水平如何了。

25.《半岛都市报》2010年6月12日

渤海海峡跨海通道将成蓝色经济突破口

6月11日，烟台市蓝色经济区建设办公室、鲁东大学环渤海发展研究中心、烟台市蓝色经济研究会，在烟台联合举办了"渤海海峡跨海通道与蓝色经济区建设研讨会"。记者采访获悉，备受世人关注的国家社科基金特别委托项目——渤海海峡跨海通道，在取得了一系列阶段性研究成果后，近日已经被山东省纳入蓝色经济区发展战略规划，有望成为半岛蓝色经济区发展最佳"突破口"。

提升山东战略地位

在2009年和2010年，山东、辽宁两省人大代表、政协委员连续两年将渤海海峡跨海通道作为重大议案和提案提交全国"两会"，引发了全国性的关注，国家发改委及有关部门还就此展开前期调研规划。

在研讨会上，渤海海峡跨海通道课题研究组副组长、烟台市政府法制办公室主任宋长虹从推动半岛蓝色经济区进入国家发展战略这个视角进行了阐述。宋长虹表示，渤海海峡跨海通道串联山东半岛城市群和辽中南城市群两个发达的城市群进而连通东北老工业基地，将山东省由交通末端地位提升为全国乃至东北亚区域的中心，放大山东在全国的区位优势，提升山东在全国经济圈的战略地位，是山东发展战略纳入国家层面、上升为国家战略的难得机遇。

将成蓝色经济突破口

"山东将渤海海峡跨海通道纳入蓝色经济区发展规划框架，有助于推动山东半岛蓝色经济区上升为国家战略。"鲁东大学副校长、环渤海发展研究中心主任柳新华教授在接到记者电话时，这样诠释着渤海海峡跨海通道与蓝色经济区建设两者的关系。

同时，柳新华还提到，这一规划将对深度开发海洋、高效利用海岸、科学开发海岛、统筹发展海陆，做大做强海洋经济产生重大影响，尤其对以海岸带开发为重点，建设核心功能区、沿海隆起带、战略支撑带，带动蓝色经济向深海远海拓展，向内陆腹地延伸，加快构建区域布局合理、产业结构优化、生态环境良好、竞争能力较强的蓝色经济体系，具有不可替代的作用，所以渤海海峡跨海通道是山东半岛蓝色经济区发展战略进入国家决策的最佳结合点，也是最佳"突破口"。

设计标准将是百年工程

记者了解到，渤海海峡跨海通道设计标准是"百年工程"。"工程建成后，通过车辆收费和各种管线收费等，每年利税即可达200亿元。"山东工商学院经济学院院长刘冰估算，跨海工程约2000亿元左右的建设投资，10~15年即可全部收回，高于一般的大型工业投资项目。

鲁东大学环渤海发展研究中心副主任、商学院副院长刘良忠，长期参与渤海海峡跨海通道课题研究，他认为，虽然投资巨大，但渤海海峡跨海通道建设期间，对机械、设备、建筑材料、劳动力等将产生巨大需求，将促进山东省交通运输、商贸餐饮、金融保险等相关服务业的发展。他建议，应当尽快成立工程前期工作协调领导小组，使这一工程的研究与前期论证工作能够上升到国家决策层面，还要争取进入国家"十二五"规划，并制定出台相关扶持政策，同时先期启动蓬莱—长岛试验工程，为整个工程项目探索思路，积累经验。

小资料

跨海通道已研究了18年 渤海海峡跨海通道课题研究项目开始于1992年。18年来，课题组在以鲁东大学副校长柳新华教授的领衔下，课题研究取得了一系列重要的成果，出版了240多万字的研究专著，课题研究还受到了党和国家领导人、山东省领导、烟台市领导的高度重视。

25.《齐鲁晚报》2010年6月12日

渤海海峡跨海通道纳入项目规划层面

渤海海峡跨海通道将推动山东半岛蓝色经济区上升为国家战略，对山东省和半岛蓝色经济区的发展具有战略意义。

纳入"蓝色经济区"项目规划

6月11日，记者在鲁东大学环渤海发展研究中心召开的渤海海峡跨海通道与蓝色经济区建设研讨会上了解到，备受世人关注的渤海海峡跨海通道论证研究，在取得了一系列阶段性成果后，已经被山东省、烟台市分别纳入"蓝色经济区发展战略规划"。

"渤海海峡跨海通道有助于推动山东半岛蓝色经济区上升为国家战略，对山东省和半岛蓝色经济区的发展具有战略意义，将完善和优化山东交通格局，确立东北亚交通中心的地位，加快山东融入环渤海经济圈进程，分享环渤海区域发展'红利'。"6月11日，鲁东大学副校长、环渤海发展研究中心主任柳新华教授这样诠释渤海海峡跨海通道与蓝色经济区建设两者的关系。

据介绍，渤海海峡跨海通道研究始于1992年。18年来，鲁东大学环渤海发展研究中心课题组的全体成员一直在为之默默奋斗和探求，现在，研究已经取得了一系列重要的成果，出版了240多万字的研究专著。2009年、2010年，山东、辽宁两省人大代表、政协委员连续两年将渤海海峡跨海通道作为重大议案和提案提交全国"两会"。国家发改委及有关部门采纳建议，并就此展开前期调研规划。今年四月，山东省和烟台市"蓝色经济区发展规划"，均已将渤海海峡跨海通道作为重大项目列入规划层面。

烟台将从"终端"变"枢纽"

此次研讨会上，渤海海峡跨海通道课题研究组副组长、烟台市政府法制办公室主任宋长虹从推动半岛蓝色经济区进入国家发展战略这个视角进行了阐述：山东半岛地处环渤海经济圈南翼，南连长三角，北接京津冀，与辽东半岛隔海相望，在国家沿海地区发展中具有重要的战略地位。而渤海海峡跨海通道连接山东和辽宁两省，串联山东半岛城市群和辽中南城市群两个发达的城市群进而连通东北老工业基地，全面沟通环渤海公路、铁路网，连接东北老工业基地，将山东省由交通末端地位提升为全国乃至东北亚区域的中心，放大了山东在全国、东北亚的区位优势，提升了山东在全国和东北亚经济圈的战略地位，是山东发展战略纳入国家层面、上升为国家战略的难得机遇。

工程建成后，通过车辆收费和各种管线收费等，每年利税即可达200亿元，若加上土地增值、旅游开发、节约燃油与材料等综合社会效益，则收益将成倍增加。跨海工程约2000亿元的建设投资，10～15年即可全部收回，高于一般的大型工业投资项目。山东工商学院经济学院院长刘冰这样分析渤海海峡跨海通道建设对山东省和半岛蓝色经济区所产生的影响。

争取进入"十二五"规划

一直参与渤海海峡跨海通道课题研究的鲁东大学环渤海发展研究中心副主任、商学院副院长刘良忠认为：山东省和烟台市"蓝色经济发展规划"，将渤海海峡跨海通道作为重大项目列入规划层面后，为了让这一特大工程尽快发挥其应有的作用，促进山东半岛蓝色经济区的建设和发展，加快渤海海峡跨海通道规划和建设势在必行。他因此建议：成立工程前期工作协调领导小组，使这一工程的研究与前期论证工作尽快上升到国家决策层面，同时有关各方应努力争取将工程纳入国家"十二五"规划，并制定出台相关扶持政策。

27.《人民日报（海外版）》2010年9月7日

跨渤海通道建设呼之欲出

从烟台到大连，直线距离大约170千米，但因为横亘其间的渤海湾，大部分往返于两地之间的车辆需绕行环渤海公路，要走1500千米。

近年来，随着南北运力的日趋紧张，东北老工业基地振兴以及山东半岛蓝色经济区蓄势崛起，跨渤海大通道这个18年前就提出的战略构想，终于再次成为众人瞩目的焦点。

投资规模或超三峡工程

"很多人来问我，建跨渤海通道一共要花多少钱？但这个问题现在我很难回答。"日前，渤海海峡跨海通道课题组副组长、鲁东大学副校长柳新华说，"因为跨海通道采用何种形式还远未确定，现在不可能对投资总额有准确估算。"

但他也给了一组相关数据做参考：2008年建成的杭州湾大桥，全长36千米，采用公路桥形式，总投资140亿元，平均每千米耗资4亿元；而将于近期开工的琼州海峡通道，全长30千米，将采用铁路公路两用的形式，预计总投资达1400亿元，平均每千米耗资高达40多亿元。

"参考这些工程，再结合渤海通道的实际情况，如果采用铁路、公路双通道的形式，渤海通道的总投资应在2000亿元到3000亿元。"柳新华谨慎地估算说。按这一数字，跨渤海通道的投资规模将超过三峡工程，成为新中国成立以来国内投资最大的单项工程。

而这一工程所能带来的影响，现在也很难估量。柳新华告诉记者，跨海通道贯通后，原来绕渤海湾的"C"形运输就变为"Φ"形运输，整个环渤海地区交通格局将焕然一新，进而形成纵贯我国南北从黑龙江到海南十省（区）一市的东部铁路、公路交通大动脉。经此大通道，东北至山东和长三角的运距，比原绕道京沪、胶新、陇海线等缩短400~1000千米。

让研究此项目的专家更有底气的是，从这一工程中收益最大的环渤海地区，经济地位近年来快速上升。2009年，环渤海地区实现国民生产总值102356亿元，占全国的31%，并且环渤海地区的原煤产量约占全国的一半，原油、钢铁等产量约占全国的40%，与外界的物流量交换十分庞大。

"收益非常可观，资金也不难筹措。"鲁东大学环渤海发展研究中心副主任刘良忠认为，资金不会成为制约瓶颈。按他的估算，跨海通道建成以后，仅以每天通行3万辆汽车测算，每年的通行收费即达130亿元，若加上各种管线收费、旅游开发、节约燃油与材料等综合社会效益，跨海通道2000多亿元的投资，可在10~15年收回，投资回报率远高于一般的大型工业投资项目。

"建跨海通道，完全可以采用BOT（建设—运营—移交）、PPP（政府与民间合作）等多元投资模式运作，国家只要能够给予相应的政策，甚至可以不用政府投资进行建设。"刘良忠建议说。

技术已无重大难点

渤海是我国最大的内海，海域面积7.8万平方千米，平均水深达25米，烟台与大连之间的最短距离也有170多千米，建设长度如此之大的跨海工程，世界上目前还没有先例。在不少人看来，这似乎是个难以完成的任务。

但进行此项目研究长达18年的柳新华认为，跨渤海通道的建设，并不像很多人想象的那么困难，渤海海峡特殊的地理环境，我国已积累的丰富的施工技术和经验，已经足以保证将此工程顺利完成。

由"难"变"易"的关键，是位于渤海海峡中间的长山列岛。如一条珍珠项链般的长山列岛，由32个岛屿、66个明礁、16个暗礁、两处长滩组成，南北距离56.4千米，东西宽度30.8千米，沿渤海海峡成直线形分布，素有"渤海钥匙"之称。其最北端，距旅顺老铁山42千米，最南端，距烟台蓬莱登州头仅7千米。

长山列岛的存在，将这一有望成为世界上最长的跨海通道分为多段。"从烟台蓬莱到最南端的南长山岛可看作第一段，长岛列岛诸多岛屿的连岛工程可看作第二段，从最北端的北城隍岛到大连老铁山可看作第三段。这样分解开来看，即使距离最长的第三段，也不过42千米。这样一来，施工难度要降低很多。"柳新华解释说。

而随着近十年大量桥隧工程的开工建设，我国的桥隧建设技术已处于世界前列。2008年5月启用的杭州湾跨海大桥，北起浙江嘉兴海盐郑家埭，南至宁波慈溪水路湾，横跨杭州湾海域，全长36千米，是目前世界上最长的跨海大桥；去年12月贯通的胶州湾海底隧道服务隧道，全长6000米，总投资33亿元，让"青""黄"相接的梦想变成了现实。这些工程的完工，都为跨渤海通道建设准备了充足的技术和人才。

相关决策需尽早启动

2006年投入使用的烟大火车轮渡，总投资达33.5亿元，是我国第一条运距超百千米的铁路轮渡，日可运送50列火车和2500辆汽车。对此，有人质疑：既然刚建了火车轮渡不久，再投巨资建铁路公路通道，是不是有些为时尚早？

"以环渤海地区的经济地位，铁路轮渡这个量级的运力，长远看根本无法满足需求。新的跨海通道建设，在资金和技术允许的情况下，肯定越早启动越好。"刘良忠告诉记者。

"现在着手全面启动研究工作，已经有些晚了。"柳新华遗憾地说，不少人认为全面启动研究工作，就标志着工程要开工了，而实际上，跨渤海通道绝不是想开工就能开工，而要做大量前期的调研、准备工作。

像跨渤海通道这样的超大规模工程，大多需要十几年，甚至几十年的准备期。

实际上，对于跨海通道的研究，也早在1992年就已在民间开始。柳新华说，因为早期的研究人员多是以民间身份参与，精力和资金都非常有限，且研究领域多集中在宏观，现在还有大量问题并没有深入研究。比如，跨海通道具体要采用什么形式，现在研究者就提出了全桥、全隧、桥隧结合等多种方案；跨海通道是只开公路，只开铁路，还是采用公路铁路结合的方式？现在也都只是在学者讨论的范畴，而像这样的选择，每一个要确定下来，都需要大量调研数据和相关研究。

"跨海通道现已被纳入山东省和烟台市蓝色经济总体发展规划，但我们认为，这个项目的国家决策越早出台越好。这么庞大的工程，已经超出了一个地市、一个省的力量范围，必须在全国统筹考虑，全盘规划、分步实施，加速推进。"柳新华说。

28.《科学时报》2011年3月29日

感动中国的"最美女村干部"

——记鲁东大学2009届毕业生张广秀

她在生病期间所写的《病中日记》在全国大学生村干部群体中广泛流传，由此被同行们亲切地誉为"最美女村干部"。

她为帮助村民脱贫致富尽心竭力、患上白血病后仍心系工作的先进事迹经媒体报道后，引起了社会各界的关注，也引起了中央领导同志的高度重视。

她，就是全国三八红旗手、山东青年五四奖章获得者、山东省烟台市福山区庐上村大学生村干部、鲁东大学2009届优秀毕业生张广秀。目前，她已在北京大学人民医院完成了骨髓移植手术，正在康复治疗中。

品学兼优的女大学生

2005年9月，张广秀以优异成绩从山东省临沂市罗庄区桥西头村考入鲁东大学政治与行政学院思想教育专业。从入学开始，家境贫寒的她就开始描绘多姿多彩的人生梦想。

"她做什么事情都比较周全，总是把他人和集体的利益放在首位。在日常生活中，她经常帮舍友提水、买饭、带衣服，每次整理宿舍卫生的时候也总是抢在前面。"她所在班级的班长李天飞这样评价她，"虽然她家并不富裕，但她却乐于助人。"大学4年，张广秀多次被学校评为"三好学生"和"先进个人"。她本来有多次获得奖学金的机会，但为了让其他家庭经济困难和家庭受灾的同学得到资助，她几次把名额让给了其他同学。

与大学校园中追求时尚的其他女生不同，朴素和节俭是张广秀大学生活的准则。"张广秀在生活上很节俭，吃饭、穿衣都很节省，从不乱花钱。每年毕业生离校，她总会去市场淘一些二手衣服、书本。"舍友回忆说。

大学期间，张广秀始终把学习放在第一位。学习之余，她积极参加勤工助学，尽最大努力减轻家里的负担。大一结束，她把奖学金和勤工助学所得的5000元带给了父母。"女儿打小在生活上就很节俭，上大学的生活费也花得比别的同学少。"谈及女儿，张广秀的父亲张玉欣忍不住潸然泪下。

勤快贴心的女村干部

2009年8月，张广秀从鲁东大学毕业后，放弃读研考上了烟台福山区的"村干部"。在她担任福山区福新街道办事处垆上村主任助理的400多天里，张广秀严谨认真的工作态度感染着身边的每一个人，从大学生变成一个真正的"村民"。

张广秀一心扑在工作上，每天都会提前20分钟到岗，把所有的办公室打扫一遍。"广秀突然回家治病，我们还真不适应，这个孩子好学、能干，很受村民们喜欢。"福山区福新街道办事处垆上村村委书记兼主任王子龙这样说。作为主任助理，张广秀不但积极协助村主任处理日常村务，还与同事共同完成垆上村养老保险、医疗保险、福利发放等工作。另外，她还主动参与村民纠纷调解等工作。2010年8月末，垆上村接到上级指示，要在4天之内填写全村760名居民的健康档案。在时间紧、工作量大的情况下，还不知自己已患病的张广秀连续加班三个晚上，按时完成了任务。

为掌握和了解村里的基本情况，她不满足于村里的简单介绍，走访了垆上村的大部分村民，并经常与村民拉家常、谈经济、话发展。每当遇到问题和难题，她总是主动向村里的老同志或年轻人咨询、请教。"她经常到我家来，让我给她解答一些问题，还帮着我家干活，过几次，我们之间一点距离感都没有了。"72岁的李树汉老人感慨地说。

"作为大学生村干部，最重要的就是把自己视为农民的一分子，虚心向农民学习，先当'村民'，后当'村干部'。"在张广秀的日记里，人们看到了这位大学生村干部的人生感悟。正是这种信念和追求，给了张广秀深入农村、亲近农村的力量。

与病魔抗争的乐观女孩

夜以继日地工作透支了张广秀的健康。从2010年9月起，"疼"这个字眼就不断出现在张广秀的日记里，"疼得直不起腰来""钻心般的疼""夜里疼得睡不着"，一旦身体不舒服，张广秀就自己给自己打气，农村孩子不能这么娇气，不能"怠慢"了村干部工作。

为了激励自己战胜病痛而不耽误工作，张广秀在日记的边角上写下了密密麻麻的自勉警句："疾病并不能阻断我的工作"，"没有条件创造条件也要上"，疼得实在受不了，她就反复吟唱一首自编的歌曲《明天会更好》。

正当张广秀在为自己挚爱的事业而奋斗的时候，2010年9月，一纸"急性白血病"的医院诊断把她从"村干部"的岗位推向了医院的病榻。"就在住院前一天，广秀还跟我谈着明天要做的工作，晚上加班到9点多才回去。"王子龙哽咽道。

病榻上，张广秀表现出了超乎常人的坚毅和乐观。在痛苦和煎熬的治疗期，面对贫寒的家境，她仍然对生活和未来充满希望，相信自己会坚强地站起来，重新回到"村干部"的工作岗位上。治疗中，她时时记挂着村里的工作，经常向探望她的领导和朋友询问村里的情况。她在日记中写道："病好了，我还回去做村干部！"

"最美女村干部"感动中国

张广秀的事迹经媒体报道后，引起了社会各界的关注，也引起了中央领导同志的高度重视。

2月15日，全国大学生村干部论坛执委会代表全国20万大学生村干部致信，表达对张广秀精神的敬佩，感谢中央领导同志对一位普通大学生村干部的关心，表示要学习张广秀精神，听党的话，扎根基层，服务群众，创业致富。

2月18日，山东省委书记姜异康等看望张广秀，表示读张广秀《病中日记》很感动，流了泪。鼓励病床上的张广秀战胜疾病，争取早日回到村干部岗位上去。

2月25日，中共山东省委高校工委向全省高校下发了《关于在全省大学生中开展向张广秀同志学习活动的通知》。她的母校鲁东大学也在全校深入开展了向优秀毕业生张广秀学习的活动。

张广秀的事迹感动了社会，同时也牵动了社会各界和母校鲁东大学师生的心。截至目前，张广秀收到社会各界和母校鲁东大学捐款累计68万余元。特别是在网页"大学生村干部论坛"里，张广秀的《病中日记》被广泛转载，网友们纷纷留言："张广秀，你让我重新审视了'村干部'的价值。""你的坚强，是我明天的希望。"

29.《光明日报》2017年6月30日

只为那渔歌声声
——鲁东大学保护传承渔民号子侧记

"墩墩桨，装大仓，装仓起呀，水多么深，鱼多么深，千丈深呀万丈深，咳呀咳呀咳……"曲调高亢嘹亮、活泼跳跃的渔家号子，在近半个世纪的沉寂后，又重新响在中国最小的海岛县——山东省长岛县。6月25日，鲁东大学"海岛行"团队与长岛民宿文化馆项目主办方达成初步合作协议，他们将以声、形、舞等别具一格的形式，再现、还原渔民号子，向居民、国内外游客展示具有浓郁乡土气息和海洋特征的海上民歌。

"渔民号子是风帆时代我国渔民在江河湖海上作业时创造的闯海的歌谣。"一直研究宣传长岛风俗文化的长岛县委宣传部副部长石其鹏说，"它不仅是中国渔俗文化、海岛文化的代表，是一部完整记录中国传统海洋捕捞作业全过程的音乐史诗，也是国家宝贵的文化遗产，早在2008年即被列入非物质文化遗产名录。"

"随着现代渔业的发展、老渔民的逐渐消逝和海岛人口的减少，渔民号子已逐渐淡出了人们的视野。目前，全国4个被列为国家级、5个列为省级的'非遗'渔民号子，生存空间日益萎缩，有的甚至濒临失传。"鲁东大学环渤海研究院副院长刘良忠谈及渔民号子显得忧心忡忡。

怎样留住祖辈传下来的文化遗产，把渔民号子更好地传承下去，已成为刘良忠和他指导的"海岛行"团队的"心结"。从2014年开始，刘老师带领他的十几名队员，放弃节假日休息时间，分期、分批赴北方具有代表性的山东长岛和南方具有代表性的浙江舟山等海岛，对渔民号子展开实地调研。每到一地，他们登海岛、进渔村、访社区，发放调查问卷，了解渔民号子现状，征求渔民号子传承办法；寻访渔民号子代表性传承人，听朱大相、叶宽兴、洪国壮等老人讲渔民号子的前世今生；走访政府"非遗"主管部门，了解地方保护、传承渔民号子的开展情况。

四年来，鲁东大学"海岛行"团队的成员换了好几茬，队员总人数超过60人，他们对渔民号子的保护、传承的步伐始终没有停息。"有些同学要考研和毕业工作，走的时候都有些恋恋不舍，他们不但给新来的成员认真仔细地做好交接，而且还把自己几年来的调研考察笔记留了下来。""海岛行"团队第4任队长杨英豪颇有感触地说，"大家来到这个团队，就是想通过自己的行动，提出一些切实有效的措施，让这具有中国民俗文化特征的渔民号子更好地保护、传承下去。这也是我们当代大学生的责任担当。"

近年来，鲁东大学"海岛行"团队在实地调研的基础上，充分运用大数据对新形势下渔民号子保护传承的现状、困境、出路进行了全面剖析，相继完成了《长山列岛海岛文化保护、传承与发展专题调研》《国家级非物质文化遗产渔民号子保护、传承与发展——山东长岛、浙江舟山的调研》等一系列调研报告。"鲁东大学这个调研课题对于当今我国渔民号子保护、传承与发展具有启示意义。"镇江市某创业投资公司高级经济师林岭在5月份举办的第十五届"挑战杯"山东省大学生课外学术作品大赛展示会上说，"它为我国进一步挖掘渔民号子的时代内涵，创新非物质文化遗产保护传承模式，加快海岛的开发开放提供了智力支持，同时也为海洋强国战略和海洋文化建设提供决策参考。"

今年11月，"海岛行"团队将代表山东省参加在上海举办的"挑战杯"全国大学生课外学术作品大赛，再次展示他们的调研成果，让渔民号子唱响全国。

30.《中国教育报》2017年11月16日

边上大学边"遥控"估值3亿元企业
——鲁东大学毕业生杨安仁的创业故事

带领一家公司从最初单纯的油桐种植转型为现代化科技型农业企业，年销售收入从最初的400多万元发展到今天的3000多万元，企业估值已突破3亿元……

鲁东大学农学院2017届大学毕业生杨安仁是怎么做到的？

近日，记者采访杨安仁时发现，在这掌声的背后蕴含着一个感人至深的创业故事。

今年25岁的杨安仁，出生在贵州省黔南布依族苗族自治州独山县兔场镇东泥村。这是一个四面环山、交通闭塞的小山村。

杨安仁祖父经营的加工小作坊，经过杨安仁父亲数十年的创业打拼，2004年桐油加工厂发展变更为了独山县鸿发油脂有限责任公司，成为当地农业产业化的龙头企业。2007年，杨安仁家的资产就达到了1000万元以上。

然而，2008年父亲及公司先后遭遇了"灾难"。先是杨安仁的父亲在前往广西购买发电机应对百年不遇凝冻天气的途中发生车祸，接着是桐油市场遭遇席卷全球的金融危机。这一年底，家中欠债多达400多万元。家中境遇，让当时在外就读高二的杨安仁萌生了辍学回家帮助父亲的念头。

2010年7月，杨安仁不经家人和老师的同意，突然决定放弃考大学的机会回家帮父亲打理公司。

在经过市场调研后，杨安仁有了建立自己的油桐基地的想法。为筹备土地流转所需资金，他征得家人的同意，出售了在城里的住宅，开发了1765亩荒山，建立了独山县第一个示范林。

2013年，在县林业局的牵头和支持下，杨安仁又建成了面积达3600亩的第二个示范林。

"孩子，现在公司和基地都比较稳定了，你还是到学校补习补习考个大学，走出大山到外面多学习，有了文化有了知识你才能走得更远。"父亲等亲人朋友的劝说使杨安仁决定复读考大学。

他重拾课本，复习补课。

2013年7月，杨安仁以高出贵州省本科线4分的成绩幸运地被鲁东大学农学院植物生产专业录取。

"当然，能够让我安心读书、创新创业的还是学校实行的应用型人才培养模式。"进入大学不久，杨安仁同其他在校生一样，拥有了自己大学阶段的学业导师。"尽管在人生规划、学习方法、科学研究、毕业创业等方面给予了他一些指点，但关键在于杨安仁善于结合、敢于创新。"导师郭笑彤这样评价自己的学生。

记者通过杨安仁的老师和同学了解到，平常杨安仁的学习生活可谓丰富多彩：学院实验室里常常有他挑灯夜战的身影；学校开设的创新创业课和外学院开设的经济管理课堂上，经常能够看到他与老师和同学们交流探讨的镜头；在校内校外组织开展的各类竞赛上，也常有他顽强拼搏、奋勇争先的身影；每天两个小时上网浏览新闻、钛媒体、投资中国等内容成为他大学4年的必修课；每个周末逛一逛周围城市的市场或者商场、参观高档酒店、品尝特色菜肴，也是他学习之余的一种爱好……

当然，大学4年间，他没有忘记自己合并组建不久的贵州鸿发生态农业科技有限责任公司，每周他要与父亲及公司管理人员进行公司业务对接不少于3次，详细了解油桐基地生产状况，指导公司的发展。

每年寒暑假返校时，杨安仁都要带些油桐基地的土壤及油桐果回学校进行分析，然后依据指导老师的分析结果有的放矢地进行管理。

大学4年，杨安仁的收获可谓盆满钵满：所学20多门专业课成绩在班上位居前三，光荣地加入了中国共产党。今年2月，他所组建的公司与中国林科院亚林所签署了全面战略合作协议，4月他分获山东省"齐鲁最美青年"和山东省高校"十大优秀毕业生"提名奖，5月，他的项目团队获得10万元鲁东大学创业奖。

杨安仁很自信地告诉记者，未来3年他的梦想是：继续扩大油桐基地规模，建设国际领先的油桐良种繁育基地、桐油精炼企业和有机肥生产企业，引进投资推动油桐产业成为当地林业精准扶贫项目，带动当地百姓加入万众创业的行列，帮助山区更多的村民脱贫致富……

31.《光明网》2017年11月17日

红　色　追　寻

——鲁东大学赴威海党性教育基地教学见闻

"通过这次亲身地走、听、看、思、悟，让我们更近距离地触摸、感知到了甲午战争以来一百多年间中华民族从梦碎梦醒到筑梦追梦走向复兴的寻梦历史，揭示了只有共产党、只有社会主义才能救中国、才能发展中国、才能引领中华民族走向复兴……"

"学校组织的这次情境体验式教学，不但增强了党性教育的吸引力和感染力，同时也多角度、全方位地深化了我们对习近平总书记新时代中国特色社会主义思想的理解……"

这是11月16日鲁东大学赴威海党性教育基地开展现场教学后学员的反响。

这天上午，旭日东升。鲁东大学学习贯彻党的十九大精神专题学习班的126名处级干部和基层党组织书记分乘4辆大巴，沿循"甲午殇思与历史选择""发奋图强与民族振兴"两个教学版块，分成两组分别赴刘公岛甲午战争陈列馆、北洋海军提督府、历史选择展馆和荣成市郭永怀事迹陈列馆开展党性教育现场教学。

开展现场教学的两个党性教育基地，对于先前很多游览过此地的学员来说并不陌生，但这样有组织参加学校党性教育现场教学的，很多学员还是第一次。在颠簸的汽车上，不见了往日游客外出游览时那种欢快的情景，似乎所有学员合着双眼都在思考着什么……

下汽车再经轮渡，学员们终于踏上了硝烟散去的古战场——刘公岛。初冬的刘公岛，尽管海风飕飕、寒意袭人，但岛上红叶依然，学员们参加现场教学的热情依然高涨。

在甲午战争陈列馆、北洋海军提督府、历史选择展馆，学员们依次跟着讲解员的节拍，有序地跟进，认真地听讲，有的还拿出手机进行拍摄。场馆内，那一幅幅珍贵的照片、一幕幕再现的场景，一段段感人的故事，引发了学员对落后就要挨打、腐败导致灭亡、"人无精神不立，国无精神不强"等命题的深深思考。

画面切换到距威海60多千米外的郭永怀事迹陈列馆，学员们一边认真地听讲解员介绍，一边观看详实的史料、生动的陈列，用心感受这位出生于荣成的"两弹一星"功勋郭永怀以身许国、无私奉献的家国情怀。在陈列馆前，学校还特地举行了入党宣誓活动，学员们面对党旗，郑重地举起右手，再一次重温了入党誓词。

学校还邀请威海市委党校李永玲教授做了题为"汲取历史智慧，致力民族复兴"的串讲点评。李教授的点评顿时提高了大家现场教学的感性认识和理性高度。鲁东大学教育科学学院副院长苏勇表示，这次党性教育现场教学，不但使我们心灵受到了震撼、灵魂得到了洗礼、党性得到了锤炼，而且对"善于把马克思主义与中国实际相结合，走自己的路""诚心诚意为人民谋利益""中国共产党通过自身建设，打造了一支有着铁一般信仰、铁一般信念、铁一般纪律、铁一般担当的党员队伍"三条红色基因的内涵有了更深刻的理解，更加深刻理解了中国共产党为争取民族独立与人民解放以及实现民族复兴的伟大意义，更加坚定了永远跟党走、不忘初心的理想信念。

夕阳西下，夜色渐浓。在返回学校的大巴车上，学员们并没有因为一天的现场教学和奔波而感到疲乏，大家仍在谈论交流着现场教学的感受和体会，翻看着手机拍摄的影像资料。大家一致感到，学校组织的这次情境体验式教学犹如"寻根"之旅，让学员突破时间与空间的藩篱，带着对革命足迹与历史轨迹的思考，逐步将对中国共产党的深情厚爱，由感官刺激上升到头脑感受，由头脑感受上升到内心感动，再由内心感动升华为全身心感染，进而凝结成印记在脑海中、浸润到血液里的红色基因。

"学校党委安排这次赴胶东（威海）党性教育基地进行现场教学，这是学校举办处科级干部和基层党组织书记学习贯彻党的十九大精神专题学习班的一个延续。"鲁东大学党委书记徐东升说，"主要目的就是在学深、悟透党的十九大精神的基础上，实地赴党性教育基地追寻历史记忆，传承中国共产党的红色基因，不忘初心，牢记使命，增强广大干部和教师办好人民满意教育的使命感、危机感和紧迫感。"

32.《光明日报》2017年11月18日

高校思政课要有新思路
——访鲁东大学党委书记徐东升

"经过长期努力，中国特色社会主义进入了新时代，这是我国发展新的历史方位。习近平总书记在党的十九大报告中的这一重大论断，对新时代高校思想政治教育提出了新任务、新目标和新课题。"谈及学习贯彻党的十九大会议精神，鲁东大学党委书记徐东升很自然地把话题转到了思想政治教育。

"推动习近平新时代中国特色社会主义思想在学校的深化落实，需要我们组织全校师生员工原原本本地学习十九大报告，也需要宣讲团对有关观点、思想等进行宣讲和做重点解读。但作为学校党委书记，眼下思考更多的是新时代背景下的思政课问题。"徐东升一边翻阅着办公桌上学校学习贯彻党的十九大精神宣讲活动通知安排，一边谈起了对学校思政课的构想。

"习近平总书记在党的十九大报告中，提出了许多新理念、新论断，确定了许多新任务、新举措。因此，高校思政课要紧紧围绕新时代这一时代主题，不断创新教育内容、教育方法和教育手段。"徐东升说。

据了解，今年秋季学期，鲁东大学党委结合贯彻落实全国和山东省高校思想政治工作会议精神，推出了加强思想政治教育等十项重点行动计划。为有效提高思政课的针对性、感染力和实效性，该校开展了"讲好鲁大故事"师生身边事走进思政课系列活动，在学校和社会产生了积极反响。

"下一步，我们将在学深悟透十九大精神的基础上，结合习近平新时代中国特色社会主义思想，对计划进行修改完善，特别是要抓住思政课这个主渠道，研究提出符合新时代要求和鲁东大学实际的新思路和新举措，确保新时代高校思政课因事而化、因时而进、因势而新，使其真正成为广大学生喜爱、终身受益的课程。"徐东升表示。

"习近平总书记在党的十九大报告中指出，青年兴则国家兴，青年强则国家强。青年一代有理想、有本领、有担当，国家就有前途，民族就有希望。中国梦是历史的、现实的，也是未来的；是我们这一代的，更是青年一代的。要实现中华民族伟大复兴，高校的使命光荣而艰巨。"徐东升说，"当前高校思政课要始终围绕新时代对人才的要求，敢于担当，全面发力，着力做好思政育人这篇大文章。"

关于如何做好这篇文章，徐东升首先阐述了思政育人与专业育人、文化育人、实践育人三者之间的辩证关系。他指出，尽管高校思政育人、专业育人、文化育人、实践育人"四位一体"德育体系是新时代大学生成长成才的必然途径，但思政育人是前提、基础，为专业育人、文化育人、实践育人提供思想政治保障。

"因此，高校思政课在新时代的责任重大，不但要提高大学生的思想水平、政治觉悟，更要注重他们的道德品质、文化素养，把他们培养成为德才兼备、全面发展的新时代中国特色社会主义建设者和接班人。"徐东升告诉记者，为实现这一使命，鲁东大学成立了学习贯彻党的十九大精神宣讲团，通过宣讲，一是让十九大精神入脑入心，二是让广大青年大学生明白新时代自己肩负的历史使命。

33.《中国青年报》2018年4月10日

三口之家6年无偿献血2.4万多毫升

延续百人生命的爱心接力

"您献的血液将发往解放军第一零七医院救治患者。无偿献血，挽救生命，铸就大爱。祝您身体健康！"

4月3日上午10点10分，鲁东大学化学与材料学院大四学生房煜献血后收到来自烟台市中心血站的一条短信。类似这样的短信，房煜和家人已是习以为常。

从2012年5月房煜的父亲无偿献血开始，到2015年7月房煜加入家庭无偿献血志愿者行列，6年间，房煜三口之家已经累计无偿献血24200毫升，相当于5个成年人身体血量的总和，挽救和延续了100多人的生命。

　　这是一场孕育于平凡的爱心"接力"。对23岁的房煜来说，献血之举最初来自父亲的言传身教。

　　房煜出生在山东省德州市平原县，早年父母在平原县城以经营建筑材料为生，2012年初因遭遇经营困境，不得不举家搬迁，在德州市区租了一个20多平方米的门店，开了家只有6张餐桌的川蜀麻辣烫馆。就这样，父亲采购食材兼厨师，母亲既当服务员又当收银员，生活逐渐安顿下来。

　　"爸，你的胳膊怎么了？"2012年5月的一个周末，在平原一中读高二的房煜回到店铺，见到右手臂上缠绕着黄色绷带的父亲，关切地问。"刚才去旁边的超市，看到很多人在流动献血车上献血，我也献了点血，手上的绷带再过几个小时就可以拿掉了。"父亲拿着红色的《无偿献血证》平静地说。

　　两人在椅子上坐下后，父亲给房煜讲起了一件让他自己萌生献血念头的经历。就在几天前，父亲去医院探望一位年迈的亲戚，当得知因血站库存紧张，老人在医院排队等待输血的情况时，父亲心急如焚。如果不是因为血型不匹配，父亲会毫不犹豫地给老人献血。

　　"儿子，今天爸爸献点血，不但能够挽救和延续其他病人的生命，而且将来也方便自己。"父亲的一席话让房煜心动："爸，那我什么时候也可以去献血？"父亲用左手拍了拍房煜的肩膀说："你现在是长身体的时候，等你长大成人后就可以了！"

　　从那时开始，房煜便有了这样一个心愿：长大后也要像父亲一样，做一个对社会有爱心、有责任、有担当的人。

　　也正是从这天开始，房煜的父亲会定期到德州市中心血站无偿献血。在父亲的影响下，房煜的母亲很快加入无偿献血志愿者的队伍中。6年来，房煜父母先后献血20400毫升，父亲还荣获了2014～2015

年度全国无偿献血奉献金奖。

3年后，房煜决定把无偿献血作为自己的"成人礼"。2015年暑假，20岁的房煜同母亲一起前往德州市中心血站献了第一次血。此时的他已入读鲁东大学一年，并顺利加入该校青年志愿者协会。

"房煜您好！您捐献的血液经血站检测，符合国家献血标准，可用于临床。期待您6个月后再次献血。谢谢！"这条见证自己第一次爱心经历的短信一直被房煜仔细保存在手机里。

尽管第一次献血头有点晕，但只要想到自己的血能够挽救和延续他人的生命，房煜心里就十分欣慰。于是，他把自己献血时母亲用手机拍摄的照片加注了"我为祖国献石油"7个字，发到了自己的QQ空间，很快引来身边好友的一片赞许。

即使放假在家，房煜仍坚持这一公益行为。2018年寒假期间，房煜按照预约准时来到德州市中心血站二楼机采大厅，面对温馨和熟悉的环境，穿鞋套、测量体重血压、填表格、采血样化验，一切轻车熟路，扎针时护士告诉他有一点痛，需要一点点勇气时，帅气阳光的房煜腼腆地笑着说："没关系，我准备好了。"经过一个多小时的采集，这次他捐献了两个治疗量的机采血小板。

就在献血10多天后，正在家复习准备参加就业应聘考试的房煜接到了德州市中心血站的电话，经山东省血液中心配型试验，在配型成功的6位无偿献血志愿者中，房煜的血型与德州禹城市一名癌症患者血型最相匹配，希望他能够给予帮助。

2月6日，距上次献血仅20天还不满规定30天的情况下，房煜在父亲的陪伴下再次来到德州市中心血站，为那位未曾谋面的患者捐献了所需血小板。

在寒假结束即将返校前的2月28日，房煜又主动与血站联系预约，希望为那位癌症患者再献一次血。这名年轻大学生真诚、无私的奉献精神让血站的工作人员纷纷竖起了大拇指。

受到房煜的影响和感召，他所在的鲁东大学化学与材料学院50多名同学先后加入了无偿献血志愿者的行列。

就在房煜加入无偿献血志愿者队伍不久，母亲在一次无偿献血时却被德州市中心血站亮了"红灯"：营养不良血样检查筛选不合格。为弥补自己不能跟丈夫和儿子一起献血的缺憾，母亲总是想尽办法做好家里的生活保障，确保房煜父子俩献血后的营养需求。

让房煜印象深刻的是，每次献血后母亲总是做他爱吃的红烧肉和西红柿炒鸡蛋，这待遇在他眼中已属"奢侈"。

大学期间，体恤父母的房煜长期坚持在外打工赚取生活费，对自己"抠"得很，平日里难得的加餐都是在每次献血归来。有时在校门口小餐馆里花11元吃碗烤冷面、两个肉饼和豆腐脑，这顿"营养餐"对他来说已超出日常开支标准。

大学4年间，除积极参加鲁东大学志愿者协会、鲁东大学慈善中心组织举办的各种公益活动外，房煜先后在德州和烟台两地无偿献血10次，献血量3800毫升。

今年6月，房煜大学毕业后将前往济南某大型教育培训机构工作，他对中国青年报·中青在线记者说，不管他走到哪里，从事何种职业，无偿献血将会坚持下去，会用自己的行动去感染、带动周边的人，并且将来还要鼓励支持自己的子女加入无偿献血志愿者的队伍，把这份爱心和责任继续传递下去。

"虽然我不认识那些病人，但能够用我的血液延续他们的生命，这对我来讲是件无比自豪的事情。"房煜用他的言行诠释着当代大学生"谁的青春不热血"的人生信条。

34.《中国青年报》2018年7月10日

女大学生变身"单饼侠"获创业大赛金奖

一张薄薄的单饼可以成就多大的创业梦想？刘倩利用自己两年的成长历程给出一个生动的答案。

"王老师，现在公司在发展过程中遇到了'单饼非添加保鲜问题'，可否介绍学校食品工程学院的专家？"6月20日，鲁东大学团委组织部部长、创业指导老师王娜接到了昔日学生刘倩利的求助电话。

前不久，24岁的刘倩利代表母校鲁东大学，捧回了2018年"创青春"山东省大学生创业大赛金奖。这名两年前从国际经济贸易专业毕业的学生，在山东乃至全国饼类食品加工机械行业闯出了一片天地。

"指手画脚"研制擀饼机

"家家支鏊子，户户烙单饼。"这是山东潍坊延续多年的习俗。刘倩利小时候吃饭挑食，爷爷奶奶时常用鏊子给她烙饼吃，热腾腾的饼再卷上几块肉，她一顿饭能吃一大张。久而久之，刘倩利对单饼有了特殊的感情。

从初中开始，刘倩利一有空就往经营单饼的邻居宋彬山家串门。她经常看到十几个工人挤在一个小小房间起早贪黑地制作单饼。

由于人工成本攀升，宋彬山经营单饼10多年，尽管生产规模不断扩大，但生产效益和实际生活却没有发生多大的改观。

"宋叔叔，能不能研制个擀饼或者烙饼的机器，这样你们就不累了。"刘倩利不经意间的一句话，点燃了擅长车工手艺的宋彬山革新鏊子的欲望。

在宋彬山研发擀饼机期间，刘倩利经常去车间"指手画脚"。2013年3月，经过5年上千次的反复试验，一种全新的自动擀饼机终于研制成功了。

"自动擀饼机倒是研制出来了，可擀饼机运转不够稳定、工人操作熟练程度不高等问题接踵而至，更不用说走向市场了。"短暂的欣喜之后，宋彬山又陷入烦恼中。

当时在鲁东大学商学院就读的刘倩利，将这些问题提给了班主任叶松。后来，在食品工程学院、机械工程研究所李洪斌等老师的具体指导下，一种全新的第四代全自动擀饼机终于研制成功了。

这台自动擀饼机生产的单饼花色均匀、厚薄适中、口味纯正，获得了国家发明专利证书。

和父母达成"支持创业的附加条款"

"多年来的耳濡目染让我对商业产生了浓厚的兴趣，特别是参与自动擀饼机的研发，直接萌发了创业的想法。"刘倩利回忆。

一直经商的父母希望女儿毕业后找一份"朝九晚五"的稳定工作，性格刚毅的刘倩利却在父母的不解和反对声中毅然选择了充满艰辛的创业之路。

在她毕业回到家乡潍坊的第二天，就开始实施自己的创业计划：坐公交车或摩的到附近县市寻访手工擀饼艺人，拜师学艺；带着自动擀饼机生产的单饼到集市、早市，请居民品尝征求改良意见；独自参加各地的食品机械展览会，了解掌握行业科技动态。

为了解单饼的生产工艺，她甚至在个体单饼经营户家中吃住了一个星期。6个月里，刘倩利跑遍了潍坊周边市场，摸清了单饼市场的行情，掌握了市场需求的第一手资料。

当父母看到昔日肤白貌美的女儿变成黝黑的村姑时，深深地被女儿执着的创业精神打动。这年年底，父母和刘倩利达成了一项"支持创业的附加条款"：父母同意给刘倩利提供30万元的创业资金和一年的厂房租金，如果一年后刘倩利的公司能够正常运转并有能力继续支付房租，父母将支持刘倩利创业，否则她必须无条件去父母联系好的单位上班。

父母的支持无疑给她的创业之路注入了新的动力。为了说服宋彬山能够以自动擀饼机专利技术入股自己的公司，刘倩利前前后后往宋彬山家跑了20多趟。为节省开支，她又通过潍坊市寒亭区大学生孵化基地申请了一间办公室。

2017年1月，她注册了山东省潍坊市省工食品机械科技有限公司。有了公司和办公地点，她便开始招聘工人、注册商标、培训员工。短短一个月后，公司就开始批发和零售单饼了。

随着刘倩利的成品单饼市场不断扩大，一些商户开始找上门来洽谈购买自动擀饼机。为实现自动擀饼机规模化生产，刘倩利翻出了之前的潍坊当地客户咨询资料进行了一一回访，并邀请有购买诚意的客户来公司考察。然后，刘倩利又根据客户建议和要求，对自动擀饼机进行了技术改良。让她欣喜的是，公司开业3个月就基本实现了收支平衡。

租了一辆卡车拉着擀饼机，参加国际焙烤机械博览会

"公司要发展壮大，仅仅局限在当地是没有出路的。"2017年6月，刘倩利已经不满足于潍坊当地单饼和自动擀饼机的销售，她将目光瞄准了全国的市场。她首先想到利用互联网进行推销，没想到几万元被骗打了水漂。

没有钱打广告推销产品,她想方设法参加全国性的食品展览会。2017年5月,她交了3万元展位费,又花了5000元租了一辆卡车,拉着自己公司生产的自动擀饼机和单饼,第一次参加了在上海举办的国际焙烤机械博览会。

让刘倩利惊喜的是,自动擀饼机在现场一开机,便吸引了全国许多大中型食品厂采购商前来围观和洽谈。3天半的会展期间,尽管刘倩利没有销售出一台自动擀饼机,但她的展位前人流总是络绎不绝,先后有近千名客户和她就单饼和自动擀饼机有关事项进行了沟通交流。

回到公司后,刘倩利总结发现公司推广的这种尺寸的双层饼自动擀饼机只有山东人认可,而河南人大多喜欢大直径的,江苏人大多喜欢小直径的,河北人大多喜欢饼丝炒着吃,东北三省更倾向于用生面饼皮做提拉米苏……

为确保产品符合客户需要、适应市场迭代发展,她马上组织公司科研人员进行攻关改进。目前,公司已经具备生产方饼、圆饼、鸡蛋灌饼、提拉米苏饼皮等26种产品的机器设备,2017年销售自动擀饼机93台,销售额达到1050万元。

近日,山东海创策源投资有限公司与刘倩利的公司签署了投资意向协议,这是公司成立以来首家寻求合作的企业。

据了解,刘倩利的公司不但拥有一支由教授、博士组成的专业技术研发顾问团队,建立了覆盖山东省、河北省、河南省等9个省份的营销网络,并且还拥有12项发明专利和21项实用新型专利。

"公司之所以能够取得今天的业绩,主要得益于在学习、创业过程中对生活的深刻体验。只要你敢想敢做,勇敢地迈出第一步,朝着自己认准的目标去做,用踏实的脚步去丈量从未放弃的梦想,就一定能够到达成功的彼岸。"刘倩利说。

6月9日，由她的公司中标的山东潍坊临朐县扶贫项目——五井镇水泉村单饼自动化生产线正式开业，她将免费为其提供技术维护等服务。

35.《中国教育报》2018年7月30日

鲁东大学：三方联动植根三尺讲台

"现在要做一名称职的教师，仅仅当好'教书匠'还不够，而必须成为整个教学活动的组织者、引导者和合作者，既要让学生学到知识，还要让学生学会做人、学会学习、学会创新……"近日，鲁东大学教育科学学院副院长苏勇教授从顶岗实习基地回来后这样给记者诠释现代教师的职业内涵。

鲁东大学开展实施"顶岗实习—置换培训"教师教育职前职后一体化培训十多年来，先后有18100多名师范类学生、1920多名乡村教师在"三尺讲台"受益。

"刚刚毕业的年轻教师，尽管理论素养较高，但缺乏实际的教学和管理能力，从学生到教师角色转换较慢……"苏教授在调研走访中，常常听到中小学校对刚步入讲台的师范类毕业生这样议论或评价。

一方面，师范类毕业生教学实践知识和能力贫乏存在"短板"，需要补足拉长；另一方面，乡村一线中小学老教师教育教学理念滞后，需要"充电"前移。经过前期的试点摸索，2005年5月，学校与地方教育部门及乡村中小学合作创建的"顶岗实习—置换培训"教师职前职后培训模式全面落地实施。

与以往实习不同的是，"顶岗实习—置换培训"每两人顶替一名乡村中小学校教师进行执教，被顶岗的教师则被置换到鲁东大学参加在职培训。目前，学校已在烟台、临沂、滨州等4个地市建立教育顶岗实习基地359个；顶岗实习从过去秋季大四学生批次，又增加了春季大三学生批次；顶岗实习专业已覆盖数学、物理、生物等所有的师范类学科；被置换培训的教师也扩展到所有专业专任教师；顶岗实习时间也从先前的一个月延长到现在的4个月；置换培训也发展为集中面授、分片辅导和在线培训等多种形式。

"这种模式不仅可以解决高校师范生实习难、能力弱和毕业后角色转换慢等问题，同时也为地方基础教育教师有计划、有组织地参加培训和进修提供了畅通可靠的途径。"教师教育培训中心主任张峰介绍说。

在乡村中小学，顶岗实习的师范类学生大凡都要在指导老师的指导下，既要听课、备课、上课和带班当班主任，还要批改作业、出（批）考卷。当经历各个顶岗实习环节后，他们才真真切切地明白了一个教师的责任与担当。

"作为师范类大学生，唯有顶岗实践，才能找准自己的不足，明确努力的方向，才能够实现理论知识向实践能力的转化，这也是一个大学生到合格教师蜕变的唯一捷径。"实习归来，外国语学院大三学生蔡晓给记者谈起顶岗实习的感触。

烟台海阳市行村小学陈鸿运老师，去年底被"置换"到鲁东大学参加了烟台市校园足球师资培训。他将这为期45天的培训，形象地称为"点燃体育教育激情的钥匙"，这种激情使他"对体育课教学有了全新的认知、充满了新的希望"，"这次培训特别是专家们那健康体育、快乐体育和终身体育的发展理念，独具匠心的教学设计、灵活多变的教学手段、生动活泼的教学语言、精湛娴熟的教学技艺，重新又坚定了我做好体育教育工作的信心"。

"参加一次置换培训，教师们的工作激情就不一样了。"烟台市栖霞市臧家庄中学校长丁言章这样说，"置换培训的教师回来后，不但工作热情比以前高了，而且教学思路也比过去宽了、活了。"对于产生这种"激情效应"的缘由，丁言章将其归纳为，"置换培训适合了乡村教师们的'口味'"。

为满足不同学科、不同专业教师的"口味"，达到培训的预期效果，学校在组织开展培训时，专门成立了置换培训办公室，由学校、各地市教育部门、乡村中小学校三方派员联合制定针对乡村教师的培训方案和具体课程安排。

36.《中国教育报》2019年4月22日

校园里的周末非遗课堂

"学生成为讲课咖，课堂飞出号子声"。每到星期天，就会有很多来自校内外的传统文化爱好者，不约而同地相聚在鲁东大学北区5号教室，聆听由学校海岛非遗保护、传承与发展协会学生讲授的"非遗课"。这是近几年来鲁东大学在校园文化建设方面呈现的又一新气象。

"留住祖辈传下的歌谣"

"渔民号子是风帆时代我国渔民在江河湖海上作业时创造的闯海

歌谣。"商学院教授刘良忠说,"它不仅是中国渔俗文化、海岛文化的代表,是一部完整记录中国传统海洋捕捞作业全过程的音乐史诗,也是国家宝贵的文化遗产,早在2008年即被列入非物质文化遗产名录。"

"随着现代渔业的发展、老渔民的逐渐消逝和海岛人口的减少,渔民号子已逐渐淡出了人们的视野。目前,全国4个被列为国家级、5个列为省级的'非遗'渔民号子,生存空间日益萎缩,有的甚至濒临失传。"谈及渔民号子,刘良忠显得有些忧心忡忡。

怎样留住祖辈传下来的文化遗产,把渔民号子更好地传承下去,已成为刘良忠和他指导的研究团队的"心结"。从2014年开始,他们成立了"海岛行"研究团队,刘良忠带领他的几十名队员,放弃节假日休息时间,分期分批赴北方具有代表性的山东长岛、荣成和南方具有代表性的浙江舟山、象山等海岛,对渔民号子、妈祖文化等展开实地调研。每到一地,他们登海岛、进渔村、访社区,发放调查问卷,了解海岛、海洋非遗现状,征求海岛非遗传承办法;寻访海岛非遗代表性传承人,听朱大相、叶宽兴、洪国壮等老人讲渔民号子的前世今生;走访政府"非遗"主管部门,了解地方保护、传承海岛非遗的开展情况,寻求非遗传承办法,努力"留住祖辈传下的歌谣"。

"让非遗和现代社会生活相结合"

几年来,研究团队的成员换了好几茬,但他们对渔民号子的保护、传承的步伐始终没有停息。"有些同学要考研或毕业找工作,走的时候都有些恋恋不舍,他们不但与新来的成员认真仔细地做好交接,而且还把自己几年来的调研考察笔记留了下来。"研究团队第4任队长杨英豪颇有感触地说,"大家来到这个团队,就是想通过自己的行动,提出一些切实有效的措施,让这具有中国民俗文化特征的渔民号子更好地保护、传承下去。这也是我们当代大学生的责任担当。"

与此同时，该研究团队在调查研究非物质文化遗产传承和保护的同时，还积极地面向学校、社会和企业等宣传非物质文化，介绍渔民号子等海岛非遗的前世传奇，分享祖辈优秀文化的动人故事。从去年暑期开始，研究团队在学校成立了鲁东大学海岛"非遗"保护、传承与发展协会，并在对沿海各地"非遗"充分调研的基础上，提出了"让非遗和现代社会生活相结合"的新思路，将调研成果在实践中转化和应用，引导和鼓励学生充分发挥自己的专业特长，设计并开发出了独具特色的"非遗课堂"，以这样一种喜闻乐见、通俗易懂的形式，向在校大学生和社会宣传非物质文化遗产，呼吁和倡导全社会特别是在校学生积极地投入非物质文化遗产保护当中，传承好中华传统文化。

以"非遗课堂"为载体传承文化

开设"非遗课堂"对学生来说，既是一次创新也是一种尝试。为开好"非遗课堂"，学校海岛非遗保护、传承与发展协会通过协会、学校的微信公众号等宣传渠道，面向社会发布上课时间、地点和内容等外，他们认真地研究确定每次"非遗课堂"的主题，"非遗课堂"不仅讲授"渔民号子"，而且探讨海岛"工匠精神"，凡是涉及"渔俗文化"的，研究团队都会排上"非遗课堂"的课程表。

为讲授好"非遗课堂"，协会宣讲组的学生们也做足了功课。学生杨朝云说："我们协会宣讲组的授课学生不但要提前备课，还要准备制作材料。备课过程中遇到难点问题，在个人网上查询的基础上，再由协会成员进行集体研讨，或者再向相关专业方向的老师、专家请教。"据协会学生刘书歆、梁春凡介绍，在讲授石头画"非遗课堂"时，因对石头画的制作工艺不够熟练，学生周倩、张帅等还专程前往山东东营、浙江象山等地拜师求教。除了自己授课，他们还邀请鱼拓、鱼编等非遗传承人、民间艺术家等，走进"非遗课堂"，讲授"非遗课程"。

"非遗课堂"的开设，吸引了企业家、市民、中小学生等加入了海岛非遗保护、传承与发展协会的行列。山东省烟台第一中学高一学生刘北辰和她的小伙伴受到感染，也加入非遗保护志愿者组织行列，成了在中学生中宣传"非遗"的种子。与此同时，"非遗课堂"也引起了多家企业的关注。目前，山东已有两家文化企业与协会达成合作协议，准备在今年暑假期间共同在山东长岛开发、运营面向青少年的"非遗课堂"，共建大学生海岛文化创意实践基地等特色非遗项目，届时将有更多的人感受海岛、海洋特色非遗的魅力。

"传承中华民族优秀文化遗产，坚定文化自信，是我们当代大学生义不容辞的重要职责，也是我们应当担负起的历史使命。"谈及"非遗课堂"，协会执行长大三学生于海涵对未来充满信心，"我们将在前期实践的基础上，进一步拓展'非遗课堂'，继续开发新课程，探索新模式，争取吸引更多的大学生参与非遗保护，提升当代青年人保护传承传统文化的责任感、使命感、荣誉感。"

五年来，该研究团队完成了《国家级非物质文化遗产渔民号子保护、传承与发展——山东长岛、浙江舟山的调研》等一系列研究报告，获得了2019年全球创意创业大赛特等奖、第十五届"挑战杯"大学生课外学术作品大赛银奖、共青团中央大学生社会实践优秀团队和"千校千项"最具影响好项目等成绩和荣誉。

37.《齐鲁晚报·齐鲁壹点》2019年6月18日

特 殊 " 助 学 金 "

95后解放军战士连杰资助4名同龄大学生

6月14日，在驻地山东烟台的鲁东大学教育基金会的办公室里发生了这样令人感动的一幕：鲁东大学食品工程学院应届毕业生张秋义、李金鹏两名同学终于见到了资助自己学业两年但一直未曾谋面的"老板"——解放军陆军某部士官连杰……

说起连杰的资助，这不仅仅是鲁东大学历史上首个由现役战士捐资设立的助学金，而且也是一份印记着军人情怀的特殊助学金。他捐助的初心和背后更是一个令我们感动的故事。

助学缘起当年的落榜

一个收入微薄的战士为何要捐资助学？这还缘于战士连杰的家庭背景和他4年前的那次高考。

2015年7月，刚刚18周岁的连杰同许多有志青年一样，期待着所报高校公布录取分数线。然而，连杰却以几分之差，无奈地与他心之向往的鲁东大学失之交臂。

连杰的父亲原是部队的军官，12年前从部队转业到了鲁东大学，连杰也随同父亲从军营来到了高校校园。美丽的校园、熟悉的环境、球场上的伙伴……让连杰有了报考父亲工作所在大学的想法。然而，如今他虽然身在校园却不能走进课堂读书上课，这让性格刚毅的连杰心生遗憾。此时，有的建议他复读来年再考，有的说读个职业学校学个技术……两个月后，连杰在家人的支持下穿上军装成为一名解放军战士。

"爸爸妈妈，我想从自己的津贴费中拿出点钱，在鲁东大学资助几名退役军人的子女。"2017年10月，服役两年后已成为士官的连杰第一次回到烟台探亲休假，归队前他给父母提出在鲁东大学捐资设立专项助学金的事宜。连杰的父母深深地被儿子的爱心所感动，主动与学校教育发展基金会取得联系，在连杰归队后以"一个军人"的身份办理了相关捐资助学的手续。

"我尽管不能在自己向往的大学校园里读书，但能够为退役军人的子女、我的这些同龄人，提供一点经济上的资助，让他们顺利地完成学业，作为军人和军人的后代就没有什么遗憾了。"谈起当初捐资助学的缘由，连杰显得很是淡定："如果没有什么变故的话，我将继续资助那些需要帮助的困难学生。"

"资助者原来是一名同龄人"

"真的没有想到，原来资助我们的军人，既不是军官也不是文职干部，他是与我们同龄的普通战士。"已考取东北农业大学硕士研究生的李金鹏见到资助人连杰后感慨不已，"这让我们从内心更加敬佩像连杰这样戍边卫国的军人，也更加珍惜和平年代来之不易的大学生活。"

两年前，连杰捐资设立专项助学金时，他让父亲在学校教育发展基金会登记的只是"军人连杰"，而学校教育基金会工作人员和四名受资助的同学，并不知道连杰是名战士，更不了解连杰家庭的经济状况。

其实连杰的家庭并不宽裕，他的家中有多位亲人身患重疾，爷爷身患结肠癌，在他当兵后的第3年不幸去世；奶奶脑梗死，半身不遂，卧床已经10多年；妈妈身患甲状腺癌，常年需服药治疗；姥姥姥爷也是重病缠身。服役第3年，连杰由义务兵转为士官，当看到自己的收入有了明显提高后，他决定每年从自己微薄的津贴中拿出4000元，在当年自己曾经报考的鲁东大学设立"军学助学金"，资助困难学生，在经济上为他们提供自己力所能及的帮助，让他们顺利地完成学业。

"看似连杰给我们学校学生资助的钱款不多，但作为一个现役战士，他设立的'军学助学金'已经超出其本身的含义。"鲁东大学教育发展基金会工作人员于钦凯评价说，"大学生同龄人的这份爱心，在这个时代不但显得难能可贵，而且更加值得我们去褒奖、去发扬光大。"

资助了他人也成长了自己

"你的资助，不仅在经济上给了我帮助，同时在学业上也给了我很大的动力，在你的资助下，我已经考取福州大学硕士研究生。"在校外不能赶回见面的受资助者杨艺在给鲁东大学教育基金会的感谢信中这样写道，"我知道大学曾经也是你梦想，但你却错失了读大学的机会，请你放心在部队工作，我会带着你我共同的梦想，去描绘同属我们的新时代。"

受到连杰资助的4名大学生，他们不但克服了家庭经济困难完成了学业，而且学有成就，有的获得了国家奖学金、在各种竞赛上获了奖，有的还被表彰为山东省优秀志愿者。如今让连杰欣慰的是，他资助的4名大学生中有2人已经通过国家研究生考试，即将赶赴自己的心仪大学攻读自己的研究专业，其他2名同学也已落实工作单位。

予人玫瑰，手有余香。经过几年部队生活的磨炼，连杰不仅圆满地实现了由一名普通学生向优秀战士的转变，而且在他资助大学生的同时，也收获了自己的人生理想：今年1月他正式地成了一名中国共产党党员。两年来，他还被所在部队机关表彰为"红旗车驾驶员"和"优秀士官"。

37.《中国科学报》2019年7月10日

他这样走上梦想舞台

——鲁东大学艺术学院毕业生杨永程的梦想旅程

在校四年间，他在追逐音乐梦想的道路上孜孜以求，连续四年获得了国家奖学金；大一期间，获得了烟台电视台"致青春"歌手大赛总冠军；大二学年，夺得了山东卫视生活频道《让梦想飞》年度总冠军；大三期间，获得第九届新加坡国际华人艺术节大赛专业组通俗独唱金奖，成为央视星光园"举杯邀明月"电视中秋晚会特邀嘉宾……

他就是鲁东大学艺术学院2018届毕业生、烟台永程主持与声乐培训机构负责人杨永程。

今年24岁的杨永程出生于山东烟台的一个普通的农民家庭。他的父亲虽然比较内向，却十分喜欢唱歌，每天清晨都会一边听歌一边做家务。在杨永程童年的记忆里，他看得最多的是父亲大山一般宽厚沉默的背影，听得最多的是父亲唱得自成一体的曲调。他现在还清晰地记得，父亲的最爱是那首常唱常新的《少年壮志不言愁》。久而久之，家里家外的歌声和音乐，给杨永程的心底播下了一颗音乐的种子，并不断发芽长大。

高二时，杨永程曾与父母沟通，希望报考音乐学院，却没有得到支持。无奈之下，他瞒着父母报考了鲁东大学音乐学院，并在2014年8月被成功录取。但他的父母依然不赞同。为了学习热爱的音乐，杨永程满含热泪双膝跪倒向父母道歉，终于得到了父母的原谅："既然做出了选择，你就去努力吧！"

　　大学给了杨永程更多的学习和展现的机会。开学不久，音乐学院举办的迎新晚会让他有了第一次展示机会。

　　"高老师，我想参加这次迎新晚会的演唱！"杨永程主动找到负责迎新晚会的教师高峰。尽管按照以往惯例，这场迎新晚会都是大二大三的学长学姐表演节目，但高峰还是让杨永程一展歌喉，并最终破例同意他登上迎新晚会的舞台。

　　大一、大二期间，杨永程一边学习专业，一边参加学校和社会上的比赛和演出，并先后拿下了烟台电视台举办的《烟台好声音》总冠军与山东卫视《让梦想飞》年度总冠军。之后，他主动加入了烟台市学雷锋志愿者的行列，先后跟随烟台市"学雷锋志愿者"团队下乡演出近30场。

　　虽然成绩骄人，但在大三这一年，杨永程推掉了所有演出和比赛，他开始为下一个更宏远的梦想积蓄力量。

　　今年4月的一天，杨永程接到了《星光大道》节目组的邀请，并在登台之际，凭借一首饱含对深情的《老爸》夺得了《星光大道》的周冠军！

　　如今，杨永程音乐梦想的脚步一刻也没有停歇，他期望有朝一日自己能够站在更大的舞台上，为热爱的人一展歌喉。

39.《光明日报》2019年9月2日

退休二十七年间编纂五百万字专著

——鲁东大学退休教师李永璞的史料情怀

在鲁东大学南区一栋土黄色教学楼二楼211门牌右侧的墙壁上，悬挂着一块"中国近现代史史料学会秘书处"的金字牌匾。十年前，由他在此征集整理的一部200万字的《全国各级政协文史资料书刊名录（1960-2008）》出版发行。今年年底，他的另外一部300万字的《全国各级政协文史资料书刊名录（1960-2018）》将付梓出版。

他就是中国近现代史史料学研究所原所长、鲁东大学原历史系主任86岁高龄的退休教师李永璞教授。

"生命中快乐的旅程"

李永璞1933年出生于辽宁康平的一个教师家庭，受当中学校长父亲的影响，1953年他考入吉林大学历史专业，1957年8月以优异成绩毕业留校执教。

"当年我辞别吉林大学来到烟台师范学院（鲁东大学前身），唯一的理由就是学校要给我提供中国近现代史史料学研究的机会，成立一个专门机构，配备相关人员。"谈起几十年前的往事，李永璞仍然记忆犹新，"这是80年代初我在吉林大学任教时就梦寐以求的。"

1985年，李永璞出任烟台师范学院第一任系主任。其实他并不愿意干这个工作，来学校前他曾跟学校领导开出了条件：干历史系主任可以，但是要允许我组织班子搞中国近现代史史料的研究。得到默许后，李永璞在做好教学管理的前提下，开始了他中国近现代史史料的研究。在他的建议下，申请成立了中国近现代史史料学研究所，并担任研究所所长一职。

1993年，李永璞从烟台师范学院历史系主任的职位上退了下来。按理说，他本可以与家人颐养天年、周游世界，享受天伦之乐。然而，告别了教学讲台，他却把更多的时间和精力投入到了自己乐此不疲的中国近现代史史料的研究。在师生的眼中，他仍然还像从前一样，继续整理中国近现代史史料。

"让人敬佩的是，李老师对自己还是那么的苛刻，平时既没有双休日、节假日，更没有寒暑假，每天不是在办公室或者资料室，就是在前往各地收集资料的途中。"平时与李永璞打交道最多的鲁东大学历史文化学院办公室主任李绪堂印象深刻。其实，在进行中国近现代史史料研究的同时，李永璞还担任了由他发起成立的中国近现代史史料学会的法定代表人和专职负责人。

"人的生命是有限的，而中国近现代史史料研究却是无限的。我要在这有限的时间里尽可能多地去延续史料的生命。"李永璞与记者侃侃而谈，"枯燥烦琐的史料研究尽管单调，但它丰盈了我的退休生活，成为我生命中一段快乐的旅程。"

办公室里守初心

"退休后，我活动的地方除了在家吃饭休息外，其他时间几乎都在办公室。办公室里有我干不完的事。"李永璞站起身指了指自己那将近20平方米的办公室。环顾四周，办公室里除了一张办公桌和一台电脑外，剩下的空间就全是他的书和整理的资料。

敲门而入，只有一条很窄的过道通向南边靠窗口的办公桌，过道两旁有限的空间几乎全被书架和一纸箱一纸箱码在一起的资料所挤占。走过去别说找个地方坐了，毫不夸张地说这里几无他人立足之地。办公室隔壁是李永璞中国近现代史史料的资料库，四周的书架上卷帙浩繁，目之所及无不是书籍、手写的纸条、打印的纸张。书架上摆放不了，李永璞就把它们有条不紊地码在桌子上、椅子上，甚至是装在纸箱里放在地板上。

据李永璞介绍说，这些资料是他一天一天、一月一月、一年一年慢慢累积起来的。现在尽管几十年过去了，他现在仍然清楚哪个角落摆放的是哪些资料，哪些资料里有哪些内容。在资料库里，李永璞神采奕奕地给我们讲解，如数家珍地给我们阐述。其实，在那一摞摞中国近现代史史料资料的背后，就是李永璞办公室初心不改几十年，专心史料研究的艰辛历程。

"我从来没有过假期，甚至大年初一都去上班，一年365天，除了晚上睡觉，其他时间都在办公室和这资料室里度过的。"李永璞说话时显得轻松随意，但退休后几十年如一日的坚守可见一斑。退休27年来，李永璞就是在这个简易的办公室里，默默无闻地征集整理着中国近现代史史料。

"眼下社会上对史料的研究有一种厚古薄今的现象，对近现代和当代史料研究重视不够、研究不深。中国近现代史史料不仅是我国历史特别是近现代历史极为珍贵的第一手资料，是研究中国近现代史的一个新史源，而且也是我们了解国情、借鉴历史，进行爱国主义教育和从事文艺创作的好教材、好素材，要征集中国近现代史史料，如地方史料、军队史料，收集相当不易……既然开始做了就要坚持下去，就要把它做好……"面对中国近现代史史料征集整理过程中遇到的困难，李永璞仍然充满着年轻人的那份执着和自信。

份份史料寸草心

"在信息通信还不发达的90年代初期，征集整理中国近现代史史料是一项浩繁复杂、千头万绪的工程。"谈起1993年刚退休时的工作，李永璞讲话的语速明显慢了下来，"征集史料比整理史料要难得多！"

"在那个时期，单位长途电话少之又少，即使有，那电话费也比较贵，无论单位之间还是个人之间联系，一般情况下都是以书信联系为主，没有特殊情况是不轻易打电话的。在这种情况下，要把全国各地的资料收集上来、收集全面困难就可想而知了。"

"能怎么办？只能用老办法、笨办法，一封一封地写信，寄到全国各地要资料。"谈起写信要资料李永璞感慨颇多，"有时候一次寄出去100封信，能够给你回信的不过30封左右……总之，能收到回信，就已经是万分感激了。"

"在整理资料之外，平时做得最多就是写信、发信和收信。"李永璞补充说，"现在办公室和资料室里层层叠叠的资料和书籍，全是靠那一封一封信要来的！是一笔一画、一字一句写来的！每一份资料后面都是一封信，每一封信都是一份期盼。"

"我几乎跑遍了全国地级以上的城市，仅新疆一地就去了八次！"李永璞回忆说，"对那些信件或者电话难以到达的偏远地区，就找外出开会的机会亲自前往。力争做到信件或者电话到不了的地方，我的足迹要走到。"

"几乎每年我都要坐火车坐汽车去全国各地收集史料。"李永璞从座椅上站起身，在原地跳了跳，"你们看我这身体多硬朗，否则这个年纪真的经受不住长途跋涉的折腾啊。"

无论是从大学毕业后开始从事中国近现代史教研工作的36年，还是退休到现在专门从事中国近现代史史料研究的27年，李永璞史料研究的初心始终如一，不但在国内外学术刊物上发表论文50余篇，主编出版《中国史志类内部书刊名录》《中国共产党历史报刊名录》《全国各级政协文史资料篇目索引》等专著8部约2000万字，而且还建立了一个全国收藏该类书刊资料之最的中国近现代史史料学会资料库，目前该库书刊资料（含复本）达到了10万余册辑期。

不仅如此，27年来，李永璞所在的中国近现代史史料学会也得到了发展壮大，会员单位达到了200多个，个人会员已经突破一万人，举办各种学术会议近30场次，编辑出版论文集15部。

如今这位耄耋老人，仍在用自己的生命征集整理《党史资料》《地方史志资料》《文史资料》三大书刊资料，主编《中国近现代史史料介绍与研究丛书》。

40.《光明日报客户端》2020年3月27日

鲁东大学：有支文艺战疫云宣传队

3月23日，烟台大小新闻网络平台播出了鲁东大学学生编辑制作的第11集"抗疫有我、加油中国"主题系列纪录片——《人类戴上口罩，再次思考和自然的关系》，这也是他们空中课堂"纪录片创作"的成果。

3月24日，山东卫视播出了由鲁东大学艺术学院特聘教授曲波作词的MV《全民战疫》，这是继他推出"抗疫三部曲"后又一部力作。

3月26日，曾创作多幅抗疫手绘画的鲁东大学95后女大学生李江给学院团总书记表示，她想把自己创作的手绘作品赠送给故事的主人公。

……

抗击新冠肺炎疫情战疫一打响，鲁东大学这支文艺战疫云宣传队便应运而生，全校师生以笔（影像）为戈，用书画、歌曲、纪录片、文学作品等人们喜闻乐见的艺术形式，积极投入这场没有硝烟的战场，为抗击疫情凝聚起了众志成城的磅礴力量，成了山东高校文艺战"疫"的排头兵。

这歌声，久久萦绕在心中

"这里有一条大路，连接着每一片热土；走在路上的人们，洋溢着笑脸和幸福。"这是一首由鲁东大学艺术学院老师原创的歌曲——《天下百姓的家》。歌曲以人民与国家心手相连为视角，以华夏文明为主线，展示了华夏儿女对祖国的深情赞歌。她深情地讴歌广大战疫天使们勇敢逆行、义无反顾的医者仁心和大爱精神，同时又表达了对战疫天使们的感恩与赞美以及对祖国的祈愿与祝福。

"每个人都期待早日战胜疫情，都希望所有患者和抗疫工作者们能够平安归来。"词作者、鲁东大学艺术学院院长王业兵给记者谈及创作的缘由，"我们创作这首歌曲，就是想通过这种方式给大众传播温暖、信心和力量，共同迎接抗疫胜利的曙光。"

"华灯初上的时候，你踏上了征程；阖家团圆的时候，你正奋战在一线；疫情弥漫的时候，你把生命放在一边……"由鲁东大学李炜老师编曲、众多文化"艺"站志愿者共同演唱的烟台首支合唱抗"疫"作品《使命担当》一经发布，鼓舞沸腾了无数人的热血。歌曲用最为真实，切入人心的描摹，刻画了疫情一线工作者舍弃个人安危，无私奉献、心系大爱的感人篇章。

"文艺驰援不能缺位。"这是鲁东大学艺术学院特聘院长曲波教授发自内心的呼唤和身体力行的实践。抗疫期间，他最先推出了《爱是桥梁》《口罩后面的故事》《致敬》抗疫三部曲，加之后来创作的《全民战疫》等，以MV、沙画视频等形式在媒体和网络平台推出后，引发了热烈反响。

鲁东大学党委宣传部部长李青向记者介绍文艺抗疫宣传工作时说道："深情讴歌新时代，以文艺作品凝聚抗疫强大力量，也是高校师生的使命担当。抗疫终将取得胜利，抗疫歌曲也将历久弥新，萦绕在人们心中，并鼓舞着一代一代奋力前行。"

这画面，牢牢印刻于眼底

"这场突如其来的疫情或许可以阻拦我们前行的脚步，但永远无法阻断我们对爱的表达。"说这话的是鲁东大学视觉传达专业李江，这是一个来自山西的95后女大学生。

今年寒假，李江回到了自己的家乡山西。不久之后爆发的新冠肺炎疫情，特别是广大医护人员抗击疫情忙碌的身影，触动了李江她创作的灵感。她决定利用自己的专业所长，来表达对一线医护工作者不畏生死、顾全大局精神的崇敬。于是，她拿起了手中的笔，创作了《爸爸和女儿时隔17年接力出征》《温亚护士与家人的温情守望》《张小娟护士与女儿短短的148秒通话》等9幅手绘画。

"当时画画的初衷就是因为感动，没想到自己手绘家乡抗疫医护人员的作品在网络平台上收获了不菲的转发量，在社会上引起了这么大的反响。"李江给记者谈及自己创作手绘画的初衷。让李江始料未及的是，她的"山西女大学生手绘抗疫感人故事"等相关话题在网络相关平台阅读量达到了300万人次。现在，李江她最大的心愿就是有机会将自己创作的手绘画送给故事的主人公。

记者在采访中了解到，在鲁东大学像李江一样以画宣传抗疫的还有很多，该校农学院、历史文化学院、物理与光电工程学院等，相继组织开展了以"同心同绘，共抗疫情"为主题的书画作品网络展。

学校师生用绚丽的色彩、细致的描摹，先后创作了海报、素描、漫画、手抄报等多种形式的战"疫"作品500多幅。

"这些作品看似虽'小'，但在平台发布后，往往视觉冲击力比较强，容易引发共鸣，扩大传播的密度和广度。"鲁东大学新闻与传播专业教授袁丰雪如此评价，"大学生以画战疫，在增强人们抗疫的决心和信心的同时，也培养了新时代大学生情系抗疫一线的家国情怀。"

这文字，深深镌刻进脑海

在鲁东大学，该校文学院院长胡晓清在疫情期间创作的诗歌《滋味》成为学校师生创作的一个引子。

"一张张脱下防护服的脸，深深的勒痕，破损的皮肤，一双双递给隔离户日用品的温情的手，一声声'疫情不退我不回'的誓言……"这首诗歌收录于该校《贝壳》杂志《"爱是桥梁"战疫专辑》，后被多家媒体和网络平台转发。在她的影响和带动下，全校师生在"停课不停教，停课不停学"的间隙，以笔抗疫，以文抒怀。抗疫以来，全校师生创作诗歌、散文、小说等文学作品1535篇，这些作品有的在胶东在线、烟台日报、齐鲁晚报、学习强国app等媒体和网络平台刊发，为抗击疫情注入了无穷的能量。

不仅如此，鲁东大学外国语学院研究生党支部成员集体创作的诗歌——《因为有你》，他们配成诗朗诵的形式发布在了学院微信公众号等网络平台上，用饱含温情的诗，热情讴歌抗疫工作者：因为有你，我们有着夺取最终胜利的信念！因为有你，这必将是一个难忘的新春……

青年女作家、鲁东大学教师周燊对抗疫中涌现出的抗疫文学作品给予了这样的定位："文学是我们抗击疫情的力量，也是我们生命的支撑。用优美的语言记录当下，既是一种情感的寄托，也是对抗疫工作者的赞美和颂扬；既舒缓了自己的压力，创造了轻松愉悦的心境和生活氛围，同时也增强了人们战疫必胜的信念，让人们在轻松愉快的阅读中真正领悟中国速度、中国力量和中国精神的内涵。"

大一学生吕凡一创作的散文《愿江山无恙，你我无恙》，她对记者这样说：文学的力量将击退疫情的寒冬，春日已然到来。

这影像，是褒奖更是传承

从3月16日起，烟台大小新闻网络平台开始每天连续播出由鲁东大学新闻与传播专业学生编辑制作的16集"抗疫有我、加油中国"主题纪录片。这些纪录片的题材全部从师生中征集而来，所有内容均是师生的所见所闻。

以影像的方式表达对白衣天使和志愿者们的深情礼赞，是鲁东大学国际教育学院、文学院等拍摄战疫Vlog的主要内容。据记者采访了解，回家欢度寒假的鲁东大学师生，在防控新冠肺炎疫情的阻击战中，他们大都成了抗击疫情的亲历者和记录者。他们用手机真实而客观地记录了疫情下的城市、乡村、企业和学校，记载了疫情防控中的医护人员、志愿者。尤其是随着疫情防控整体态势逐渐向好，各地陆续出现复工复产、超市重新运营、公园重新开放……师生们手机的"拍摄键"常常一次又一次地被打开。

当然，在鲁东大学师生们拍摄的影像中，除了各地的抗疫故事外，也不乏他们"三点一线"的居家轨迹，但就是这样枯燥的重复，在他们的苦心经营下也变得多姿多彩起来。拾起动了很多次念头的那一本书；居家参加"网络全民美食大赛"；挑战与父母朝夕相处被"加长"的假期……在镜头下，每一帧画面既是抗疫经验与做法的介绍，而更多的将成为了他们2020庚子年最宝贵的回忆。

陈姝含拍摄的《向光而行》Vlog被山东省教育厅官方抖音号转发，他对战疫Vlog的见解比较独到："其实，无论是抗疫影像还是战疫Vlog，它们都不是简单的记录，也不是单纯的史料，而是对一种行为、一种精神的褒奖和传承。"

41.《光明日报》2020年6月15日

晒黑的皮肤是他们最美的勋章

——鲁东大学"三农"博士教师助力乡村振兴的故事

"要满足樱桃苗木市场的需求，西洼村在传统栽培育苗的同时，采用离体组织培养技术，实现樱桃苗木的工厂化生产……"5月13日，在山东省烟台市牟平区高陵镇乡村振兴服务队的引荐下，鲁东大学的张娟、李维焕、郭笑彤3位"三农"女博士教师专程来到高陵镇，在听取该镇槐树庄村、阎庄村和摩山村等5个村党支部书记有关农村农业生产情况介绍后，详细解答了乡村发展振兴过程中遇到的难点问题。随后，她们下田间、进果园、钻大棚，一边考察一边给村民进行技术指导和服务。

现如今，像这种"女博士创新团队实践服务点""博士乡村工作站"等鲁东大学助力乡村服务基地，已经在全国4个省的78个乡（村）落地开花，近百名具有博士学位的教师，用知识与智慧、责任与担当，在田间地头描绘了一幅幅助力乡村振兴、农民脱贫致富的美丽画卷。

女博士的"三农"情

　　高陵镇是鲁东大学这支由16名女博士教师组成的助力乡村发展的第3个女博士创新团队实践服务点。3年来，她们巾帼不让须眉，在倾心教育教学的同时，情注"三农"，用知识和智慧撑起了助力乡村振兴的一片天地。

　　新疆是我国最大的盐土区，盐渍土地面积约占全国总量的三分之一。艰苦的环境并没有难倒和吓倒这些女博士们。其中，于春燕克服种种困难，多次协助团队深入盐碱地区反复进行试验育种，成功培育出的转基因速生耐盐碱杨树全部成活，对我国防风固沙、改善盐碱土产生了重要作用，尤其在山东、新疆等地推广后，为当地农民增收3000多万元。

　　服务无远近。哪里有需要，女博士教师就出现在哪里。东北吉林是玉米主产区。为选育出高品质的玉米，李蓓连续两年春节期间都坚持在海南的烈日下为玉米授粉，长期强紫外线的照射导致了皮肤严重过敏，爱美的她却说："晒黑的皮肤才是农业科研工作者最美的勋章。"由她选育出的高品质玉米，使吉林当地农民平均每亩玉米增收近100元。女博士张娟深入山东济宁市某乡村企业，为企业研究改善的氨基酸功能性微生物生产工艺，为企业增收5000余万元，并带动200多名村民就业。

　　平常女博士最关注的还要数驻地的"三农"问题。前几年市场上苹果价格一直低迷，这成为许多烟台果农的一块心病。梁美霞了解到这一情况后，主动放弃周末休息时间，在烟台招远市石硼村研究成功了一种富含维生素和花青苷、市场紧俏的红肉苹果，当年直接受益的果农就有400多户。李维焕则加班加点，仅用半年时间就将废弃的苹果木研制成木菌肥、食用菌基质，有效解决了当地资源浪费问题，极大地提高了果农的收益。

在急难险重任务面前，女博士更显担当。去年，女博士团队指导烟台市莱山区院格庄街道郑家庄村种植了技术含量较高的大球盖菇。按照计划大球盖菇丰产期是在春节前后，然而新冠肺炎疫情突然切断了大球盖菇的市场。为减少菇农的损失，一方面，女博士食用菌团队通过线上方式进行技术指导；另一方面，团队研究采取了降温降湿等多种技术手段，帮助菇农将大球盖菇丰产期延后数十天，进一步降低了大球盖菇的滞销风险。与此同时，团队还帮助菇农联系开通了线上销售渠道，解决了菇农的燃眉之急。

"农业增产、农民增收是我们女博士助力乡村振兴和农民致富脱贫的宗旨，每当听到这样的好消息，我们心里比一年发几篇论文、获得一项课题还要欣慰得多。"谈起服务"三农"，宿红艳感慨颇多。女博士助力乡村振兴和农民脱贫致富的事迹，赢得了赞誉和褒奖，女博士团队被山东省烟台市表彰为"巾帼建功楷模"，山东省委副书记杨东奇对她们服务乡村、服务"三农"的举措和经验给予了充分肯定。

"教好服务'三农'这门实践课"

"作为一名高校农学院教师，既要教书育人培养更好更多的农业人才，同时也要帮助和引领农民脱贫致富、助力乡村振兴，教好服务'三农'这门实践课。"鲁东大学农学院农学博士崔法主要从事小麦遗传学、基因组学及分子育种的研究。

小麦是中国三种主粮之一。随着国民经济的发展和人民生活水平的日益提高，人们开始在吃饱的基础上更注重怎样能够吃得好、吃得健康。所以，在教学之余，崔法全身心地投入到了如何选育小麦新品种这个艰巨的工作中。为将高产、优质、抗逆、高效基因应用于分子育种，他综合基因型鉴定及两年产量比较试验鉴定结果，2019年有两个优异新品系参加山东省预备试验，1个优异新品系参加山东省高肥水组区域试验。另外，还有一个新品种已完成国家黄淮冬麦区北片广适组第一年区域试验，因综合产量排名第一今年还被破格升级推荐区域和生产试验同步进行。目前，崔法与他的麦类分子育种创新团队正在开展彩色小麦相关材料适应性筛选、品质鉴定及新品种选育的相关工作研究。

在开展基础研究的同时，崔法更注重用知识服务指导"三农"工作。作为烟台市农村科技特派员，他一有时间就深入乡村田间地头，就小麦品种选择、各生育时期水肥管理、病虫害防治、突发异常天气应对等进行实地技术指导。去年11月，潍坊市北孟镇小麦种植大户大田小麦出苗不齐，苗弱苗黄，作为潍坊市北孟镇农村合作社技术顾问，他专程前往进行现场调研，与合作社经理及镇政府相关领导进行沟通，最终他提出的相关建议和意见，赢得了当地政府及种植大户的认可。尤其在面对疫情这种特殊情况，他仍不忘与小麦种植大户进行网络沟通交流，建议做好返青水灌溉管理，避免了因倒春寒小穗不育而带来的损失。

"果蔬种植是当前农民脱贫致富的主要途径之一。要实现农民致富、乡村振兴，就要帮助农民掌握果蔬栽培新技术。"鲁东大学农学院蔬菜学博士孙亚东告诉记者。去年以来，他在青岛、潍坊、东营和烟台等16个乡（村）建立了自己团队的"博士工作站"和"乡村振兴服务点"，当年在田间地头共指导培训农民1200多人次，疫情发生以来在网上指导培训农民也达到了50多人次。

"孙博士虽然是'农村科技特派员'，但是在我们农民眼里，他更像是一名拥有现代农业知识的农业教师，在给我们传授农业科技知识和理念的同时，始终不忘到现场进行实地技术指导。"山东省烟台市福山区张格庄镇楼子口村的蓝湾生态蔬菜有限公司技术员姜萌告诉记者。

在果蔬栽培的每个节点，孙亚东经常舍弃与家人团聚和休息的机会，到现场进行技术指导。针对烟台某生态果蔬有限公司生产的有机蔬菜产品标准不统一、蔬菜产品品质差异大的现状，他从指导公司进行土壤改良着手，并根据各种蔬菜的生长发育规律，制定了不同的有机蔬菜生产标准和草莓、西红柿、黄瓜等果蔬生产规程，从而使公司有机蔬菜产品很快通过了有机产品认证。现在，孙亚东被7家乡村果蔬合作社（公司）聘为技术顾问。

"在服务'三农'、助力乡村振兴的过程中，博士教师们并不是单枪匹马一个人在战斗，而是团队分工协作，这样充分体现了服务的专业性与协作性。"鲁东大学农学院党总支书记刘新海向记者介绍学院服务"三农"助力乡村振兴的情况时说。

据了解，整个农学院有51名博士参与学校各类博士服务团队，每个服务团队的成员有的来自同一个学院，有的则是来自不同学院的组合。去年4月，"鲁东大学乡村振兴博士专家服务团"在校成立，这支专家服务团成员是由生命科学学院、食品工程学院和农学院在农业、食品、工程等领域卓有建树的12位博士教师组成。如专家服务团旗下的"琪珈田园博士专家工作站"，专门负责山东福山琪珈花果苗木公司的技术指导；"西洋参种植攻关小组"专门研究文登西洋参药残农残超标、连作障碍等"卡脖子"问题。

"农业、农村和农民急需现代科技。博士专家走进乡村、服务乡村、振兴乡村，既是高校教师提升教育教学能力的需要，同时也是高校服务地方特别是助力乡村振兴、农民脱贫致富，把科研论文写在乡村大地上的具体体现。"鲁东大学党委书记徐东升说，"高校要为'三农'提供好人才和技术支撑，发挥好助力乡村振兴'催化剂'的作用。"

42.《光明日报》2020年11月9日

让盐碱地变绿洲
——记草学博士付金民

"从明年春天开始，这里不再是'夏天水汪汪，冬春白茫茫，多长盐蓬草，鲜长棉和粮'的盐碱地了，而将变成一片翠绿的草品规模化种植示范基地。"10月27日，在山东省黄河三角洲农业高新技术产业示范区，河北省石家庄市栾城区增鑫种植专业合作社理事长冯鸿涛指着眼前400多亩种植的盐碱地对记者说。

这里种植的狗牙根等耐盐草坪草和牧草，都是由合作社合伙人、鲁东大学侨界代表人士、滨海生态高等研究院付金民教授及团队培育的品种。目前，他们培育的优质耐盐草品种已在天津、河北、山东和江苏等地实现了原土种植。

盐碱地上的家国情怀

20世纪60年代，付金民跟随父母从山东菏泽农村来到黑龙江省绥化地区。从小割草放羊喂猪对农业怀有特别感情的他，高中毕业便选择报考了黑龙江八一农垦大学农学专业。4年后，他又以优秀成绩考入沈阳农业大学农学专业硕士研究生。

"我从小对家乡就有一种根的情节，这就像小草依恋培育自己生长的土地一样。"谈起过往经历付金民执着坚毅。1986年6月，他研究生毕业后选择应聘到山东农业大学任教。13年后，他因具备较好的教学科研潜质，被单位公派自费到美国堪萨斯州立大学农学院留学深造，获得博士学位后在美作为博士后和研究助理继续从事草坪草逆境生理分子研究。

　　"一个基因可以改变一个国家的命运，一粒种子可以决定一个民族的未来。"在多次与中国同行专家研讨交流后，付金民对这句话的含义有了更深刻的理解。当他了解到中国还有5.5亿亩盐碱地，95%以上草坪草种子、50%优质牧草种子还需要进口等草种业现状后，2008年12月，他毅然决然地回到祖国，成为从海外回国从事草种质资源与分子育种研究为数不多的草学博士。

　　在中国科学院从事草种质资源与分子育种研究的几年间，付金民的研究成果引起同行的广泛关注，许多国内高校和科研院所纷纷以优越条件和待遇向他抛出"橄榄枝"。

　　"我的根在山东。山东是全国重度盐碱地大省。"付金民没有忘记他的根。然而在山东地域他又面临着一道多重选择题：有的是重点高校和科研院所，有的单位许诺官职头衔，有的提供诱人的生活待遇和安家补贴。

　　"我是做草种质资源与分子育种研究的，生活待遇、官职头衔对我的家庭生活和个人发展来说固然重要，但对我的研究来讲没有什么实质性的意义。尽管鲁东大学是一所省属普通高校，但是学校提供建设的30亩草种质资源与育种基地，对我来说十分宝贵。"付金民说，"有了育种基地，我的知识和才华才能得以施展，草种质资源就有了创制平台，大片大片的盐碱地才有希望变成一片片的绿洲。"

科研道路没有捷径可走

"不在一线实地调查就不能真实获得草生长的第一手资料。"付金民把科研的每个环节都看得很重。按照草品种比较试验和国家区域试验要求，草品种试验基地要分设在多个省份和生态区，并且要定期对草参试材料进行生长特性调查。按说这样的调查可以委托相关方或相关人提供网络视频和图片来进行，但间隔2~3个月一次的两省四地的试验调查，他都是亲力亲为或带团队成员参加。

"科研既需要严谨的工作作风，也离不开吃苦耐劳、开拓创新的精神。"付金民说。针对草种质资源保育与新品种培育周期长、培育成功率低的问题，他及团队创新研发的"草分子标记辅助育种技术"，从根本上提高了草品种的筛选时效。同时，他及团队主动瞄准世界草种业科技前沿，完成了狗牙根全基因组测序，突破了其遗传转化技术，为狗牙根等耐盐草分子育种提供了基因资源和平台。

草种质资源收集是草育种的基础。为采集到优质的草种质资源材料，付金民及团队成员常常要南下海南、北上东北、东进沿海、西出新疆等地的崇山峻岭、戈壁滩涂，进行草种质材料的采集。有时为获得一份草种质资源，他和团队成员要跨越几千里、徒步几十里。目前，他及团队已经建立了山东最大、全国较有影响的草种质资源圃和数据库，收集了涵盖全球的野生草种质资源14个种类3250份，并获得了一批优质抗逆草种质材料。

"付老师既是我们学科组的负责人，更是我们学科组的'领头羊'和实干家。"这是鲁东大学滨海草种质资源与分子育种学科组8名博士成员对付金民的一致看法。他的助手邵安说："付老师工作起来就是一个'拼命三郎'，除了给学生上课外，白天只能在育种基地见到他忙碌的背影，晚上只有在实验室看到他伏案研究的身影，每天来得最早的和走得最晚的都是付老师。"

"既然选择了草种质资源与育种这份事业，我就要在有限的时间里研究出更好更多的耐盐草品种来回报祖国和人民，让白茫茫的盐碱地早日披上翠翠的绿色。"付金民说。他对时间管控可谓有些"吝啬"，在工作安排上，已经没有了"上下班"和"节假日"的概念。工作忙的时候，赶上就餐时间他就去学校食堂吃点，否则就是吃包方便面了事。在外地的家人总被他执着的事业心所感动和折服，在理解的同时也给予了大力支持。现在，他们一家四口仍然生活在不同的3个城市，家人之间最多的聚会就是用手机视频，遇到节日或家人生日也就是简单的微信祝福或是送一件小礼物而已。

见过付金民的师生或朋友经常会这样说：付老师你又晒黑了，白头发和鱼尾纹又多了。然而，时间在给他留下岁月痕迹的同时，也给他回报了累累硕果：发表SCI论文105篇，获得国家发明专利9项；培育的狗牙根'鲁坪1号'耐盐草进入国家草品种区域试验，培育的盐碱地生态修复用草结缕草申报了国家审定品种；以他为首席专家的"高抗盐绿化饲用草突破性新品种选育"获得山东省农业良种工程项目立项；他的滨海草业种质资源基地成为山东省滨海耐盐草业工程技术中心、国家草品种区域试验站、烟台市滨海草省级林木种质资源库……

把"笔墨"涂抹在盐碱地上

"尽管这些年来我取得了很多的科研成果，但是真正让我感到欣慰的还是那篇写在盐碱地上的'绿色篇章'。"付金民平时很少谈及他自己获得的科研成果，但他却乐于把更多的"笔墨"涂抹在那一片一片盐碱地上。

由付金民及团队研发成功且具有我国自主知识产权的优质耐盐草狗牙根、结缕草等品种，在天津、河北、山东和江苏等8个地市盐碱地实现原土种植后，他及团队适时给予了技术跟进，不但及时了解草的生长状况，而且选择草的生长节点，前往各盐碱地对草品种的色泽、观赏性、均一性、密度、生长速度以及盐碱地修复效果等进行调查，对草的养护管理提出具体指导意见。

不仅如此，付金民也时常关注着全国的其他草坪种植企业和农户，不厌其烦地为他们提供草坪种植及养护技术咨询与服务。江苏盐城、河南郑州等地的一些种植企业和用户在购买进口草坪种子时，往往因看不懂和不了解草坪品种生长特性而不知如何选择哪种草坪品种时，他会根据企业和用户需求介绍草坪品种选择方法和种植技术。今年9月，山东菏泽一企业种植的草坪发生了生长枯萎现象，他先是通过电话详细了解近期草坪养护管理情况，再通过网络视频观察草坪生长态势，之后每2~3天就跟踪问效一次，半个月后草坪就开始泛绿了。

只要是与草有关的问题，付金民都给予热心相助。去年，山东一高校在建设体育场地时，遇到了使用人造草坪与使用天然草坪的"两难"选择问题。为此，他专门抽出时间，给该高校提供了一份有关使用人造草坪与使用天然草坪各项指标对比的报告，并依据建设单位资金投入情况和后期管理要求提出了使用方案。

"付教授是我们公司聘请的技术顾问，他的建议和技术不但给我们带来了经济收益，而且还改善了我们的人居生活环境。"山东绿风农业集团董事长崔立华对记者说，在付金民的技术指导下，不仅公司牧草产量逐年增加，经济效益逐年提高，也加强了驻地的防沙防尘工作。在该公司的产业带动下，驻地部分村民依靠种植牧草脱贫走上了致富路。

"高校必须站在人与自然和谐共生的高度来谋划学科建设，开展服务地方经济社会活动。"鲁东大学党委书记徐东升说，"付金民教授回到自己的祖国专心研究中国自己的耐盐草种质资源，服务生态文明建设，体现了一个中国普通知识分子的使命和初心，值得我们大力学习、褒奖和弘扬。"

43.《中国教育新闻网》2021年6月22日

"在前行中传递红色火炬"

——鲁东大学精心打造网上红色文化教育传承新载体

"红色文化网上教育馆"是鲁东大学在推进"互联网+党建""智慧党建"过程中，深入挖掘整理驻地红色胶东和学校红色文化资源，融合该校资源与环境学院VR信息技术手段，创建的红色文化教育新载体。

在诵读中赓续红色基因

去年初，鲁东大学专门组建成立了红色教育读本编写组，深入烟台、青岛、潍坊、威海4个地市开展实地调研，收集整理了鲁东大学前身山东省立第二乡村师范学校、胶东公学时期，学校师生在胶东地区革命斗争中涌现出的先进模范人物事件，编纂出版了展现学校红色革命历史的学习教育读本——《红色鲁东》。由此，这本红色教育读本成了"红色文化网上教育馆"红色图书阅览平台第一本反映学校自身红色历史的阅读书目。

为配合学习阅读《红色鲁东》，该校以诵读会的形式，举办了《红色鲁东》新书首发式；请红色鲁东历史见证人、编写组成员等为师生作红色鲁东专题辅导报告；组织离退休老干部、专家教授、师生代表为师生倾情诵读；举办了"镜心苑"红色书籍读书沙龙活动；依托学生公寓党员工作站开展"红色教育进公寓"活动；在微信公众平台开设了《红色鲁东》接力诵读专栏。

在讲述中延续红色血脉

深情讲述"红色文化网上教育馆"收录的红色故事，已经成为鲁东大学各学院主题党团日活动的一项重要内容。

"故事虽小，见微知著；初心虽远，历久弥新。"该校马克思主义学院院长邢亮对思政课教学中的"红色故事"元素颇为看重，"我们注重把学校及师生身边的红色故事融入思政课中。用身边故事教育身边人。"

为强化学生对胶东和学校红色文化的认知与认同，鲁东大学还邀请老英雄、老专家、老教师走进课堂，面对面地讲述党的光辉事迹和感人故事，用他们的亲历、亲闻、亲见启发教育学生；组建成立了23支大学生调研团队，深入胶东红色革命老区实地寻访红色故事和优秀校友，让学生在实践活动中加深对那段光辉历史的理解。

不仅如此，学校还组建"胶东红色文化大学生宣讲团"，深入驻地的企业、街道和乡村及学校进行宣传讲述，让红色基因永续流传。

在咏唱中浸润红色文化

"你播撒真理的火种，点亮长夜把希望启蒙；你燃烧红烛的深情，薪火相传让基因鲜红……"进入"红色文化网上教育馆"的"红色音乐演播厅"，就能听到这首由鲁东大学师生创作和演唱的《红色鲁东MV》歌曲。

这是该校在高校党建和思政课建设中发挥红色歌曲（歌剧）作用的又一创新举措。2019年秋季学期，该校联袂烟台市联合打造了一部全面反映胶东红色革命历程的大型情景组歌——《红色胶东》。

今年，学校根据发生在胶东的红色故事，创排了红色情景歌剧《党员登记表》和红色情景短剧《二乡师的红色征程》，组织举办了"红色鲁东"主题历史情景剧大赛和庆祝建党100周年之红色经典话剧展演。

"音乐语言准确生动而富有画面感，既较好地描摹胶东特质化的红色人文精神，又兼顾了受众层面的欣赏需求。"红色歌剧（短剧）创排总监、鲁东大学党委书记徐东升向记者诠释了创排红色歌剧（短剧）的要义，"创排红色歌剧（短剧），就是让师生在咏唱中浸润红色文化，在前行中传递红色火炬。"

五、评论（论文）

1.《安徽青年报》（一版头条）1990年1月30日

"雷锋出门"现象引起的思考

编辑同志：

最近，笔者参加了某地召开的学雷锋事迹表彰会。会上，被那一件件沁人肺腑的动人事迹所感动。然而，会后一个企业的书记面有苦色地对笔者说："刚把'雷锋'从国外请回来，现在可好，'雷锋'又出门了……"言语之外，又向人们提出了一个值得深思的问题。

出门学雷锋，不仅是开展学雷锋活动的形式，也是光大和倡导雷锋精神，加强社会主义精神文明建设的必然途径。但是，那种学雷锋舍近求远、亲外疏内的做法实在令人担心和忧虑。学雷锋本来是没有内外亲疏厚薄之分的，而我们有的同志却片面地认为："雷锋"应在大街上，在汽车上，在军烈属家里。这样，就客观地造成了学雷锋活动"门外"轰轰烈烈，有声有色，"门内"冷冷清清，平平淡淡。究其原因，一是有的单位开展学雷锋活动宣传教育不够，部分同志对学雷锋与为民服务的关系认识模糊；二是表彰典型过去倾斜"门外"，而忽视了"门内"；三是有的同志学雷锋的思想动机不够端正，过分地看中于"门外"的实惠。如此这般，就难免会产生与其在家学不如出门学的现象。

要把学雷锋活动深入扎实地开展下去，就必须重视解决"雷锋出门"的现象，注重学习雷锋的精神世界和内在素质，对在学习雷锋活动中出现的好人好事及典型，不论是"门外"还是"门内"，都应一视同仁，该奖的就奖，该树的就树。只有这样，才能形成一个时时处处学雷锋、时时处处有雷锋的良好社会环境。

2.《前卫报》1991年5月19日

星期天别玩过头

战士小宋非常喜欢篮球，一到星期天就"泡"在了球场上。可星期一连队正常工作一开始，他就没有精神了。据了解，像小宋这样由于星期天生活安排不当，而产生"疲劳症"的现象，在战士中已成为普遍现象。

有的战士认为，好不容易盼来一个星期天，应该痛痛快快地玩一下，因而出现了球迷热衷打球，爱看电视剧的则沉溺于电视机前……结果，过星期天非但达不到休息的目的，反而造成了过度疲劳。

凡事总有个度，娱乐也是如此。星期天要玩，但要适度。对那些个人确实喜爱的活动，参加的时间也不宜过长，以保证有旺盛的精力投入下周的工作。

3.《基层建设通讯》1991年第8期

战士为何不愿当机关兵？

今年二月，某部电影组挑选一名放映员，可奇怪的是一连找了三名优秀战士，都以各种理由推辞。某部政治处文书三番五次地申请下连当班长。为何出现这种"倒流"现象？

一是军校招生军事课程的设置，给连队战士开了"绿灯"，给机关战士亮了"黄灯"。某部去年报考军事院校的机关战士17人，结果因军事素质不合格被淘汰10人，机关战士尽管有充足的时间复习文化课，但军事素质差严重影响他们入学深造。二是从基层优秀士兵中直接提干，连队战士有了奔头，机关战士则希望不大。三是基层连队管理能力强的战士回地方受青睐，"先天不足"的机关战士想到连队"补课"。近两年，退伍军人的录用标准由过去以技术为主转为现在的重管理能力的强弱，因而机关战士退伍后还不如连队骨干吃香。

连队优秀战士不愿进机关，部分机关战士想"跳槽"，这是新形势下部队出现的新问题。如果不解决好他们的成才进步问题，必将影响他们的思想稳定，导致机关战士队伍素质下降。因而必须引起各级领导的重视。如何解决好这个问题？笔者认为，一是要加强思想教育，使他们牢固树立当兵尽义务的思想。二是从严把关。如机关战士的来源关。军事共同科目考不及格的不准调入机关。三是给优秀机关战士以成才的机会。四是提高机关战士的军事素质和管理能力。定期组织他们进行军事训练和管理教育培训。

4.《政工导刊》1992年第5期

应重视干部住校消极动因的疏导

最近，笔者以问卷、座谈等形式，对某学院90级和91级各50名干部学员进行了调查摸底。被调查的100名学员都是通过各种渠道积极要求入学的。他们除希望通过住校学习，探求知识，提高为部队现代化建设服务的能力外，也或多或少地隐藏着个人的想法。

一、想通过住校学习，为将来转业创造条件。100名学员中有86名学员认为，到院校学习主要是为了获得将来转业的"资本"。来自河北省石家庄市的学员蔡某说："我的家乡，军队转业干部安置实行的是实际工作能力考试与部队政绩考察相结合择优录用的安置政策。将来转业，没有一点真本事肯定是不行的。所以也就报考了机关群秘专业。"

二、想通过住校学习，达到求知、晋职两不误的目的。与其在部队辛辛苦苦、忙忙碌碌，还不如到院校来学习，这样既能获得知识，又不耽误毕业后回部队晋职。29名学员是抱着这种思想而入学的。其中任现职一年以上的为9人，半年的为13人，三个月的为5人，另有2名是应届军校毕业生。

三、想通过住校学习，"跳槽"改行进机关。在被调查的100名学员中，有37名学员来自基层连队。他们普遍反映，基层连队工作压力大，精神易受压抑，不如住校学习毕业之后改行进机关舒适。

四、想通过住校学习，易地谋职，解除后顾之忧。问卷调查结果表明，除爱人或未婚妻在原部队驻地的23名学员愿意回原单位外，其余77人都有调回原籍爱人所在地、内地或沿海开放城市部队的意向。来自新疆某边防部队的学员田某说："上学这两年，最起码能够缓解一下家庭矛盾，而且可以活动活动调离边防，这要比在部队容易得多。"

不能低估干部住校消极动因的影响。首先，打乱了部队干部的培训计划，造成了人才不合理的流动；其次，助长了招生、毕业分配中的不正之风，影响了干部队伍的稳定；再次，在某种程度上产生了部分住校干部"住而不学"的现象，给院校增加了管理和教学难度。各级领导和机关应从三个方面加以疏导。

第一，要切实把好干部学员的入学关。一要把好思想关。就是要坚持群众推荐、干部部门考察、党委审查的原则，切切实实把那些工作勤恳、乐于献身国防、有培养前途的干部作为培训对象；二要把好条件关。院校招生部门要科学地制定干部招生细则，譬如，从院校毕业在部队工作不满二年、晋升职务不满二年的干部不得报考。各级干部部门要严格执行干部学员入学招生规定，切实做到招生工作有章可循；三要把好人情关。在招生中，要增强招生工作的透明度，坚持做到三公开，即公开人数、公开条件、公开录取名单，自觉地接受群众监督。

第二，要进一步加强干部献身国防和艰苦奋斗的教育。少数学员想通过住校学习脱离边海防和基层连队的原因，主要在于他们缺少吃苦耐劳的精神和献身国防的思想。要改变这种状况，一是加强思想政治工作，积极开展"爱边（海）防、爱连队、爱岗位"的教育活动；大力宣扬和表彰那些乐在边海防、乐在基层、乐在本职岗位上艰苦创业和奉献的先进典型；切实解决好干部婚恋、家庭等实际问题。二是院校要增设国防教育课程，增加干部学员的思想政治教育时间。同时，院校政治机关要及时摸清学员的思想底数，有针对性地做好工作，努力实现知识向能力、知识向觉悟的转化。

第三，干部学员毕业要坚决贯彻"哪里来哪里去"的分配原则，同时增设干部学员锻炼试用期。部分干部想通过住校学习易地谋职，其关键原因是干部部门贯彻干部学员毕业"哪里来哪里去"的分配原则不彻底。当前，我军干部学员实行的是定向招生定向分配制度，如果违背这一原则，势必影响干部的整体布局，给部队建设造成不利。因此，部队和院校干部部门要双管齐下，严格遵守总部关于干部学员毕业"哪里来哪里去"的分配原则。只有这样，才能使这一原则真正落到实处。另外，部队对来自基层的干部学员，要实行半年至一年的专业锻炼试用期，合格者方可正式调入机关工作，不合格的不能调入机关工作。

5.《政工导刊》1992年第12期

"三忧三盼"——应届毕业学员思想探析

部队精简整编，应届毕业学员的思想怎样？最近，笔者带着这个问题，调查了解了某学院部分应届毕业干部学员。概括起来说，主要是"三忧三盼"。

一、担忧毕业之后无去处，盼望去向早落实。应届毕业学员都是部队精简整编之前入校学习的。精简整编后，部分学员原所在的单位，有的被撤销了，有的被缩编了，有的隶属关系改变了。来自这些单位的学员普遍感到毕业后不知道上哪去。1992年10月，原沈阳军区赤峰守备区被撤销后，6名在校学习的应届学员，不但顾虑自己毕业之后的去向，而且有的还为随军在原所在单位驻地的妻子儿女的生活、学习和工作发愁。

二、担忧毕业分配中的不正之风，盼望公开平等的竞争。应届毕业学员的分配，虽然实行的是"哪里来哪里去"的分配原则，但同往年相比，今年的应届毕业学员尤其关注各级是否清正廉洁、公道正派。这主要表现在以下两个方面：一是院校在确定留校人员时，能否坚持任人唯贤的用人原则，把德才兼备的学员留下来；二是部队在分配时，能否坚持总部"哪里来哪里去"的分配原则，严格控制非正常调动。

三、担忧毕业之后当"帮工"，盼望对口安置。目前，各单位干部编制大都已满编，有的单位甚至出现了编余人员。于是，就出现了毕业就意味着"待业"的现象，要么去机关帮忙，要么到基层"打杂"。如果专业对口倒也无妨，但这毕竟只是主观愿望。

"三忧三盼"是应届毕业学员当前普遍存在的思想问题。正确而又及时地认识、分析并解决它，不但有利于稳定应届毕业学员的思想，而且对稳定院校和部队都有重要的意义。

第一，院校要切实加强对应届毕业学员的形势政策教育。对腐败现象认识理解片面，是部分应届毕业学员产生忧虑的一个重要原因。针对这一问题，院校应从加强形势政策教育入手。通过教育，使他们明白三个道理：一是腐败现象不是社会主义本身特有的，也不是改革开放的结果，而是市场经济体制不完善产生的负效应与历史遗留的封建特权畸形结合的产物；二是腐败分子毕竟是少数，党风的主流则是好的；三是我们党对腐败现象已采取措施，深信腐败现象是会消除的。

第二，部队干部部门要注重了解和解决住校学员的实际问题。

毕业去向和专业能否对口安置，是住校学员日常议论和关注的一个热门话题。尤其在目前部队精简整编的情况下，他们更显得忧心忡忡。干部部门要重视住校学员的这一现实问题，采取各种办法解除他们的后顾之忧。把应届毕业学员纳入本单位年度干部调整计划，有位子的要留出位子，没有位子的要腾出位子。形成正式分配计划，并函告住校学员。实行离校前分配最起码有四点好处：一是稳定了住校学员的思想；二是减少了学员毕业报到时不必要的忙乱；三是激发学员回部队后的工作热情；四是调动了干部入学深造的积极性。

第三，院校和部队选用毕业学员要增强透明度。市场经济的发展，军人的民主和竞争意识也随之增强。在一些涉及个人利益的问题上，这种意识显得更为强烈。所以，无论是院校自己选留学员，部队使用学员，还是部队来选调学员，都要公开选用条件，公开选用人数，公开选用结果，自觉接受群众监督。只有给每个应届毕业学员创造这样一个平等竞争的机会，才能真正树立起领导机关良好的自身形象。也只有这样，才利于促进干部队伍的稳定。

6.《政工导刊》1993年第3期

入伍"优待"话弊端

一个时期以来，各地为鼓励适龄青年踊跃参军和入伍战士在部队安心服役，相继施行了给入伍青年家庭发放优待金，让城镇籍青年带薪入伍等优惠政策。实践证明，这些政策一定程度上调动了适龄青年参军戍边的积极性，激发了部分战士安心军营生活和工作的热情，但同时也暴露出一些十分明显的弊端，主要有以下表现：

一、削弱了法规的权威性和严肃性。目前，我国实行的是义务兵役制为主体的义务兵与志愿兵相结合、民兵与预备役相结合的兵役制度。《宪法》第55条规定："依照法律服兵役和参加民兵组织是中华人民共和国公民的光荣义务。"《兵役法》第3条也有具体规定："凡我国公民，不分民族、种族、职业、家庭出身、宗教信仰和教育程度，都有依照兵役法服兵役的义务。"显然，服兵役是每个公民义不容辞、不可推卸的责任，是不得讲任何价钱和条件的。分析这些年来各地优惠政策出台的原因，虽然有客观方面的原因，但主观因素则是主要的，即国防教育不够重视，《兵役法》宣传不深入所致。面对现实，一些地区不是采取对症下药、固根治本的良策，而是寄希望于走捷径达到目的，于是"优惠"政策便出台了。虽然我们不否认这其中潜存的"善良愿望"和"诚意"，但我们也不能不看到由此而衍生的这样一种奇怪社会现象：一些家庭经济富裕的，宁愿不要"金"和"薪"也不去当兵；一些家庭经济困难的，无"金"不从，无"薪"不去。这样，"义务兵役制"的内涵在无形中被扭曲了，法律的权威性和严肃性在无形中被削弱了。某军区政治部一位政工研究员不无忧虑地说："地方政府实行这些优惠政策，虽然能缓解一时的矛盾，但是当社会物质生活十分富裕之后，靠这些政策还行吗？"这不仅仅是一个涉及未来中国谁来保卫的问题，更重要的是给领导者和政策理论研究者提出了一个关系到国家前途与命运的新课题："当今我国的兵役制度需不需要改革？怎么改？"

二、增加了社会经济负担。以1991年为例，各省优待金发放情况为：最高的是4000元，中等的是600元，最低的近百元，再加上带薪入伍的城镇籍战士的薪金，即使就是按最低优待水平计算，全国每年所要承担的经济负担也要数十亿元人民币。更何况，随着经济的发展，各地优待金和带薪额仍呈不断上扬的趋势。

三、导致部分战士心理失衡。沿海开放地区与内陆省份经济发展速度上的差距，直接反映到各地的优待金和带薪额的数量上，加之城镇籍战士可以享受带薪的特殊优待，因此，待遇上的巨大反差，导致部分战士心理失衡，从而在部队内部诱发出不少矛盾和问题。一是导致部分战士对现行优待政策的不理解。一些从贫困地区入伍、家庭享受优待金较低的战士认为：既然大家都是按照同一法律履行同一义务的，那么无论是个人还是家庭，无论是沿海地区的还是内陆省份的，无论是城镇的还是乡村的，都应该享受相同的待遇，不应该出现多少不等、高低不同的现象，并认为这种现象是不合理、不公平的。由此，不仅引发了部分战士的埋怨情绪，而且也影响到这些战士的练兵热情和工作积极性。二是削弱了正常的官兵关系。一些优待金高和带薪入伍的战士往往觉得高人一等，优待金低的则感到低人三分。于是，个别基层单位便出现了："富兵"与"富兵"互相攀比，"富兵"雇"穷兵"出公差、站岗，"富兵"请假、学技术的以"礼"开道等现象。有的"富兵"甚至不服从薪金没有他们高的连队干部的管理。三是诱发了个别战士的不良心理。据调查，近年来一些部队发生的战士盗窃或贪污案件中，因家庭享受优待金较低、经济比较困难的战士占有较大比例。盗窃犯、原某部农场保管员蔡XX是这样回答作案动机的："我老家地处山区。自己当兵来部队，本想好好干一番事业，可看看人家当兵，有的拿高额补助，有的还有工资，3年下来就是一个万元户，回家盖房子、娶老婆不用发愁。想想自己将来回家后的境遇，于是就铤而走险了……"

我们认为，问题还不仅仅如此，随着我国社会主义市场经济的建立，经济的进一步发展，全民法制意识的不断强化，这些弊端还将日益明显地暴露出来。现实已明白地告诉我们，尽快建立有中国特色的、与正在建立的经济体制相适应的兵役制度和优抚优待政策已是一个不可回避的课题。为此，笔者建议采取以下措施：

一是要切实加强全民国防教育。要利用各种渠道和形式对全体公民，尤其是大中小学生，进行《宪法》《兵役法》以及国际形势、爱国主义等宣传教育，消除人们"天下太平""无敌国外患"的苟安心理，强化公民的国家和民族利益观念，从而自觉履行法律所赋予的应尽义务。

二是修改完善现行兵役法规。建立与社会主义市场经济要求相适应的兵役制度，并不是要取消"义务兵役制"，而是要通过完善法规，真正使这一制度得到落实。因此，我们认为，现行法规中凡与"义务"相悖的有关政策规定应当取消。同时，可试行在全国征收义务国防费的办法。从一定意义上说，每年依法对应尽兵役义务而实际上没有服兵役的公民征收一定数额的国防费，实质上也是一种不同的尽义务方式。我们设想，征收的国防费一是用于提高战士的生活和福利待遇；二是用于设立"军人家庭优抚基金"，救济和补助经济和生活困难的战士家庭；三是用于战士两用人才以及就业前培训；四是用于弥补军费不足。

三是确立全国统一的优待规定。"规定"应以褒奖先进、鞭策后进为目的，与战士的现实表现、军龄、军衔挂钩，防止和克服"大锅饭"现象。

7.《政工导刊》1997年第6期

纠正认识误区 优化人才结构 完善用人机制

——谈加速专业技术干部队伍建设

最近，我们对6所医（疗养）院285名任现职3年以上中级专业技术干部的德、能、勤、绩进行了考核。感到，当前中级专业技术干部队伍中存在的突出问题是年龄大、素质低、进取意识差。制约和影响了专业技术干部队伍建设。

一、纠正认识误区，牢固树立"人才为本"的战略意识。当前，优秀和拔尖人才严重匮乏，已成为影响和制约医（疗养）院发展的一个十分严峻的问题。原因固然是多方面的，但最根本的是领导干部思想观念上的问题。主要存在三种认识误区：一是工作表现论。一些单位的领导干部把人才与工作表现画等号，仅仅以表现好坏这个标准来衡量是不是人才。认为，只要听话，不出差错和事故，就是好干部。而对那些素质好、技术过硬，完成任务突出，但爱喜欢提一点建议并持独到见解的说成是怪才，甚至不能容忍。从我们这次考核的情况看，表现较好但专业技术不过硬又被单位评定为优秀的占有一定的比例。二是自然生长论。持这种思想和观点的领导干部具有一定普遍性。认为，人才有个培养生长的过程，不可能一蹴而就，只能顺其自然地发展。专业技术干部大多经过院校和其他培训，都有一定的专业基础，想不想成才，与自己努力与否有关，与单位领导关系不大。三是经济效益论。主要有两种表现：其一，以经济效益的多少来衡量人才的优劣；其二，将业务骨干和有发展潜力的干部调整使用到经济效益好、满负荷运转的工作岗位。美其名为"发挥特长""岗位锻炼"

。其实，这是一种变相浪费人才的行为。科学技术是第一生产力，也是战斗力。只有建设一支过硬的专业技术干部队伍，科学技术才能生成战斗力。因此，要加速专业技术干部队伍建设，首先各级党委和领导干部应充分认识加速专业技术干部队伍建设的重要性和迫切性，在思想上打破工作表现论、自然生长论、经济效益论等陈旧观念，放开视野，拓宽渠道，牢固树立"百年大计，人才为本"的战略意识。其次，要正确处理好人才与工作表现、人才与育才、人才与生财的关系。再次，要身体力行，从我做起，把加强专业技术干部队伍建设纳入各级党委的议事日程，落到实处。

二、优化人才结构，着力培养跨世纪的优秀人才。人才结构合理不合理、科学不科学，不但关系到专业技术干部建设的连续性，而且直接影响和制约医（疗养）院的建设与发展。从我们考核的6所医（疗养）院285名任现职3年以上中级专业技术干部的情况看，当前人才结构还不够合理和科学。年龄偏大、学历偏低，科研学术能力弱、外语水平差、拔尖人才少等现象相当普遍。造成这一现状的因素主要有三个：一是历史的原因。40岁以上的干部都是"文革"前或"文革"期间入伍的，文化基础差，入伍后主要靠短期培训走上专业技术岗位。二是政策的原因。对没有经过院校培训和学历低的干部没有采取倾斜政策，每年送院校深造进修的比例太小。据统计，68名年龄在41岁以上的具有大专学历的干部中，有45名是通过函授取得的，占66.2%；137名年龄在41岁以上具有中专学历的干部中，有88名是函授学历，占64.2%。三是主观的原因。既有单位领导对人才建设不够重视、培养不力的一面，也有专业技术干部自身缺乏立足本职岗位自学成才的一面。人才建设是一个系统工程。因此，要改变人才结构这种状况，既要循序渐进，又要多管齐下。我们认为，当前要注重做好三个方面的工作；第一，要严把"晋"和"出"两道关口。专业技术干部由低一级职务晋升为高一级职务时，要确保质量。晋升考核必须"以绩取人"，不搞"论资排辈"。对那些晋升条件达不到要求标准的，要始终坚持"宁缺勿滥"的原则，符合一个晋升一个，晋升一个合格一个，合格一个成才一个。所谓"出"，是指要提高院校毕业学员的合格率和优秀率。从这次考核情况看，近几年，技术院校毕业学员的素质较以往有了提高，但薄弱环节也很明显。今后专业技术院校需要在行政管理和外语教学上进一步加大改革的力度，向医（疗养）院输送更多的优秀的专业技术人才。第二，要做好"引进"和"分流"的工作。对技术难度大、人员缺的专业，要舍得人力、财力，积极主动地到军地院校、医院去引进和招聘。对人才密集的群体和专业不对口的骨干人才要进行分流，做到人尽其才，才尽其用。第三，要抓好延伸教育。知识需要更新。人才队伍建设也应抓好继续教育。如根据单位专业需要，每年可选拔部分年纪轻、有发展前途的干部到军地院校和医院进修深造；定期或不定期地开办各类专业培训班和业务讲座；大力开展岗位练兵竞赛和各种学术交流活动；广泛组织开展新技术新业务活动。

三、完善用人机制，走"能上能下，能进能出，优胜劣汰"的路子。我们在调查中发现一种怪现象：专业技术干部任现职时间越长，基本称职和不称职率就越高。按说专业技术干部任职时间越长，临床经验就越丰富，业务技术就越精通。出现这种反常现象的症结在哪？一是晋升的渠道不畅。现行有条件晋升有诸多弊端。如有的专业技术干部业务能力很强，却因学历太低，或没有成果和论文，而难以晋升；有的完全符合晋升条件，却因名额所限，而被拒之门外。这无疑挫伤了专业技术干部的积极性和创造性，削弱了专业技术干部的竞争意识、进取意识和忧患意识。于是，有的干部便安于现状，不思进取，有的甚至熬年头、混日子。二是新陈代谢的渠道不畅。专业技术干部管理是有序的计划管理。但在实际执行过程中，专业技术干部的进出比例已明显失调。以第107中心医院最近3年进出人数为例，1993年、1994年、1995年这个医院分配院校毕业人数分别为21人、24人、29人，而转业复员人数分别为6人、8人、8人。这样就形成了年龄大、业务能力弱、工作表现差、不能坚持正常工作的干部退不下去，大批年纪轻、技术好、有发展后劲的干部"挤"不上道。三是实施科研的渠道不畅。近几年，由于医（疗养）院科研经费不足，科研硬件不具备，部分进取意识较强、有科研能力的年轻的专业技术干部思"走"思想有所滋长：一是想方设法进院校深造；二是千方百计调离本单位另找"婆家"；三是无可奈何申请转业到地方医院工作。年龄偏大一点的专业技术干部则等着转业，"靠"着退休。要解决和扭转这种局面，必须建立完善激励和监督机制，走出一条"能上能下，能进能出，优胜劣汰"的路子。第一，要努力为专业技术干部创造一个公平竞争的环境。无论是在技术职务晋升，外出进修深造，还是在科研成果的奖励和住房等福利待遇上，要坚决破除讲资历、轻能力，讲年龄、轻表现，重身份、轻贡献，求平衡、搞照顾的思想，坚持以绩取人，以才取人，以公开求公正，时时处处形成一个有序竞争的氛围。第二，要切实走出奖优罚劣的路子。对在科研成果、学术论文、新技术新业务上有重大成绩和贡献者，要适时给予奖励，符合晋职晋级的要提前晋职晋级。要在每年第三季度对初、中、高级专业技术干部实行任期内考核制度，变过去任期内晋升时一次亮"黄牌"、敲"警钟"，为任期内多次亮"黄牌"、敲"警钟"。对考核优秀的要予以通报表扬，并作为今后晋职晋级的依据；对基本称职和不称职的，该降的要降，该编外的要编外，该安排转业的要安排转业，该免职的要免职。同时，对考核不称职的干部，要缓调技术等级，或调任下一级专业技术职务。第三，要改革现行有关规定和政策。现行有关规定和政策带有一定的滞后性和局限性，不但没有发挥正面作用，而且产生了某些负面影响。建议对部分德才兼备、技术过硬、贡献突出者，在晋升使用等方面可不受学历、资历和比例的限制，提前晋升或破格使用。另外，接近离退休年龄的一部分中、高级专业技术干部，可提前3至5年安排编外，为年轻专业技术干部施展才华提供更多的机遇。

8.《鲁东大学报》2008年5月23日

生命创造奇迹

生命的奇迹在汶川大地震后不断出现：5月19日，被埋166小时后，61岁的李玲翠被成功救出；5月20日凌晨，被埋179小时后，31岁的马元江被成功救出……在被救者的心里始终有一个信念："党不会不管我的，一定会有人来救我的。"就是这样的信念，就是这样的誓言，让生命不断创造奇迹。

为迎接希望的到来，孩子在瓦砾里唱歌，妇女在废墟里哺育婴儿。生命有时脆弱得如同一根发丝，可有时却如同钢铁一样坚强，在突然发生的灾难和他们求生欲望的生死较量中，让我们再一次坚信生命的宝贵、生命的伟大和生命的张力。

是什么动力激励着？是什么力量支撑着？那就是伟大的亲情，就是蕴藏在人们心中巨大的希望，就是血浓于水的同胞之情。因为他们深信，祖国同胞们不会抛弃他们。在废墟里，似乎听到了救援者的脚步声，听到了亿万同胞的齐声呐喊，听到了党和国家领导人的深情呼唤。他们坚信党和政府会动用最强大的力量，尽一切可能挽救每一个被困人的生命，因为人民的生命高于一切已经深入到每个人的血液里。

在只要有一丝希望，就要不惜一切代价营救的指导思想下，成千上万的遇难同胞得以重生，奇迹一个个发生了，生命一个个得救了。一个在灾难发生100多个小时后还生存的26岁女孩，被救出来后说的第一句话是："今晚的月亮真圆！"此刻，生命已不单单是一个词汇，而是包含着一切美好，包容着国家和社会的巨大关爱，包容着至高无上的价值。

其实生命本身也是个奇迹。八天来，埋在废墟里的被困人员身处余震不断、无食无水的绝境，却一直抱着对生的强烈渴望，坚强隐忍。在挺着肢体创伤和精神缠磨的苦痛后，他们挺过一个个难关，在黑暗和孤独中痛苦地挣扎，一次次努力地向外面发出微弱的信息，给救援人员以生的警示。正是被困人员的顽强心理意念和对生的强烈守望给了救援人员以搜救成功的可能。

或许在自然灾害面前，我们会感到生命的渺小和无奈；或许一场强震，我们会感慨于生命的脆弱与无常。但是，在救灾人员的坚持努力下，在爱的声声呼唤中，有我们十几亿中国人共同面对。"苍天空无又何妨，我并非独自一人。"正是这种心与心之间传递着"不抛弃，不放弃"的信念，正是这种守望相助、心意相连的执着才使得生命创造了一次又一次的奇迹。

一个人的生命价值，往小里说是一个人的全部世界，而对于国家和社会来说，就是一个细胞，这个细胞可以按照生态规律新陈代谢，但绝不可非正常死亡，否则就会对国家和社会的整个肌体带来伤害。因此，人民的生命也就是国家最宝贵的财富。生命属于自己，但也不完全属于自己。在每一个生命里，不仅承付着一份父母责任、子女责任，还有更重要的社会责任，而这份责任也成了被困者更大的求生欲望。这也正是中华民族的顽强拼搏精神。这种精神在中华五千年文明史上无数次得到检验，被弘扬。也正因如此，我们民族才历尽磨难、不屈不挠，才勇于面对一切艰难险阻，从胜利走向胜利。

大地震，带给了我们无尽的创痛，但同时又给我们上了永世难忘的一课，更让我们不得不重新审视生命的价值和意义。让我们重新考量每一个生命对于国家，对于民族的作用。相信经过这次特别的洗礼，人们将会更深刻地理解生命的真谛。活着不仅是幸福，不仅能创造一切，赢得一切，更重要的是担当。

在抗震救灾的关键时刻，我们每一个牵挂灾区的人都需要坚持，需要以最顽强的毅力和最坚定的信念给前方救援以坚定的支持。在这场突如其来的重大灾难面前，我们这个伟大的民族所表现出的惊人毅力和顽强凝聚力已让整个世界为之震撼。在抗震救灾的最危急时刻，让我们用信念迎战不幸，用坚强拭去泪水，以最顽强的毅力和最坚定的信念再次创造抗击自然灾害的奇迹。

9.《科学时报》2009年6月23日

高校师资招聘 廓清四个误区理顺六大关系

"大学之大，非大楼之谓也，乃大师之谓也"。高素质、结构合理的师资队伍是高校提高教育教学质量的第一要素，是高校实现快速发展的第一生产力。近几年来，特别是1999年高校开始扩招后，全国各高校为适应办学需要普遍加大了对师资的招聘力度，有的高校一年多则几百人，少则几十人。

在这种背景下，高学历、高水平的人才特别是那些在国外大学从事过教学和科研的留洋学者，在国内高校正在从事某项国家重要课题研究或是具有硕士生、博士生导师头衔的教授，越来越得到了各高校的青睐。然而，在这种轰轰烈烈的高校师资人才招聘仗背后，部分高校在招聘师资过程中，出现的片面追求"名校"、高学历等新情况和新问题，严重影响和制约了高校师资队伍的建设与发展。

当前高校师资招聘存在四个误区

从全国部分高校师资招聘的调查情况看，当前高校师资招聘主要存在以下四个误区。

唯名校论。有的高校在招聘师资时，一律以被招聘者所毕业院校的名气定乾坤，而对那些个人素质好、教学能力强但出身一般普通高校的毕业生却不给以"入内"的机会。高校这种招聘师资与学校的名气、学校的影响、学校的地位等相挂钩、相并论，过分看重"名校"这个成分，忽视被招聘人员的实际工作能力与综合素质的做法，一是折射出了部分高校领导唯"名"是举的思想；二是不利于有真才实学的人才脱颖而出；三是误导当代青年学生的价值取向。

唯学历论。部分高校在招聘师资时，对应聘人员的资格有学历上的条条框框。作为高校招聘的师资主要从事教育教学工作，而从事教育教学工作除必须经历一定程度的学历教育外，还应具备从事教育教学的其他条件和因素。作为高学历的毕业生，他们当中有的适合到高校进行教育教学工作，而有的则更适合从事科学研究工作，或者是到其他领域从事工作。唯学历论不但难以找到真正的人才，提高高校的教育教学质量，而且相反，将从整体上影响高校的师资队伍结构，不利于学校师资队伍建设。

唯科研成果论。有的高校把是否具有较强较高科研能力和较多科研成果作为招聘录用教师重要的甚至唯一的依据或标准。这一方面说明，高校对科研工作的重视，但另一方面也反映出部分高校"唯科研成果论"的错误办学观念。在这种办学理念指导下，有的高校教师把教育教学仅仅当作学校交办的一项任务而已，而把科研当作自己为之奋斗的事业。另外，部分高校只看重应聘者的科研能力和成果，而忽视了对其思想道德水平的要求。教师理应为人师表、教书育人，其道德水平与学术水平同样重要，甚至比前者更重要。

唯校友老乡论。部分高校在招聘师资时，往往对应聘的"校友"和"老乡"情有独钟、刮目相看。从本质上讲，这种人才来源单一的招募方式，是学校人才队伍建设的痼疾。其一，人才来源单一，促使学校教师之间的交流空间变得越发狭窄，不利于教学方式的创新，不利于教师间竞争氛围的形成；其二，促使学校教师对外联系的范围越发单一，不利于与外界的多方位沟通，不利于与外界的学术交流；其三，促使学校教师之间的各种关系太过密切，不利于学校对教师队伍的管理，容易滋生小团体等腐败现象；其四，促使学校人才队伍结构异化，不利于教师队伍良性循环和健康发展。

高校师资招聘应处理好六大关系

在加强师资队伍建设中，高校除必须建立和加强师资的培养机制和管理机制外，首先要突出加强高校人才引进招聘机制的建设。从全国高校人才招聘和加强师资队伍建设的总体形势和要求看，当前高校师资招聘应科学而辩证地处理好以下六大关系。

学历与能力的关系。高校作为培养人才的基地，招聘教师要看应聘者的学历，但更要看应聘者的能力。对那些学历又高、能力又强的应聘者，高校要大开绿灯积极招聘；对那些学历虽然不高但能力强的应聘者，高校也要积极接纳；对那些学历高但能力差的应聘者，高校则要严加控制。总之，高校招聘教师要综合考察其品德、知识、能力等情况，而不能以偏概全，唯学历是举。

教学与科研的关系。一名合格的高校教师，首先必须要过教学关。其次，教师在胜任教学工作的基础上，要从事与教学有关的科研工作。因此，高校在招聘师资时，既要注重考查应聘者的教学能力，又要对应聘者的科研能力进行摸底。对那些教学能力强，又具有一定科研能力的应聘者，要给予优先录用；而不能仅仅把是否具有科研课题、是否有上级资助项目等作为优先录用的标准。只有坚持这样的用人导向，才能真正使高校教师把主要精力放到传道、授业上，把自己的研究体现在课堂教学上，才能真正杜绝那些为评定职称而制造的"学术垃圾"。

"一般"与"重点"的关系。从总体上来讲，重点高校的毕业生相对于一般高校的毕业生，在文化基础、教育程度、创新思想等方面要好。但这并不是说，所有重点高校毕业生的水平和工作能力都要比一般高校毕业生强。据有关调查显示，一般高校毕业生在学习刻苦性、钻研业务能力上要比重点高校的毕业生强。所以，高校在招聘师资队伍时，不能戴着有色眼镜看待重点高校毕业生和一般高校毕业生，要创造条件给一般高校毕业生提供同台竞技的机会，用同一把尺子量长短，选择德才兼备的毕业生。只有这样，才能为社会创造公平竞争的环境，才能有利于优秀人才脱颖而出。

校内与校外的关系。高校在招聘师资时既不能因为学校了解本校毕业生真实情况和素质能力，自认为本校毕业生留校后进入教师角色快，而对应聘的本校毕业生宠爱有加；也不能以优化学校师资队伍结构，防止学术和人际关系方面的近亲繁殖，对应聘的本校毕业生一概排斥。总之，高校在招聘师资时要坚持以德才兼备为标准，坚持招聘本校毕业生和招聘外校毕业生相结合。

公开与公正的关系。有的高校招聘虽然名义上是公开的，但在招聘实施过程中却不公正，缺乏社会的监督。高校师资招聘公开要更好地接受社会和群众的监督，从而达到以公开求公正的目的。以公开促公正是抑制高校师资招聘腐败的有效途径，高校纪委一定要根据社会的发展变化，对公开的内容、方式、手段、标准、原则等方面及时予以完善，力戒形式主义，以真正达到促进高校师资招聘公正之目的。

试用与录用的关系。当前有的高校对招聘录用人员，虽然实行试用期制度，但只是把试用期看成"不出问题期"，而缺少对其试用期内进行全面细致的考察，尤其是对其思想道德水平不予重视。高校教师承担着教书育人的重任，在考察招聘录用教师时，既要看其在毕业前或在原所在单位的学习和工作表现，更要看其在试用期内的工作与创新理念，还要重视其在进入高校后的心理变化与思想变化，对思想道德有问题的，即使其他方面十分优秀的人员一律不予录用。

10.《鲁东大学报》2009年11月30日

玩电脑，张弛要有度

    某寝室小张自从家中给他买了电脑后，每到晚上同寝室的同学熄灯睡觉后，他仍会趴在自己的被窝里饶有兴致地上网玩电脑游戏、聊天或看节目。

    在信息时代，电脑无疑是我们学习的一名得力助手。然而，在日常学习生活中，有的同学却没有发挥电脑在学习中的积极作用，而是把电脑当作娱乐的工具。客观地讲，为放松一下因学习导致的紧张情绪和心理，适当地玩玩电脑游戏、聊聊天或看看节目，这些本来都是无可厚非的。但如果像小张在寝室熄灯之后趴在被窝里夜以继日地上网玩电脑游戏、看节目或聊天，就值得我们认真反思了。殊不知，这样做既害了自己，同时也影响了他人。对自己来说，如果没有节制地上网，一旦沉溺其中，不但影响学业，而且会玩物丧志。电脑散发的忽明忽暗的光和玩电脑时发出的响声，还会影响同寝室同学的休息，久而久之，将影响同学之间的关系。

    奉劝那些喜爱上网玩电脑的同学们，玩电脑切不可不讲地点、不讲时间地玩，而要张弛有度，适可而止。

11.《鲁东大学报》2011年9月8日

大学新生要积极适应新环境

大学生角色转变是人生的重要课题。从高中到大学，无论是生活方式、学习方法还是人际交往都会有全新的改变和感受。正因为如此，大学新生步入校园后，将会出现许多新的体验、新的希望、新的追求和新的挑战。新生只有积极地了解环境、适应环境，才能在新的环境中，重新认识自己，抓住自己新的发展机遇。

大学新生刚刚由高中到大学，通常面临的问题很多：一是生活上需要适应。要独立处理生活中的一切事情，要相互包容、和谐相处。二是学习上需要适应。要适应教学内容、教学方法和手段的变化，确定学习目标，探寻符合自身特点的学习之道。三是情感需求变化上需要适应。要正确慎视和把握自己的情感，把主要精力用于学业。

大学生是一个特殊的群体，社会要求高、家长期望高、个人成才欲望强烈，加之现在的大学生心理发展尚处于未成熟阶段，缺乏社会经验，自然成为心理障碍高发、易发群体。因此，加强大学生心理调节显得非常重要。入学时，可能大家的能力相差不了多少，但是到了大学毕业的时候，却惊奇地发现彼此能力的差距可能已不是几步之遥。对大学生来说，这种差距绝不是智力上的差异造成的，而是非智力因素造成的。只有在大学期间不断加强智力以外的情绪情感、意志品质、道德责任感、人生态度、人际关系、兴趣爱好、性格等的培养或提升，大学生的心理素质才会得到更大的提高。

面对大学新生活中的问题，需要大学新生从新的视角去认识，去体会，去学习。首先要为自己制定一个切实可行的目标，也就是职业生涯规划。其次要学会做人、做事，逐步认识并明确"我适合干什么，社会需要什么，我能干什么"。再次是要保持良好的精神状态，锐意进取，奋发有为。

12.《鲁东大学报》2012年4月25日

让学习成为一种自觉

寒假归来，某学院王同学一改往日课余时间或打球、或网游、或打工之安排，整天不是待在教室就是泡在图书馆，一门心思抓紧点滴时间开始学习起来了。他私下感叹说："再有几个月就毕业了，我得挤点时间学习学习了，不然就没法参加各种应聘考试了……"据了解，像王同学这种"应急学习应付考试"的现象，在我们大学生中不乏少数。

诚然，临近毕业和考试，减少些娱乐或户外活动时间来抓紧学习，这是无可厚非的，但那种平时不学、毕业或考试前拼命学的做法却令人生疑：学习难道仅仅为了就业和考试吗？答案显然是否定的。

在现实生活中，为什么有的同学总是在期中或期末考试中当"班副"，有的同学在毕业求职时常常因知识匮乏、能力不足而屡次被用人单位拒之门外，有的同学多次参加国家、省和市地的公务员招录或选调生考试而与之无缘。究其原因，一个最重要、最根本的因素就是不能自觉、主动、持续地学习，把学习仅仅作为考试的唯一目的。

学习是人生的永恒主题。我们有的同学之所以在学习上被就业和考试所"绑架"，并不是他们对学习真的感到枯燥乏味，平时事务繁忙没有时间学，而关键在于他们对学习没有一个科学的认知，没有养成良好的学习习惯。世界著名教育学家威廉·詹姆斯曾说过："播下一种习惯，收获一种性格；播下一种性格，收获一种命运。"而学习，无疑是我们每个人都应该养成的良好习惯与性格：一个人，如果让学习成为一种习惯，一种自觉，他就能够把握人生的正确方向，就能够实现人生的理想和目标。

培根曾经说过："习惯是一种顽强而巨大的力量，它可以主宰人生"。一个好的习惯，可以使人终身受益，成就精彩的人生；一个坏的习惯，失败如影随形，往往会遗祸一生。古今中外的历史彰显了这样一个真理：事有所成，必是学有所成。纵观那些风云人物，无论其背景如何、学历高低、出身贵贱，无不具有孜孜不倦、学而不厌、学以致用的学习态度。人，与书籍为伍才能创造世间奇迹；人，与墨香相伴，才能玉成丰硕人生。

俗话说：住宅里没有书籍，犹如房间没有窗户；生活中没有读书，犹如食物中没有营养。读书是人生的重要组成部分，人生应当与读书同行。当然，学习习惯的养成，并非一朝一夕之功，也不是一蹴而就之事，而是一个持之以恒、不断内化、自我完善的过程。所以，对大学生来说，要面对诱惑不动心，定力如山不迷失，始终树立"事业无止境，奋斗无穷期"的进取意识，坚持"秉烛夜读书，品茗独炼句"的精神境界和"活到老、学到老"的学习理念，平时多一些阅读、少一些娱乐，多一些实践、少一些空谈，让学习成为一种自觉的生活习惯和生存方式。只有这样，我们才能拥有满意的工作，我们的人生才能更充实、更精彩。

13.《鲁东大学报》2012年6月12日

文明离校再展学子风采

六月的风中开始飘散着离别的味道。莘莘学子即将挥手告别这熟悉的校园，告别为自己传道授业解惑的老师，告别情同手足的学弟学妹……我们应以文明的方式告别自己的母校，告别自己的大学时代，表达对母校的感激和眷恋。

四年的大学生活，留下了足以让我们为之骄傲和自豪的回忆：在这里，有我们青春的脚步，有我们年轻的收获，有我们放飞的梦想；在这里，我们曾经有过彷徨、快乐、感动、失败、成功；在这里，我们学会了做人、做事、做学问，所有这些经历都是那么的珍贵和难忘。离校在即，当终点又承载着起点，大学生要唱好毕业歌，用自己良好的言行再展学子风采。

离校前要站好最后"一班岗"，给自己的大学生活画上一个圆满的句号。虽然在校的时间不长，但只要人在校园，就要积极与师长和同学交流，学习新知识新技术，为走上新的工作岗位奠好基、充好电；要遵守好校规校纪，做到不打架、不酗酒，爱护学校的设施；要坚守诚信和承诺，按规定积极偿还学校和他人的钱物。

离校前为母校再做一件有意义的事，以此表达母校师生的感激之情。主动给低年级同学分享一点自己的考研和就业择业经验；积极参加学校和学院组织开展的"为母校做一件好事""给母校提一条好建议""给在校生留一句忠告""义卖捐助特困生""交纳特殊党费"和"种植纪念林"等富有意义的活动。这些看似微不足道的小事却彰显着文明的大义，更能体现出大学生的道德修养和文明素质。

面对严峻的就业形势，我们要保持平和的心态；面对激烈的社会竞争，我们要有胜者的信心和勇气。未来的日子里我们要风雨兼程，带着青春的微笑，谱写人生新篇章。

昨日，我们为在鲁东大学成长而自豪；明天，鲁东大学将会因我们的进步而骄傲。

14.《鲁东大学报》2012年6月21日

道谢莫要等到毕业季

眼下大四学生毕业离校的日子越来越近了。此时，校园里涌动着学生向老师道谢的一幕幕感人情景：有的纷纷要求与老师一起合影，有的给老师送去一朵朵艳丽的鲜花……毕业离校之际，与曾经执教或相识的老师共诉留恋意、同道离别情，这本无可厚非而难能可贵的。但在这种道谢背后，昔日校园里让许多老师和职工诟病的"见到老师视若无睹"的现象，让人不得不质问：道谢非要等到毕业之际吗？

日常生活中，人们见面相互打个招呼、道一声问候是人之常情的礼貌行为，也是社交处世的基本言行。中国是文明古国和礼仪之邦，自古以来就十分重视见面时的礼节。

无论从大学生担当的使命和责任看，还是从大学生做人和成才的要求来讲，大学生都应当在社会主义精神文明建设中特别是在文明礼貌等方面走在其他人的前列。部分大学生之所以遇见老师视若不见，原因固然是多方面的，但最重要的还是对尊师重教的认识有失偏颜。诚然，尊师重教有许多方式，但遇到老师打声招呼问个好是做人最起码的言行举止和道德准则。因此，作为大学生不仅在毕业时和毕业后知道感恩老师、感恩母校，而且最关键的是在日常学习和生活中要讲礼貌、知礼仪、懂礼节。道一声"老师好"，这不是老师对学生的苛求，而是大学生生存发展、求知成才的自身要求。这一句话看似简单，但要做好很不容易，需要信心、恒心和勇气。

"礼形于外，德诚于中"。在校园，当你遇到认识的或不认识的老师，请你自觉打个招呼道一声"老师好！"，这既彰显了当代大学生良好的人文素质，也为将来毕业后人际交往和建立人际关系奠定了基础。

15.《鲁东大学报》2014年4月10日

小事做精细大事才能做精彩

"无论你是谁，无论你有多高的学历，只要你想成就一番大事，就必须先从小事做起，把小事做好。"这是在近日举行的某市企业家与大学生面对面座谈会上，一位建筑企业老总回答"大学生如何创业就业"的肺腑之言。据了解，这位出身农民的企业家，从80年代初背井离乡30多年来，干遍了建筑行业中木工、油漆工、抹灰工、瓦工、水工、电工等几十个工种。难怪他学土木工程专业的儿子大学一毕业，也被他打发到了建筑工地从安全员干起，并规定5年内工作无业绩不得到公司机关任职。这位老总的所言所行给我们特别是即将毕业创业就业的大学生们不无启示。

举凡成功者，都特别强调和注重做好自己承担的每一件小事，古今中外一切政要商贾概莫能外。老子云："合抱之木，生于毫末；九层之台，起于累土；千里之行，始于足下。"他恰如其分地道出了"小事"与"大事"的辩证关系。天下三分有一的一代枭雄刘备曾说："勿以恶小而为之，勿以善小而不为。"正是由于他做事认真细致，不放过一丝一毫的疑问，才使得天下豪杰争相归附，才有了与曹操、孙权抗衡的实力。一代名臣曾国藩曾言："天下大事当于大处着眼，小处着手。"他言行一致，最终得到了清廷的信任，实现了自己的霸业。世界首富比尔·盖茨这样说："每一天，都要尽心尽力地工作，每一件小事情，都力争高效地去完成。尝试着超越自己，努力做一些分外的事情，不是为了看到老板的笑脸，而是为了自身的不断进步。"这不得不说是他取得成功的一个奥秘。

纵观时下，我们有的人对小事总是不屑一顾，即使去做也是敷衍了事，心里总是想着干一番惊天动地的大事。尤其是部分即将要走出校门的大学毕业生，总想着找个舒适安逸的机关去工作，而不愿到乡村、学校、企业等基层一线去磨炼自己，总想着在机关做些领导看得见、上面能挂号、报纸电视能露脸的大事。之所以产生很多的想法，关键在于没有弄清楚做"小事"与做"大事"两者的关系。其实，任何事情只有大小难易，并无高低贵贱。一件简单的小事情，往往所反映出来的是一个人素质、能力和责任心，不要以为做小事显不出你的本事和才能，以为做小事会让你没有面子。试想，一个连小事都不做而且也做不好的人，怎么能够担当起做大事的责任，又怎么能做好大事呢？做好小事是做好大事的基础，没有人脱离这个基础而直接干成大事的。所以，无论是已经走上工作岗位的同仁，还是即将要踏上工作岗位的大学毕业生，要敢于放平心态，放低姿态，切忌好高骛远，从小事着手，踏踏实实地在基层一线做好每一件小事，不断地积累经验，增长才干。唯有如此，才能成就我们事业的梦想。

16.《鲁东大学报》2014年9月16日

大学是加油站不是终点站

"现在好了，到了大学再也不用读高中时那么辛苦了！"刚跨进大学校门有些同学从内心发出这样的感慨。诚然，莘莘学子经过三年的艰难拼搏，考上自己和家人梦寐以求的大学是每个学子人生中的一个巨大成就。但大学生活对每个人来讲，既不是休歇点，也不是终点站，而是一个加油站，是人生的一个崭新起点。

大学时期是同学们世界观确立的重要时期，也是人生的重要拐点。有的同学却把大学想象成炼狱后的天堂、安徒生的童话世界。其实，大学时期竞争的激烈程度要远胜于高中阶段，如果你不付出或者说不努力付出，你将一无所获或者收获甚少。作为一名有理想、有抱负的大学生，从步入大学校园的那刻起，除要认认真真规划好自己的大学学业生涯外，当前最紧要的是做到四个"改变"：一是要认真审视大学，改变对大学的认知。大学是人生的重要旅程。大学不是终点站，而是加油站；不是游乐园，而是梦工厂；不是象牙塔，而是微社会。大学是大学问、大智慧、大世界，读大学是做人、做事、做学问。不要以为大学是自由的天堂和浪漫的伊甸园。二是要正确解读大学，改变对学习的诠释。大学的学习具有系统性、综合性和广博性。人文与自然、历史与当代、东方与西方、理论与实践、继承与创新、演绎与归纳、论证与实验融会贯通。只有改变对大学学习的认知，才能提高学习的效能，才能真正实现从"要我学"到"我要学"的转变。三是要培养健康文明的习惯，改变不良习好。改变"宅"的习惯，积极投身到多彩多姿的校园生活，到体育馆、运动场去，到图书馆、实验室去，到琴房、社区去；改变"微阅读"的习惯，养成"悦读"的习惯——愉悦的读书。虽然手机屏、电脑屏、电视屏极大地满足了我们的感官，却淹没了我们的思想。学习工具不应仅仅是电脑、Ipad，网络搜索不能代替原著经典。让悦读积累你思想的深度，成为你走向成功的阶梯；改变网络交友的习惯，养成"face to face"习惯。靠"摇一摇"找到的"小伙伴"毕竟不太靠谱，靠"非诚勿扰"找到终身伴侣概率也太小。在大学，你们可与不同专业、不同性格、不同爱好的人交往，不断地提升交流、沟通、合作的空间和能力。四是要树立创新理念，改变对职业的定位。读大学如果仅仅为就业而学习，你将面对巨大的就业压力，你就会陷入迷茫；如果为择业而学习，你将会有清晰的目标，你就会信心百倍；如果为创业而学习，你将会有无限的动力，你就会事业有成。只有创新，才能适应日新月异的经济社会发展。

梦想多深，思考多远，改变多大，你的未来就会有多好。同学们，加油吧，不要停歇，唯有拼搏的人生才会更精彩！

17.《鲁东大学报》2014年12月10日

请给您的大学生活补点"钙"

前不久，一位长期在高校从事大学生思想教育管理工作的老师给记者讲述了这样一件事：某社区要组织一场为福利院儿童的义演活动，为此想请几名有艺术特长的大学生加盟助阵，当联系确定的这些学生了解到该项活动属"义演"无劳务费用后，他们都以"周末有课"为由而婉拒了。听罢此事，无不令人唏嘘感慨：如今的大学生，已到了重拾理想与信念的时候了，是该给他们精神生活补点"钙"了！

大学是一个求知探索的舞台，也是一个用来磨炼思想的舞台。在高校，作为大学生不但要学会认知，学会做事，而且更要学会合作，学会生存。而我们有的同学却把大学四年仅仅看作是获取知识和技能的梦工场，而忽视了其人生观、价值观和世界观的改造。大学四年，如果以自我、名利和享乐为中心，一切唯名利是图的话，在大学期间或大学毕业走入工作岗位后，有的可能在政治上要变质，经济上要出轨，道德上要滑坡，到头来，不仅没有成为经济社会发展的栋梁之材，而成了国家和社会的"次品"。

现代医学表明，人在生长发育过程中需要摄入足够的钙，如果身体缺钙就会得"软骨病"。对一个大学生来讲，如果一味沉迷物质，必然就缺精神锐气；如果一味囿于"自我"，心胸必缺广阔天地；如果思想上缺"钙"不补，就谈不上健康的人生，也就无从实现自己的梦想。诚然，肉体上缺钙，可以通过吃补药解决问题。但是，如果是精神上缺"钙"了，那就不易补回来了。如果明知自己缺"钙"

而莫衷一是，那么，您将有可能在"精神缺钙"的泥潭中会越走越远、越陷越深。

面对当下多元价值观的销蚀和冲击，当前大学生至少要补好这样几种"钙"：一是要补信仰之"钙"。法国著名作家罗曼·罗兰说过："整个人生是一幕信仰之剧。没有信仰，生命顿时就毁灭。坚强的灵魂在驱使时间的大地上前进，就像石头在湖上漂流一样。没有信仰的人就会下沉。"科学的人生信仰是大学生认识世界和改造世界的动力、行为的指南。当代大学生只有坚持科学的社会主义信仰，具有强烈的爱国主义、集体主义和为人民服务的精神，只有将个人梦与中国梦契合起来，"小我"与"大我"协同一致起来，才能肩负起时代赋予大学生的历史使命，才能实现中华民族伟大复兴的梦想。二是要补道德之"钙"。纵观人类历史的变迁和发展，在某种程度上说就是一部道德发展与进步史。作为担负国家和民族发展大业重任的青年大学生来说，必须从一言一行做起，必须从一点一滴做起，必须从一时一刻做起，勤学、修德、明辨、笃行，讲社会公德，讲职业道德，讲家庭美德，讲思想品德，用中国特色社会主义核心价值观熔铸当代大学生的"精神名片"。

18.《鲁东大学报》2015年11月10日

适合自己的才是最好的

2016届毕业生校园供需见面会在校举行。来自校内外的数万名应届毕业生冒雨来到招聘现场选择自己的职业。在风雨操场招聘现场出口处，笔者同一位刚刚参加完应聘手持简历和招聘简章的女同学攀谈起来："今天的招聘会投了几份简历？找到自己意向的单位没有？"女同学沉思片刻后神情很自然地说："我学的是机械制造专业，尽管今天招聘会上有许多企业招聘我这个专业的，但是通过进一步的洽谈了解，最后我还是没有找到最适合自己工作的岗位，所以连一份简历也没有投。我相信自己将来一定能够找到适合自己的那份工作的。"听罢女同学的回答，笔者顿生感慨：在当前国内就业形势日趋严峻的大背景下，"适合自己的才是最好的"择业理念值得我们广大应届大学毕业生借鉴和思考。

毕业找工作，对即将离开学校要初次选择职业的大学生来说，是一个至关重要又特别困难和复杂的问题。能否选择到最适合自己的职业，取决的因素诚然很多，但最根本的需要依据自己所学专业与所从事职业是否协调、自己对所从事职业的兴趣爱好、自己对所从事职业的成就感和幸福感、自己所从事职业的发展空间等情况来综合判定。在现实应聘过程中，我们有的同学往往比较看重招聘单位给出的工资和福利待遇，而对自己是否适合在这个单位这个岗位工作则考虑甚少。有的同学甚至说，找个单位干几年再说，不行再换就是了。话虽然是这么讲，但耽误的又何止是时间呢？我国著名国学大师、书画大师、北京师范大学启功教授择业的故事给我们不无启迪。抗日战争结束后，启功收到了两份聘书，一份是大学老师，薪水不高还辛苦；一份是教育局的科长，拥有实权而且收入也多。当时启功家里很穷，他就想进教育局。恩师陈垣听说此事，便直截了当地对他说道："学校送给你的是聘书，你是教师，是宾客；衙门发给你的是委任状，你是属员，是官吏。你怎么想当官，就不配做学问！"恩师陈垣的逆耳之言，让启功顿有醍醐灌顶之感。他立刻婉言谢绝了教育局的邀请。晚年提及此事，启功说道："在自己人生道路上，我做出了重要的正确的选择，对我来说，这是无价之宝，而帮我指点迷津的却是陈老师。他指导我怎样正确衡量自己，认识自己，选好自己的人生道路。"这个故事告诉我们，选择什么样的职业就会造就什么样的事业和人生。

选择职业是一个系统工程。那么，怎样才能选择到最适合自己的职业？用最通常的一句话讲，就是要正确地衡量自己和认识自己。在实际应聘过程中则需要做好以下六点：一是进行自我评价。要通过自我评价来确定自己对哪些种类的工作感兴趣，以及自己具有干好哪些现实工作的可能性。二是进行考查研究。要对尽可能多的工作种类进行考查了解，要在众多职业选项中选择适合自己的工作。三是详细了解可能适合自己的工作。在对尽可能多的工作种类进行考察研究时，要采用排除比较法选择可能适合自己的工作种类。四是缩小可能适合自己的工作种类的范围。在进行多方比较、思考后，要进一步缩小可能适合自己工作种类的范围，确定可能最适合自己的工作种类。五是收集筛选最适合自己工作岗位的具体信息。要通过网上查找和对有关专家进行咨询及实地走访等形式，明确候选工作的性质，了解这些候选工作的发展前景，自己适应这项工作的底数，等等。六是做出选择。在广泛征求家人、老师及职业咨询专家意见的基础上，最终确定出最适合自己的职业。

工作没有高低之分，也没有贵贱可论。在"大众创业、万众创新"的今天，大学毕业后你无论干哪行做哪个职业，只要是最适合自己的，才能人尽其才、才尽其用，才能实现你的人生价值。

19.《鲁东大学报》2015年11月20日

请给这样的帮助道声"谢谢"

近日，发生在校园里的一件事让某老师感到有点懊恼：这一天，他去学校接待服务中心看望来访的朋友，见面结束返回时，当他用力推开弹簧玻璃门即将松手时，发现有两个学生紧跟其后，于是他没有半点犹豫，站在门外用手拉着门，等两位学生走出来后这才松开手，他没有想到的是，两位学生看似什么也没有发生一样，说笑着扬长而去连头也没有回。他站在门边望着远去的学生背影许久才悻悻离去。尽管这只是一个很小的细节，在我们日常生活中也很司空见惯，但却能体现一个人的素质和修养，折射出整个社会文明程度的高低。不管怎样，它留给我们一个需要认真思考的问题：为什么现今有的人对他人善意的帮助连最起码的道一声"谢谢"都没有呢？

中国是一个有着五千年历史的文明古国，素有"礼仪之邦"的美称。无论是出门办事还是出差旅行，我们时时处处都能感受到一股股和谐温馨的文明之风。在学校里，当你的书本掉在地上，有人会悄悄地给你拾起；在街道上，当你不小心跌倒了，有人会上前把你扶起；在生活或工作上，当你遇到伤心或失意的事，有人会给你安慰并伸出援手……当然，这些给予他人的帮助，都是发自内心、不求图报的真情表达，更不是冲着一声"谢谢"而亲力亲为。在现实生活中，我们对他人给予的帮助都能够知道去感恩，去发自肺腑地道一声"谢谢"。而对于那些就像这位老师给予不经意的帮助，我们有些人却不予重视，有的甚至熟视无睹，觉得他人的帮助是举手之劳、理所当然。有了这种心态，我们有的人遇到这样的帮助时难免对"谢谢"两个字也额外吝啬了。

法国哲学家卢梭曾说："没有感恩就没有真正的美德。"当你得到他人帮助时，道一声"谢谢"则是最基本的感恩形式。这不是一种什么苛求，而是顺理成章、天经地义的事。一个人受他人帮助之后，对人家道一声"谢谢"，其实是对对方行为的肯定和尊重。一声"谢谢"，其实很微不足道并且也无任何实际价值，然而这一声"谢谢"又是无价的。有时，一千句、一万句感激的话，都凝聚在"谢谢"这两个字上；有时，诗山辞海的感恩之情，都没有"谢谢"这两个字表达得更完美、更充分、更淋漓尽致。所以，无论何时何地只要他人给予自己以帮助，我们都要心存感激，真诚地道一声"谢谢"。

让"谢谢"成为你、我、他，成为你们、我们、他们的共同语言。

20.《鲁东大学报》2015年12月10日

要让挫折变为财富

互联网时代，创业教父马云的"淘宝网"可谓家喻户晓，大家更多地会关注他的阿里巴巴帝国，而很少有人去关注他的创业经历。1982年，18岁的马云第一次高考失败下学谋生，先后干过秘书和搬运工；1983年，19岁的马云二次高考依然失利，白天到企业上班，晚上仍然坚持到夜校学习；1984年，20岁的马云第三次高考艰难过关，毕业后进入杭州一高校当英语老师；1997年，33岁的马云放弃"中国黄页"，宣告他第一次创业夭折；1999年，35岁的马云推辞了新浪和雅虎的邀请南归杭州创业，标志他第二次创业失败。试想，如果当初马云不经历两次高考失利、两次创业失败的挫折，他今天就绝对不可能成为中国乃至世界互联网的"巨人"。马云的成长创业经历告诉我们一个很浅显的道理：挫折也是人生一笔不可或缺的财富。

俗话说：人生不如意事十之八九。这就是说，人人都有遇到挫折的可能性。对我们大学生而言，在求学乃至今后的人生道路上可能会遭遇经济、学业、就业、情感等困难或挫折。面对困难与挫折，有的同学往往容易产生委屈、埋怨、畏难、逃避等情绪。在学习和生活中，遇到些挫折、逆境是正常的，也不要怨天尤人，关键是我们如何去面对挫折，尤其是在经历挫折后，我们要变得聪明、变得坚强、变得成熟。古今中外，许多仁人志士在与挫折斗争中做出了不平凡的业绩。司马迁在遭受宫刑之后，履历著书，写出了被鲁迅誉为"史家之绝唱，无韵之离骚"的名著《史记》。音乐家贝多芬，一生遭遇的挫折是难以形容的。他十七岁失去母亲，三十二岁耳聋，接着又陷入了失恋的痛苦之中。对一个音乐家来说，这样的打击可能是致命的。但是，贝多芬不消沉、不气馁。他在一封信中写道："扼住命运的咽喉，它妄想使我屈服，这绝对办不到。"他始终顽强地生活，艰难地创作，最终成为世界不朽的音乐家。

孟子说："故天将降大任于斯人也，必先苦其心志，劳其筋骨，饿其体肤，空乏其身，行拂乱其所为，所以动心忍性，曾益其所不能。"因此可以说，挫折是造就人才的一种特殊环境。它虽然给人带来痛苦，但它往往可以磨炼人的意志，激发人的斗志；可以使人学会思考，调整行为，以更佳的方式去实现自己的人生目标，成就辉煌的事业。当然，挫折并不能自发地造就人才，也不是所有经历挫折的人都能有所作为。法国作家巴尔扎克说："挫折就像一块石头，对于弱者来说是绊脚石，让你却步不前；而对于强者来说却是垫脚石，让你站得更高走得更远。"作为一个有理想、有抱负的大学生，应该自觉地把遭遇到的挫折当成人生道路上一笔财富，积极面对，勇敢面对，坦然处置。首先，要自觉地培养自信心和意志力，做好随时应对挫折的心理准备，增强抵御挫折的承受力；其次，面对挫折要做到不消沉、不颓废，始终保持冷静、理智的头脑，在进行适度发泄的基础上，客观全面地分析挫折产生的原因；再次，要依据个人的实际情况，制定战胜挫折的举措和办法。

漫漫岁月，茫茫人海，生活道路上无不充满坎坎坷坷。作为新时代的大学生，应以最美的微笑诠释生命的意义，以最积极的心态面对今天的困难，以最顽强的奋斗战胜明天的挫折。请坚信：风雨过后，眼前将会是鸥翔鱼游的天水一色；走出荆棘，前面就是铺满鲜花的康庄大道；登上山顶，脚下便是积翠如云的空蒙山色。

21.《鲁东大学报》2017年4月14日

服务就是多说"OK"少说"NO"

机关干部如何为基层服务？党委书记徐东升在近日学校召开的第二届教代会暨工代会第四次会议上给出了清晰明确的答案："全体机关干部都要围着学院发展转，为学院服务，为其他二级单位、学校机关服务。""围绕学院发展这个主体，转变机关工作作风，不是管、卡，而是服务。""职责范围内的，多说'OK'，少说'NO'。"徐书记通俗易懂、深刻精辟的阐述给我们机关干部无不以启发和思考。

机关干部是学校党委行政决策意图贯彻落实的具体实施者，担负着为党委行政出谋划策、为学院服务指导等任务，起着承上启下的桥梁纽带作用。组织、管理和服务是机关的三大功能。现在基层对机关的要求更多的是服务功能。机关干部为学院服务、为二级单位服务、为师生员工服务，是机关干部的职责所系、岗位所系、事业所系。当前，高等教育改革发展面临新的形势和新的任务，学院、二级单位和师生员工对机关干部服务也提出了新的标准和新的要求。笔者以为，要做一名称职的机关干部，首先要有主动服务的意识。当前，个别机关干部或多或少地存在"官老爷"思想和"衙门"作风，居庙堂之高而心无师生员工，对师生员工的疾苦视而不见、置若罔闻。现在有的机关干部对学院、二级单位和师生员工也办事、也解难，但往往不及时、不到位，"雪中送炭"变成了"雨后送伞"。因为错过了服务的最佳时机，从而使服务的价值大打折扣，引起了学院、二级单位和师生员工的不满。因此，为学院、二级单位和师生员工服务不能被动服务，而必须主动服务、超前服务。二是要有担当的气魄。机关干部在为学院、二级单位和师生员工服务时，遇到矛盾和问题在所难免，关键在于遇到矛盾和问题后的态度。对学院、二级单位和师生员工教学科研等方面遇到的困难和问题，机关干部要坚持不推诿、不扯皮、不刁难、不贻误，要敢于发声，敢于担当，敢于作为，树立"不发声就是无能，不担当就是软弱，不作为就是失职"的工作理念。要多研究"怎么办"，不贸然讲"不能办"，具备条件的要"马上办"，暂不具备条件的要"设法办"，对不合理要求和一时不能办理的合理要求，要做好解释沟通工作。没有担当和没有作为的机关干部是不合格的，学院、二级单位和师生员工也是不欢迎的。三是要有创新的精神。"明者因时而变，知者随事而制。"作为机关干部要摒弃不合时宜的旧观念，冲破制约发展的旧框框，坚持把创新作为一种信念、一种追求，在实践中大胆创新、大胆探索，在工作中敢于"亮剑"、敢于首创。要站在学校全局的高度思考问题，凡事要替学院、二级单位和师生员工着想，凡是做到与学校领导思想同心、目标同向、行动同步，要主动做好事前调研、事中协调和事后督查，为学院、二级单位和师生员工提供全方位、多层面的服务。四是要有争先的理念。要把"爱岗敬业、争创一流"的追求渗透到机关工作的全过程，体现在工作的每一个具体环节，无论办文、办会、办事，都要坚持高标准、严要求、上档次、出精品，努力做到零差错、无失误，在机关工作中领先一步，努力成为一面旗帜、一个标杆。五是要有律己容人的品质。"其身正，不令而行；其身不正，虽令不从"。要求别人做的机关干部首先做好，要求别人不做的机关干部首先不做，要做到言必信、行必果。上下同欲，才能"与之生，与之死，而不畏危"。要自觉抵制拜金主义、享乐主义、极端个人主义，坚决顶住各种诱惑，做到政治上防渗透，思想上防庸俗化，工作上防随意性，经济上防贪占，老实做事、清白做人。要宽容大度凝聚人心，修炼心胸宽广的雅量、容人之短的气量、取长补短的度量，要在宽容中求合作，形成干事创业的合力。

22.《鲁东大学报》2017年7月13日

兴趣爱好成就未来事业

近日，在学校举办的《讲鲁大故事》报告会上，贵州鸿发生态农业科技有限公司法人兼董事、我校农学院应届毕业生杨安仁讲述了自己4年求学创业的故事。他用自己亲身经历告诉在校的学弟学妹和即将步入社会的广大毕业生，不要轻视行动的力量，更不要轻视个人的力量，要用心培育自己的兴趣爱好，这样你才有可能成就自己的一番事业。

杨安仁出生于贵州省黔南布依族苗族自治州独山县兔场镇，是一个典型的四面环山、交通闭塞的乡镇，因受祖辈父辈经营油桐加工的影响，他从小便对油桐种植产生了浓厚的兴趣，甚至曾经辍学回家建立和发展自己的油桐基地。大学期间，在学好本专业的同时，课余时间仍然专心于研究自己的油桐产业。四年来，他所学专业课成绩均位居全班前五，荣获学校和山东省政府奖学金，获得"创青春"全国大学生创业大赛金奖和山东省"齐鲁最美青年"、山东省高校"十大优秀毕业生"提名奖。与此同时，他的公司年销售收入从最初的400多万元发展到现在的3000多万元，企业林业估值已突破3亿元……

纵观世界和中国名人创业史，因自己的兴趣爱好而成就一番大事业的不乏其人。江民杀毒软件创始人兼总裁、中国著名反病毒专家王江民，当别的同事周末在麻将桌上玩得不亦乐乎时，他却坐在电脑前孜孜不倦地研究着病毒的原理和防治。几年后，他的同事仍然是某工厂的工人，而他却华丽转身，成为中国最早的反病毒专家，并创立了科技有限公司（杀毒软件），占有中国杀毒软件市场80%的份额。写作曾是余华的兴趣爱好，晚上，当别人都躺在床上休息时，他却在昏暗的灯光下，奋笔疾书，伏案而作。几年后，他的角色发生了转换，从一个普普通通的牙科医生，转身成为当代著名作家，作品远销海内外。现在我们只要一提到苹果手机，都会情不自禁地想起乔布斯。在他10岁时，他对电子学方面的兴趣爱好就明显表现出来了。平时在家里，只要在箱子里翻到一两只废弃不用的电子元件，他总要拆开来看个究竟，玩上好几个小时。正是因儿时的这个兴趣爱好成就了乔布斯。

其实，人与人之间的能力几乎是相当的，只存在着一些微小的差距，并且这种差距可以通过一定的努力就能弥补的，而真正的差距在于业余时间的兴趣爱好。对大学生来说，课余时间相对比较自由，没有老师看着你，也没有制度约束你，想干什么就干什么。对于一般的人来说，都会选择休息和娱乐，而有少部分的人却选择了充电或发展自己的兴趣爱好。虽然业余时间比较零散，但叠加在一起还是比较可观的。一天除去上课的八小时和睡觉的八小时，还剩下八小时，再除去吃饭和应酬的时间，起码还能剩下四个小时左右。如此宽裕的时间，我们完全可以利用起来，做一些有意义的事情。你可别小看这点儿时间，日积月累，持之以恒，也能干出一番大事业。也许你曾羡慕过别人的成功，也许你曾抱怨过自己的不如意，可是，你有没有想过，平庸与卓越完全取决于自己，如果你能有一个有益的爱好、有一个既定的目标，说不定从此就能改写你的人生。退一步讲，即便你不能像乔布斯、王江民那样做出一番惊天动地的伟业，但最起码你的生活是充实的、愉悦的。

所以说，当别的同学毕业时有了心仪的工作和成就，毕业后事业有成，你就不要再怨天尤人，更不要自暴自弃，而是要从现在起，培育自己的兴趣爱好，并为之不懈地努力。这样，就业创业的路上，你才不会孤独，你才会有所收获。

23.《中国教育报》2020年7月6日

思政课教师育人应先育己

高校思政课是立德树人的关键课程，是大学生思想政治教育的主渠道、主阵地。当前，随着移动互联信息技术的快速崛起，自媒体、新媒体、融媒体等多元传播时代的来临，在不同思想文化观点交流交融交锋，大学生思想政治教育面临许多新情况新任务新课题的时代背景下，如何引导学生自觉树立正确的理想信念，培养学生理性、科学、客观、全面的思维品质，学校思政课教师不但责任重大，而且更要学习运用和正确把握好"因果关系"辩证法。

把握"因果关系"辩证法，大学生思想政治教育才能由"繁"就"简"。在思想政治教育的具体实践中，思政课教师要重视多因多果的复合因果联系。一方面，要充分认识思想政治教育的复杂性。对学生中反映出来的现实思想问题，要具体情况具体分析，既要看到学生思想问题的共性，也要了解学生思想问题的个性。另一方面，要依据学生思想分门别类做工作。思政课教师要全面分析研判学生思想问题产生的原因，防止思想政治教育"一把尺子横竖量"式的简单化、模式化倾向。

把握"因果关系"辩证法，大学生思想政治教育才能从"暗"转"明"。思想政治教育的实践表明，当前学生思想问题的产生、变化和演变，不是什么空穴来风无中生有的，而都是有其客观原因的。只有充分研究客观外界对学生思想产生影响变化的根本原因，才能科学有效地预见学生思想行为的目的性。

把握"因果关系"辩证法，大学生思想政治教育才能去"粗"存"精"。思想政治教育规律的客观性表明，它虽然既不能任意地被人们所"创造"，又不能随意地被人们所"改造"，但思想政治教育的规律是可以被人们所认知和掌握的，思政课教师只要善于运用马克思主义的立场、观点和方法，探索研究学生思想政治教育的规律和特点，思想政治教育就能从"粗放"走向"精准"，就能减少工作中的盲目性和随意性，从而进一步增强思想政治教育的自觉性和科学性。

把握"因果关系"辩证法，大学生思想政治教育才能推"陈"出"新"。思政课教师要在总结我们党思想政治教育传统经验做法的基础上，不断推进思想政治教育理念、方式方法和教育手段等机制的创新，才能有效增强新时代思想政治教育的吸引力、感染力和号召力。尤其是在当前自媒体、新媒体、融媒体等多元传播时代，思政课教师更要充分利用现代网络这一优势，用先进文化和思想占领学校思想政治教育新阵地，用强大的正能量引领广大学生树立正确的世界观、人生观、价值观，争做社会主义核心价值观的坚定信仰者、积极传播者和模范践行者。

24．2017年9月5日

致十八岁儿子的一封信

亲爱的儿子：

　　得知学校即将在9月17日为你们举行成人礼，作为爸爸妈妈，感到非常欣慰。成人洗礼不仅仅是一种形式，更是一种唤醒，一番激励，一份期待。在这样一个特殊的日子里，爸爸妈妈为你高兴！向你表示祝贺！

　　提到18岁，爸爸有着更加深刻而难忘的回忆。1981年10月，爸爸高考名落孙山后不久，便参军到了部队，而这一年爸爸刚满17岁。一穿上那绿军装，爸爸犹如提前举行了成人礼，进入了"解放军叔叔"这大人的行列，从此肩膀上就烙上了一个又一个的责任。远离家乡，一人孤身在外，既无家人相伴左右，也无亲朋好友在身边。为了这份责任，爸爸只有一个选择——靠自己走自己的路。经过不懈努力，爸爸先是考入了济南陆军军官学校，毕业后又凭借"新闻写作"这个特长从基层连队一直干到了师级机关。1991年7月，爸爸又考入了解放军西安政治学院进修深造。特别是2001年从部队转业到地方工作时，爸爸凭着自己的一本小小的"剪报本"，就被安排到了高校机关做新闻编辑工作。这其中，爸爸尽管付出了许多，但也得到了许多，收获了许多，成熟了许多。你妈妈也一样，从考上大学到分配到银行工作，无论在哪个工作岗位上，都能够兢兢业业地工作、孜孜不倦地学习，妈妈的业务能力和理论水平始终在他们单位名列前茅。

　　儿子，2018年的5月3日，你就是真正意义上的成年人了。成人意味着什么？意味着你将不再是可以躲在父母的羽翼下任性的孩子；意味着你将告别幼稚走向成熟，克服依赖，走向独立；意味着你在拥有相对独立、自主权利的同时，也要承担成人应尽的义务和责任。这责任从小的方面讲，是为自己，为父母，为家庭；从大的方面说，是为国家，为人民，为我们赖以生存的世界。

儿子，在你即将迈入成人行列之时，爸爸妈妈不禁想起了你过去走过的那18个岁月。在你的成长过程中，爸妈虽然付出了许多心血，把培养你健康成长作为家庭最重要的大事来经营，但此时我们想到更多的不是辛苦和劳累，而是你出生后带给爸妈的那份喜悦和快乐，以及成长中你不断努力、不断成熟带给我们的一次又一次惊喜与感动。特别是你无论在那种场合遇到师长和老人，都能够有礼相待，左邻右舍都夸你是一个懂事明理的孩子；初二那年你独自离家结伴去新加坡游学，我们全家都分享了你游学的收获与快乐；在你几次运动发生意外经历中，你的坚强、冷静、执着和永不言败的性格，让我们看到了你在成长道路上前行的力量和意志。

儿子，你从小就是一个乖巧懂事、勤奋好学、从不服输的孩子。18年里，你虽未到成人的年龄，但许多语言和行动都胜过了成人的言行。尽管你以为这些很平常，但赢得了老师的肯定、同学的赞扬、邻居的夸奖和爸妈同事的美慕……你成了爸妈的骄傲与欣慰。当然，缘于爸妈的性格和方法，在培养教育你的过程中，出现了诸如对你要求与期望太高、爸妈以身作则不够、你有问题往往问责多于关心和疏导，等等。这是我们的经验教训，也是你今后人生中应该需要注意的问题。

儿子，在你即将跨入成人的行列之时，在你跨入高三将要迎接高考之际，爸妈有几句心里话想对你说："你长大了，你开始有了自己的思考，对周围、对社会也有了自己的认知和理解，不管你的思考和认知是否正确和成熟，爸爸妈妈都会充分尊重你，不会强求你做什么。"今天，爸妈就与你做一次成人间的心与心的交流与沟通，也衷心送上爸爸妈妈对你最真挚的祝福和希望：

一是健康快乐。健康是1，学习成绩及其他都是0，健康是学习和工作的本钱。快乐是幸福的表现，是成功后的心情。这些感悟已经成为人们的共识。但在现实中真正做到的人并不多。所以，爸妈把健康快乐放在第一条来与你交流。健康快乐，这是一个永恒的话题，记住她，你会受益终身。高三期间，既不能让一分一秒从你身边无效地溜走，但在刻苦学习的同时，千万不要忘记每天抽一点时间锻炼身体，去操场跑几圈、周日去游游泳，有了强壮的体质更会有助于你提高学习效率，实现你的人生理想。

二是全力拼搏。烟台一中是烟台的名校，每年都有数十人考入北大清华，重点本科上线率达到了80%。跨入高三后，这让你感受到了比社会还要激烈的竞争与压力。爸爸妈妈相信，你会用最大的努力、最好的状态去迎接明年的高考。爸妈感到：付出与努力不一定有回报，但不付出不努力肯定没有回报。当然，付出和努力不是一句空话，它需要你牺牲正常的休息和娱乐，抵抗住游戏的诱惑。现在是你的关键时期，也是高考的倒计时阶段，全力以赴，努力拼搏是你的性格。比之爸妈的起点，你已经很幸运了。所以，你没有不去奋斗的资本，也没有理由放松对自己的要求。爸妈还是那句话——相信你！你永远是最棒的！关键时候你一定能够扛得住、冲得上！

三是学会感恩。要感激在你成长道路上为你付出的老师和陪伴你一起走过的同学，感激世上一切真、善、美等对你的滋养，以这样一份感激之情来实现你的理想。诚然，人生的道路是曲折和漫长的，人生不可能总是一帆风顺的，不管遇到什么样的挫折与困难，爸妈都希望你正确对待，客观评判；不管今后你走到哪里，都要踏踏实实做人，认认真真做事，做一个真诚善良、有爱心、有责任心、知大礼、懂事理的有为青年。

　　四是阳光灿烂。明年就是你的高考，相信你会在知识上、身体上、心理上做好充分的准备来迎接人生的大考。同时要记住，高考只是人生的一个台阶，迈上这个台阶，还有更多的台阶（如读研、找工作等）在前面等着你，还需要用你的青春和责任去走好人生的每一步。人生的道路要经历很多的风风雨雨，但只要为自己的理想去拼搏去奋斗，不论结果如何，你的人生都将是灿烂阳光的。还有一点，做所有的事，只要尽力了，努力了，用心去做了，自己就会问心无愧，不留遗憾！开开心心、阳光灿烂地迎接每一天！

　　儿子，世界很大。未来充满未知，也值得期待。从现在开始，放松心情，迈开稳健步伐向着你心中的目标前行吧！未来属于你！爸爸妈妈为你加油、为你鼓劲！我们永远是你最坚强的后盾！

　　此致
祝十八岁快乐

爸爸妈妈

2017年9月5日

（备注：2018年7月儿子以高考理科617分的成绩被重点大学录取）

后记

人 生 的 回 忆 是 多 彩 的
——写在《笔墨润芳华》出版之际

人生有许多的回忆。由我散发在各大报纸杂志及网络新媒体上的部分文章编辑而成的作品集——《笔墨润芳华》，既是我这些年从军从政的所见、所闻和所思，也是我这个农民的孩子在部队和高校成长历程中收获的一颗种子。

这是一部记录我近40年来工作、学习和生活轨迹的作品集，也是一部因个人兴趣而成就的非专业记者的作品集。这部作品集虽然只是我这些年所发作品的一鳞半爪，但这里的每一篇文章、每一帧图画，都蕴含着一个精彩纷呈的故事。虽然时过境迁，但这让我常常在翻阅作品时，会贪婪地追嗅着那早已散去的油墨芳香，去品味和思考人生所经历的那些酸甜苦辣……

　　说到收集整理并出版这部作品集，让我自然而然地想起了当年发表的处女作——《看球赛还是看晚会》。那是我刚刚考入济南陆军学校几个月后的1984年12月，缘于周末学员常常为观看一档自己喜欢的节目而互争电视频道的事情，我写了一则不到400字的评论。记得那时用学员队统一发放的方格稿纸誊写清楚后，便塞进了军人免费邮箱。这本来只是日常生活中的有感而发，发表与否便没有寄予什么希望。然而，没想到稿件寄出一个星期后就在济南军区的《前卫报》刊发了。让我始料未及的是，因为这篇"豆腐块"文章，学员队看电视互争频道的现象消失了。因为这篇文章，我第一次收获了报社寄来稿酬的快乐，尽管是区区的3元钱，但对当时一个月只拿10元津贴的学员来说，已经是一笔不菲的额外收入了。让我欣喜的是，学员队由此给我记"中队嘉奖"一次。令人遗憾的是，发表这篇小短文的样报因多次搬家寻找未果而未能收入作品集里。

　　其实，对于写作在我读高中时就已显现了出来，那时我的作文曾不止一次地被老师当作范文。但真正把写作当作兴趣的还是要从我第一次上军校开始。刚入军校那会儿，想想将来毕业了身穿四个兜的干部服、脚蹬皮鞋的模样，自己确实高兴了一阵子。然而想到军校所学"军事指挥专业"毕业后，训练场上的寒冬酷暑、转业面临的第二次就业，我便把"新闻写作"当成了第二专业。除了队里的集体活动外，业余时间我大多在系统地学习《新闻写作》课程，有时间就泡在图书馆。

　　俗话说得好，机会总是留给有准备的人。从军校毕业两年多，凭借着在连队担任排长期间发表的几篇新闻作品和一手力透纸背的钢笔字，我被选调到了团政治处宣传股任副连职宣传干事。后来我才得知，这次调动关键得益于我撰写的一篇连标题加正文只有242个字的消息。今天想起，这篇消息采写发表的过程让我仍然记忆犹新。

　　那是党的十三大召开后，我所在教导团训新骨干迅速掀起了学习十三大文件的热潮。我马上结合团政治处下发的通知要求、发放的学习文件及各营连学习情况，撰写了《育人先育己 教人先自习 某教导团确保带兵人学好十三大文件》的稿件。按照发稿程序，我先请连队指导员、营教导员进行了审阅，然后去团部再请政治处主任或者团政治委员审阅。那天早饭后，我借了连队给养员大金鹿牌自行车就直奔几千米外的团部机关。此时虽是深秋季节，但当我到达团部政治处宣传股办公室时，军装外套里面的绒衣绒裤已经湿漉漉的了。然而，不巧的是团政治处主任和政委刚刚都去师部开会了。宣传股长看过稿件后建议我去昆嵛山师机关开会驻地找领导审阅。在那时，团部与师部之间并没有公交车，有军用便车但也难凑巧给碰上。打电话跟营连请过假后，推着自行车朝大山深处的师机关驻地无染寺奔去。走过这近20千米几乎都是上坡的山地，到了那已经是午饭后的休息时间了。在附近的军人服务社买了一包鸡蛋糕和一瓶汽水，首先填饱了饥肠辘辘的肚子，湿润了一下几乎要燃烧的喉咙，然后等候在招待所团政治处任主任宿舍的门口。下午开会时间一到，我将任主任堵在了门口，行过军礼，自我介绍并说明来意，同时将口袋里的稿件掏出双手递给他。主任接过稿件浏览了一下，又回到房间在稿件上签上"同意"和自己的名字。得知我骑自行车而来，临走时他指示道：路上一定要注意安全。

晚上团电影组来营部驻地放电影。放映前我请示营教导员同意后直接来到了营部通讯班，试着让话务员发传真，可当时营部并没有这装备。等电话接通了外边电影亦已散场。当我把稿件内容简明扼要给值班编辑陈述后，编辑便让我开启了"我念他记"的模式，传完后编辑还特地补充了这么一句："你的稿件具体能不能刊发由报社总编室决定。"编辑话语中尽管没有肯定的回答，但我心里已然明白：努力了希望就会在路上。在等待中盼来下一期的军区《前卫报》出版日，还没等报纸到达连队，师宣传科、团宣传股负责新闻报道的干事就打电话告之，说《前卫报》在一版主要位置刊发了我的稿件。那晚，看着那张刊发着我写的文章而略带油墨清香的报纸，似乎窥见到了未来人生的一缕曙光。

在团政治处一年的时间，我撰写的多篇政治工作经验被上级机关明码电报转发。而就在我刚刚适应团机关工作后，又一纸调令把我推向了师政治部宣传科。在师机关，平时更多的时间是跟随领导下部队指导和调研，业余时间我常常会根据下部队下基层得到的信息和素材撰写相关文章。期间，针对部分基层连队战士不愿进机关、社会上"偏离岗位学雷锋"、青年军官离婚现象较为突出等现象和问题，撰写并在省级媒体发表了有关评论和调查报告。

1991年7月，我考入解放军西安政治学院进修深造。在西安政治学院两年时间，除忙于学习外，在学校影评协会期间采访了电影《决战之后》的导演李前宽、肖桂云，在《解放军报》发表了《<决战之后>的幕后新闻》；针对军校学员学习公共关系学、社会精简机构、西安街头织补现象、入伍优待等问题，在中央级报纸杂志撰写发表了数十篇相关通讯、漫画、消息和论文。

"'模范七连'现在空缺政治指导员，你准备准备明天到连队报到。有了主官经历将来发展就不'缺腿'了。"从西安政治学院毕业在团机关报到后的一天上午，团政委孙本清直接找我到他办公室开门见山地说。老领导的话虽然不多，但句句千斤、字字如磐，当时尽管不能领悟领导的初心和用意，但在我走上部门负责人岗位和转业回地方后才明白了老领导的良苦用心。一年后回到机关，领导先是安排我到组织股当股长，在宣传股股长位置空缺后又去了宣传股。

1996年7月，在后勤机关同行战友的建议并推荐下，我凭着在部队"能写新闻能出材料"的口碑，如愿地调入了驻烟台的解放军第107医院。医院虽也属团级单位，但在编制上与野战部队大相径庭。我在医院既是组织干事、内科政治协理员，而且还是医院的新闻干事。平时不但要完成各种总结、统计报表、经验材料、领导讲话和组织建设、科室思想教育等工作，而且到每年年底，医院都要派我长住北京在军报完成年度新闻报道任务。在医院5年间，几乎每周都能在当地媒体见到由我撰写的医院为军民服务的新闻稿件，在《大众日报》《前卫报》《解放军报》也偶有我的新闻作品。

鸟择良木而栖，人择君子而处，心择善良而交。2001年8月，我放弃多次调入后勤机关的机会，很不情愿地脱掉这身绿军装就地转业。在当时"考试不得查阅试卷"的规则下，本来写作、政治考试占优的我，居然无缘公务员榜单。在转业等待期间，新任医院原华政委找到我，想让我重回医院并允诺年底解决职务问题。当他得知我"去意已决"后，积极协调解决我的安置问题，使我如愿地被安置分配到了当时的烟台师范学院。

"转业干部尽管自身政治和身体素质很好，但是学历低、专业窄，来到高校后要加强学习，服从组织安排。"这是报到当天学校组织部部长跟我的那段谈话。这段话语不仅时常在我的脑际萦绕，而它更是一针催进剂，让我燃起了砥砺奋进的勇气。当时，我从随身携带的包里掏出准备好的"剪报本"，然后恭敬地用双手递给这位部长。部长接过"剪报本"翻看完后微笑地对我说："没想到你在部队还会这个？！这样吧，你先到人事处帮助工作，具体岗位待党委研究后再确定。"开学前一周，学校组织部通知让我到宣传部校报当编辑。这对曾在部队和医院编辑过简报和院刊的我来说可谓是轻车熟路。上班后，领导见我还懂摄影，又让我负责全校各种大小会议的图片拍摄工作。这无疑给我新闻写作创造了更大的空间。于是，在正常完成报纸采访编辑和摄影任务后，我积极维护好在部队跟媒体建立的关系，撰写学校的对外新闻报道。从那时起，烟台当地的报纸几乎每周又可以见到由我撰写的新闻作品，即使是省级和中央级媒体一般至少每半个月也会刊发由我采写的稿件。

　　在宣传部20年，其间虽几易部门领导，但我仍旧做编辑兼宣传科长、编辑部主任。期间，自己多次获得了山东省和《中国教育报》优秀新闻工作者荣誉，获得上百次的山东新闻奖、全国高校校报新闻奖和山东省高校校报新闻奖，在中央、省和地市级新闻媒体发表新闻作品和论文680多篇，参与学校更名、重大校庆活动材料的撰写，讲授《新闻与写作》课程……过往，解放军《新闻与成才》杂志"诰封"的"闲不住的笔杆子"，今有众师生襄奖的"一支笔"，这足以让我聊以慰藉，去寻觅属于自己的那片葱郁的森林、浩瀚的大海……

　　最后，我要在这里真诚感谢曾经给我教诲、给我支持和帮助的领导、同事及媒体界的朋友；感谢北京演艺集团原总经理吴然老师在百忙中为《笔墨润芳华》作品集拨冗作序……

　　有生命，便有向往的远方；有回忆，便有丰润的人生，便有满溢诗情的岁月。

季文豪

2021年8月于烟台